心中的旗帜

傅宁军 著

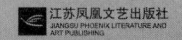

江苏凤凰文艺出版社

图书在版编目（CIP）数据

心中的旗帜 / 傅宁军著. —— 南京：江苏凤凰文艺出版社，2020.10
ISBN 978-7-5594-4974-0

Ⅰ.①心… Ⅱ.①傅… Ⅲ.①报告文学－中国－当代 Ⅳ.①I25

中国版本图书馆CIP数据核字(2020)第109466号

心中的旗帜

傅宁军 著

出 版 人	张在健
责任编辑	秦宇阳　李珊珊　李 黎
责任印制	刘 巍
出版发行	江苏凤凰文艺出版社
	南京市中央路165号，邮编：210009
网　　址	http://www.jswenyi.com
印　　刷	江苏凤凰通达印刷有限公司
开　　本	718毫米×1000毫米　1/16
印　　张	19
字　　数	220千字
版　　次	2020年10月第1版
印　　次	2021年2月第2次印刷
书　　号	ISBN 978-7-5594-4974-0
定　　价	52.00元

江苏凤凰文艺版图书凡印刷、装订错误，可向出版社调换，联系电话 025-83280257

目录

楔子　生命热流　　　　　　　　1

第一章　重新出发　　　　　　　9
　　1……最好的语言　　　　　11
　　2……向善的种子　　　　　20
　　3……看你和谁比　　　　　29
　　4……说话算话　　　　　　39
　　5……标准在哪里　　　　　55
　　6……柔弱与刚强　　　　　64

第二章　心手相连　　　　　　73
　　1……较真的规矩　　　　　75
　　2……职责在上　　　　　　87
　　3……分内与分外　　　　　96
　　4……无私馈赠　　　　　　109

　　　　5........ 坚实的后方　　　　　　121
　　　　6........ 手足兄弟　　　　　　　132

第三章　向右看齐　　　　　　　　　145
　　　　1........ 党员应该优秀　　　　　147
　　　　2........ 好说话与难说话　　　　161
　　　　3........ 荣誉背后　　　　　　　171
　　　　4........ 梦想与现实　　　　　　181
　　　　5........ 默默地付出　　　　　　194

第四章　永不褪色　　　　　　　　　205
　　　　1........ 老兵的后代　　　　　　207
　　　　2........ 有爱同行　　　　　　　219
　　　　3........ 担当大任　　　　　　　228
　　　　4........ 尽忠与尽孝　　　　　　238

第五章　春风化雨　　　　　　　　　249
　　　　1........ 不曾离队　　　　　　　251
　　　　2........ 岗位如战位　　　　　　258
　　　　3........ 爱心的接力　　　　　　267
　　　　4........ 理想的光芒　　　　　　274
　　　　5........ 没有硝烟的战场　　　　279

后记　　　　　　　　　　　　　　　293

附录　　　　　　　　　　　　　　　299

楔子　生命热流

"您好，这里是如东供电共产党员服务队。"

拨通电话，话筒里传来亲切的回音。

"请问，有什么可以帮您的？"

其实，这样的话语出现在如东百姓的生活里，当初并不被看好。谁不知道，有些行业的热线电话，公布得煞有其事，转眼间停留在纸上，打不通是常态，打通了也是难有下文。半年后这电话能否打通？

能，而且，一通就是十九年。

每一通电话背后，都牵动着红马甲。

这支队伍的标准称谓是国网江苏电力（如东）退役军人共产党员服务队，人们习惯简称其为如东供电共产党员服务队。

在江海之滨的如泰河畔，四通八达的电网焕然一新。不过，送电到普通人家的"最后一公里"，离不开抢修与维护。只要出现故障，就会有供电共产党员服务队队员的身影。因为穿着橘红色外套，这件胸前别着党徽的工作服，成为辨别度很高的标识，被大家叫作红马甲。

2020年初，戴口罩的红马甲没有因为疫情止步。

"郭鹏，这次过年值班，我得参加！"

"老刘，非常时期，你在家吧。"

"那不行，把我排上！"

……

这是庚子年农历新年前夕的一番对话。郭鹏是如东供电共产党员服务队现任队长。老刘叫刘跃平，是这支服务队前任队长，卸任后仍是主力队员，他还要求像往年一样，排上过年值班表。

此时，新冠肺炎疫情汹汹而来。一封请战书，是来自共产党员服务队微信群的退役军人集体倡议。悄然突袭的病毒，如同不宣而战的顽敌，老兵们深知危险，更明白自己的责任。用实际行动体现退役军人的担当，是他们不用多说的共识。老兵们纷纷从家里赶来签下名字、按上手印。

当日，刘跃平、余新明、姚锋、陈炜作为代表，把这份带着退役军人心意的请战书送到了如东县退役军人事务局。

"我们如东供电共产党员服务队全体队员郑重请战：我们将信守退役军人'若有战、召必回'的承诺，自愿前往抗疫斗争第一线，随时听从上级的指挥和派遣，坚决打好打赢疫情防控阻击战！"

放假前，郭鹏分发领来的口罩、消毒液和简易的护目罩，叮嘱所有队员重视自我保护。刘跃平每年春节都主动值班，传统作风的身教重于言教。今年郭鹏劝阻刘跃平，在于刘跃平毕竟是现任成员中年纪最长者，他的担心发自内心。而刘跃平没得商量，你除夕值班，我就初一值班！

2020年1月24日，农历大年三十，春节假期第一天，队长郭鹏和两个队员值班。一个又一个报修电话接踵而至。比如，荣生花苑，用户内部开关跳了闸，到现场作了处理。比如，中坤苑小区，用户线路故障，开关烧毁，免费为用户更换开关。食堂电话打过来，公司给值班人员安排年夜饭，郭鹏和食堂打招呼，要晚些回去。刚吃过饭又有抢修任务，出发……

1月25日，农历大年初一，刘跃平值班，退役军人冒小林等三个队员辅助。也是从早到晚，外出抢修的脚步没停过。比如，碧霞小区，用户突然停电，他们赶去排除故障。比如，丁棚小区，用户内部故障，他们查找后，发现断电原因，进行整修。再比如，浅水湾城市花园，儿女不在家的老两口家中开关烧坏，故障与线路老化有关，他们免费为其更换线路与开关……

之所以说比如，因为只能挑几个写下值班日记的例子，否则就要列举长长的抢修单。过年正是用电的高峰，天寒地冻，空调开足，哪一家团聚不需要用电保暖？电路出故障并不意外，小区供电报修率是平时的数倍。

寒风凛冽，病毒无情。从家里赶来报到的退役军人老中青都有。入职刚一年的冒小林说，队长，有什么任务就交给我们！在部队参加过抗洪的万十军说，当兵的不怕危险，哪里需要往哪里冲！骨干队员陈炜、余新明、陈志华等超过55岁的老兵，都抢着参加"抗疫保电"值班。

因为要到小区抢修，尽管是为群众服务，却要与群众保持距离。他们戴着口罩、穿着红马甲，按照报修的门牌号码，有时找到室外的电表，直接排除故障，就不与报修人照面了。如果需要进门，就会套上鞋套，进门前请屋里人也戴好口罩，然后让开，等他们排查线路或内部开关；解决了问题，双方交流的时候，只看到对方的眼睛。红马甲冒着危险上门，群众的感激最真实。

郭鹏说："大过年人家团聚，没电不行啊。"

刘跃平说："这个时候一断电，家里一片黑，电工也都放假了。用户找我们，就是对我们这支服务队的信任嘛。"

然而，病毒不认人，疫情肆虐令人恐慌，队员的家人担心他们的安危也很正常。队长郭鹏说服妻子的理由是，春节值班是老队长传下来的传统，哪能不去呢。出门时，妻子反复告诫，千万注意安全！至于老队长刘跃平，妻子儿女劝他，毕竟你都二线了，能不去就不去。一大家人回来过年了，要小心啊！不约而同，他们都对家人说一半，留一半，只说单位值班，没说去外头抢修。

疫情吞噬了喜庆氛围。春节是团聚的日子，很多亲人都是从外地赶回来的，长途旅行接触过什么人，哪个了解呢？

共产党员服务队奔走在大街小巷，队员有家难回却毫无怨言，他们是光明使者，"快让老百姓的灯亮起来"是他们的心愿。

请放心，不论疫情多么严峻，我们的承诺不变！

要知道，所有群众都宅在家中，谁出门谁就有危险，疫情会随着人流四散，似乎带来无处不在的恐惧。怕吗？有点怕。可是，我们既然是共产党员，遇到危险的时候，就应该冲在前面啊……

当迎春花盛开的时节，我又来如东采访。驱车驶入如东县域境内，宽阔的沿海大道连着黄海大桥，长长的桥体如同一条长龙，紧贴海岸的滩涂蜿蜒前行。在时而尖啸时而低吟的海风中，我脑海中勾勒着红马甲的形象。他们真的不知疲倦，真的百毒不侵，真的有什么异于常人之处？

要说模样，实在是太普通了。

其实，这群红马甲，就是来自如东供电行业的一线员工。在纷繁密集的浩瀚电网中，他们有不可或缺的位置，个顶个是不怕吃苦的技术能手，十分珍惜自己所在团队的集体荣誉。回到家里，他们也是普通的儿子、丈夫和父亲，也有正常情感、苦乐年华，并没有三头六臂。

要说特别，在于凝聚其间的军人情结。如东供电共产党员服务队成立之初，是以共产党员退役军人为骨干的，而今共产党员退役军人仍是队伍的核心。把青春年华献给国防事业，忠诚、勇敢、坚定、自强等品质融入他们的血脉与骨骼。脱下戎装的他们穿上红马甲，忘不了一个老兵的无上荣光。

在如东供电公司荣誉室里，我看到了共产党员服务队的红旗，这是历任队长接过的旗帜。在这面鲜艳夺目的旗帜下，我采访了这支服务队的老中青成员，他们生在不同年代，拥有不同个性，有一点却是共同的——旗帜在上，不容亵渎。无论外界有多少诱惑，无论遇到多大麻烦，旗帜所向，无坚不摧。打不垮，拖不烂，一个团队像一个连队那样顽强，向前，向前！

当我整理采访笔记的时候，琢磨共产党员服务队的点点滴滴，感觉到他们的脚踏实地，不事喧嚣。应该说，他们每天做的，就是好人好事。

最家常的日子，最朴素的举动。

像中国军人把自己当作人民子弟兵那样，共产党员服务队的队员们与群众也是鱼水关系，不是亲人，胜似亲人。

他们有着金子一样纯粹的心地，非亲非故，却古道热肠。他们是这样的平凡，淹没在人海中毫不出众，但也这样的不平凡。这样不图回报的真情付出、这样将心比心的一以贯之，已经越来越稀有了。

"为什么你们情愿比人家干得多？"

"应该啊，我们是共产党员嘛。"

不可否认，当拜金主义侵蚀社会肌体时，老人跌倒扶不扶也会成为讨论的命题。中国好人群体的出现，正是在呼唤传统美德回归，以脚踏实地的行为举止，树立影响社会的风尚标杆。做一个好人不易，而一个由好人汇聚的集体更加难得。如东供电共产党员服务队以退役军人的血性与担当，有力地肩负起呵护"万家灯火"的使命，真正是一个爱心满满的好人集体。

2018年8月，中共中央宣传部、中央文明办颁布：国网江苏电力（如东）退役军人共产党员服务队以团队形式登上"中国好人榜"。

2019年7月，这支共产党员服务队所在的如东供电公司被评为"全国退役军人工作模范单位"，受到人力资源和社会保障部、中共中央组织部、退役军人事务部、中央军委政治工作部联合表彰。

2019年12月，全国"最美退役军人"的先进事迹，由中共中央宣传部、退役军人事务部、中央军委政治工作部联合发布，国网江苏电力（如东）退役军人共产党员服务队作为唯一群体入选。

2020年，当我们与新冠肺炎病毒生死较量时，如东供电共产党员服务队挺身而出，在抗疫一线勇敢地报到，绝非偶然。

他们的故事，在时间之河中闪亮。

他们的付出，迸发着生命热流。

这热流仿佛来自山岩渗出的涓涓小溪，汇入清澈明亮的河渠，矢志不移而奔腾不息，在阳光下温暖着我们每一个人。

这支共产党员服务队从何而来？

为什么一茬一茬地延续至今？

为什么能"越是艰险越向前"？

第一章　重新出发

既然是共产党员退役军人,我们不干谁干!当时有些地方电力紧张,供电部门被群众看成"电老虎",门难进,脸难看,事难办,这支共产党员服务队"自降身段",给电力行业带来一股新风。

1. 最好的语言

如东县城所在地掘港镇,有一座面海开门的千年古庙。门楣上有一块匾额,上书四个大字"辟我草莱"。意思是,勤劳的如东先民一代又一代披荆斩棘,开辟荒滩,苦苦耕耘。这种敢为人先的开路精神,被如东的后人感念并薪火相传。也正是胼手胝足的扎实努力,如东人将一个以晒盐为主的临海乡镇,建成了"全国百强县"、江苏南通地区的一颗明珠。

显然,能叫如东人佩服的,不一般。

2018年12月,中央电视台第七频道《军旅人生》栏目播出一档专题节目,题为《实干是最好的语言》,主人公是如东一个将近65岁的老兵。他就是缪恒生。假如他走在街头,实在很不起眼,就是一个带如东口音的普通老人。花白的头发,稀疏的眉毛,只是脚步匆匆,腰杆挺得笔直。老缪是从如东供电公司退休的,只是时常还到单位去,好像有什么事放心不下。

邻居们早就知道，老缪有过当兵的岁月，只是惊奇地发现，脱下军装的老缪绝非平庸之辈，看着他蔫不拉几，也不爱多说话，可是，电视屏幕上"揭秘"了老缪背后的故事：从海上到陆地，从军营到电网……作为主人公的缪恒生一路走来，有这么多"激情燃烧的岁月"！

配合央视团队采访报道的如东广播电视台，在节目播出前做了全媒体预告，在微信公众号上的推荐词为"退伍，意味着脱下军装，离开军营。但军人在部队中历练出的精神、品质，却如烙印般注入灵魂深处"，告知大家，节目标题来自缪恒生这个退伍老兵的一句口头禅："实干是最好的语言。"

这天傍晚，当《军旅人生》栏目的专题节目播出时，许多如东人家暂别其他热门电视节目，手中的遥控器锁定了央视第七频道。非常特殊，像这样的人物专题片，竟在如东获得了极高的收视率。当天"如东广电"微信公众号上，熟悉或不熟悉的观众纷纷为埋头苦干的老兵点赞。

"非常感人，敬佩之情油然而生！"

"当今社会就需要这样的钙质！"

"泪奔了，向老兵致敬！"

……

大家都知道，如东供电系统有一支共产党员服务队。家家要用电，少不了与供电部门打交道，共产党员服务队也就有了很大的知名度。可是，许多人并不知道，这个头发灰白、面目和善，看上去貌不惊人的老缪，就是这支名声响亮的党员服务队的首任队长。

说起电，它似乎是一个数字概念，而对于缪恒生来说，却是一个个具体的记忆，杂糅着过往生活的酸甜苦辣。

缪恒生记得，在他还是懵懂少年的时候，竖起电线杆是村里的一件大事，农民磨米都要事先向供电所申请。电力部门在某一时段集中供电，农民才可以排队去磨米房磨米。时间一到，咔的一声，马上断电。最好笑的是看露天电影，大队操场晚上放映电影，供电所规定7点到9点供电，放映员记错了时间，8点才开始放映电影，《红色娘子军》刚"跳"起来，咔的一声断电了，台下顿时乱成一团。至于农家用电，更是时有时无，电灯昏黄几乎没真正亮过。农民买不起蜡烛，家里几个孩子凑着一盏煤油灯做功课，煤油烟熏得鼻孔发黑……

缪恒生进入电力系统时，正逢二十世纪八九十年代。改革开放的春潮涌起，各行各业开足马力，中国电力行业也蓄势待发。一方面，如东供电工程项目接连投入建设，电力紧张的局面已然改观。另一方面，如东属于东部沿海用电量大的地区之一，每年夏季台风、雷暴等恶劣气候导致电网频发故障。而且，用电量的增加与原先老旧线路维护之间的矛盾日益突出。

此时的缪恒生，正经历换岗的选择关口。他看到，电网维修岗位，最忙碌也最需要人，他就做出了让旁人感到意外的决定，申请到城区维护班当线路配电工，参与包括10千伏以下电路的抢修维护。

城区维护班有多个抢修组，缪恒生所在的抢修组人手不多，工作量却很大。新城区修建了新的配电网络，而老城区的路线改造相对滞后，线径偏细，运行时间较长。可是，居民跟上时代风潮，添置了电风扇、电饭锅、电茶壶之类的新电器，动不动就在几百瓦以上。家中线路来不及更换，仍是很细的老线路。用户也不知道线径的大小决定了允许通过的电流大小，时常买了电器就插电源，一不留神就把电路烧坏了。

那时抢修条件不好，单位没几辆车，仅有的几辆也是留着施工用的。无论白天黑夜还是刮风下雨，维护班接到报修通知，就得骑上自行车，拖着抢修材料奔赴现场。故障点一会儿在东，一会儿在西，一会儿在南，一会儿在北，一个来回就是五六公里。缪恒生跟同事像自行车运动员，每天拼命地蹬着车轮，一天至少蹬好几十公里。冬日寒风刺骨，夏季烈日炎炎。"这真是太苦啦！"有的维修工满腹怨言，表示这样下去，实在撑不住。

时年47岁的退役军人缪恒生看在眼里，急在心里。老城区线路老旧，故障抢修的频率很高，维修工作吃苦受累在所难免，如果大家怕吃苦，怕受累，这活就没人干了。老百姓的线路坏了没人管，或者没管好，不就是我们的失职吗？因此无论苦累的活儿，缪恒生都冲在了前面。他还萌生了一个念头，以后电力抢修的苦活累活，由共产党员带头干！

不约而同，如东供电公司领导层正酝酿一个决策：要想树立供电系统的良好形象，不能只靠开会喊口号，而要有一个标杆。缪恒生出于公心的建议，使公司党委豁然开朗。他们在日常工作中看到，共产党员退役军人有干劲，也有能力，以他们为骨干成立一支低压抢修服务队，专门应对频繁的抢修任务，也给抢修队伍树立榜样，正是好钢用在刀刃上！

成立共产党员服务队的构想应运而生。

领导问缪恒生，能不能把这个担子挑起来？

缪恒生属于埋头拉车的"老黄牛"，总是做得多说得少，做不到的事他绝对不答应。领导知道缪恒生的为人，慎重考虑也合乎情理，就笑着说："老缪，你回去再考虑考虑，这可不是一件小事啊。"

然而，缪恒生这次毫不犹豫，爽快地说："没问题，我是共产党员，又是退伍军人，就应该冲锋在前，吃苦在先！"

他当然知道，这副担子很重。

采访时我才知道，缪恒生当初当这个队长并不讨好，是一个"扛炸药包"的角色。本来供电部门是强势单位，电力维修也是一个技术活，虽然不是什么官儿，但在社会上很吃得开，现在要倒过来，肯定会忙上加忙不说，用实惠的眼光看，这不是与服务对象掉了个个吗？

缪恒生却不这么想。他愿意带这个头，再难也难不倒当兵的人，为改变电力行风尽些心，哪怕多吃苦多受累！当然，电力维修需要一个团队，单打独斗显然不行，缪恒生知道，大家的配合很重要。在城区维护班里，缪恒生把成立共产党员服务队的想法做了说明，摆出了面临的困难与挑战，问大家干不干？

老缪的话如一根火柴，点燃了大伙的激情。

"我愿意！""我参加！""算我一个！"

缪恒生很欣慰，身边的老兵不含糊。

蔡邦相，时年54岁，身板硬朗，头脑灵活。他1964年入伍，当了炮兵。在部队，年年被评为五好战士，1971年退伍。因部队驻扎南京，他被分配到南京供电局，从基础电工知识学起，学成了低压抢修的多面手。1976年调回老家如东，在线路维护班负责技术培训。

李桂春，时年52岁，向来干活扎实。他1971年参军，在部队入了党。1976年退伍，分配到如东供电局当外线工，特别能吃苦。调到城区维修班，很快就以他的业务专长，胜任了工作岗位。风里来雨里去，不管立电线杆子，还是安装变压器，叫干啥就干啥，从来不挑三拣四。

白峰，时年26岁，是最年轻的70后。他1993年入伍，曾是一名海军潜水员，军事素质很过硬。1997年退役，分到如东供电局后，是一个不懂业务的菜鸟。他到镇江参加了两年新员工培训，又跟着老师傅学艺，到抢修现场不再茫然，成了可以独当一面的抢修主力。

包括缪恒生在内的4位共产党员退役军人，都在抢修岗位上。虽然他们离开了军营，但他们仍然涌动着军人的血性。

缪恒生这个老实人的振臂一呼，也打动了抢修班组其他员工。他们说，可惜没当过兵，但敬佩当兵的纪律严明、作风硬朗。他们也报名加入，与退役军人并肩作战，渴望把错过的参军机会补回来。

钱延京，时年39岁，1980年到如东供电系统，当时已有21年的工龄。钱延京的父亲是个转业干部，在部队当过器材股长，钱家兄妹三人，钱延京最小，父亲并不娇惯，从小就给他讲做人的道理。他能打一手乒乓球，从县里打到省里，给如东供电公司争了光。维修线路时上电线杆作业，他个头大，手脚并用，动作麻利，出力气的活儿都主动抢在前面。

余明荣，时年34岁，1987年高中毕业，招工到供电系统当了线路工。他有个绰号叫"闷驴",是说他闷头干活,有一股子犟劲儿。他曾经在台风天里,抢修三天三夜,累了打个盹,醒了接着干。只要他觉得对的事情,他就要坚持,"闷驴"不怕得罪人。关键时候,余明荣力挺缪恒生,觉得老缪出于公心,像个退役军人的样子,他要用行动投上一票。在此之前,余明荣也写过入党申请书。后来他向共产党员退役军人看齐,也加入了党组织。当然,这些是后话了。

以共产党员退役军人为骨干,这些想干事而又能干事的同事,愿意跟着缪恒生一起把担子接过来。他们认可缪恒生的话:"我们就是服务街坊邻居的,用共产党员标准要求自己,叫'共产党员'服务队最合适了。"

"响亮,这个名字好!"

"做一面旗帜,把这个名字写上去!"

2001年7月,一个雨过乍晴的夏日,绿树的枝叶在阳光里闪着油汪汪的光,天空如同洗过一般,显得湛蓝而辽远。如东供电局大院锣鼓喧天,热气腾腾。在南通市与如东县两级供电部门的主持下,如东供电共产党员服务队宣告成立,缪恒生担任首任队长。从如东供电公司党委负责人手中,缪恒生接过"共产党员服务队"这面鲜红的旗帜,心情格外激动。

此时,正逢中国共产党成立八十周年的纪念日。每个人加入共产党组织,都曾举起右拳,在鲜红旗帜前宣誓过,共产党员不只是一个称谓,更是一种责任。而今天,他们因为信念,因为理想,因为身为共产党员,又聚集在一个前行的方阵里。

缪恒生记得，那天举行授旗仪式，不在灯光照射的礼堂，也不在可以演出的舞台，而在一块略为突出的水泥地上。当时如东供电公司主楼翻建，旧楼被拆除，融入新技术的供电大楼即将动工。这块清理出来的水泥地基，即将承载起供电行业的标志性建筑，而在此搭建的授旗会场，迎风飘展的猎猎红旗，似乎也契合着供电发展的新蓝图，呼唤着新事物的诞生。

站在共产党员服务队的旗帜前，目光坚定的缪恒生举拳宣誓，庄严地做出了承诺："我是首任队长缪恒生，我们向社会公开承诺，全天24小时，随叫，随到，随修！"由缪恒生带头，队员们的誓言铿锵有力，异口同声："我自愿加入共产党员服务队，我们的口号是——掌万家灯火，供百业能源！用我们的优质服务，照亮千家万户的幸福生活……"

誓言就是命令。在退伍军人看来，一支共产党员服务队就是一支敢打硬仗的突击队，抢修现场也就是一个新的战场。

现任如东供电公司党委书记杨晓春，时任公司办公室主任，是共产党员服务队成立之初的见证者。他回忆说，立足于打造这支团队，公司给共产党员服务队设立建制班组，提供了独立的值班场所，缪恒生接下首任队长的担子，还是有潜在的压力：如何使这支服务队敢打必胜？怎样实现团队的组织纪律严、工作作风强、抢修服务快、抢修质量优？

其实，从缪恒生当队长开始，共产党员服务队相对固定，却又流动性很大，因为工作需要和任务变化，不断有人调进或调出，而这面旗帜的精神一直都在。共产党员退役军人的满腔热情与刚韧血性，成了这个团队持之以恒的制胜法宝。

退役军人白峰记得，在共产党员服务队成立的授旗仪式上，缪恒生的发言掷地有声，都是大实话："我当兵时，我的老班长说过，实干是最好的语言。我们既然今天宣誓了，说到做到，不放空炮！"

如东供电系统成立共产党员服务队的消息，通过报纸广播迅速传播，引起了四面八方的强烈反响。有人拍手叫好，也有人表示怀疑。改革开放潮流如开闸之水，冲刷着僵化老旧的思维方式，人们惊喜地发现，一向稳当老大的国有企业也转变思路，进行改革转型的探索，这已然是一个大趋势。可电在当时仍是稀缺资源，人们在计划经济时代养成的习惯很难一下子改过来，保障供电就不错了，还要突出服务意识，说说容易，能真的做起来？

2.   向善的种子

作为如东供电共产党员服务队首任队长，当时的缪恒生党龄有26年了。在他的青春年华，心头就刻下了共产党人的形象。

缪恒生是一个农家子弟，老家在苴镇蔡桥村，离如东旧县城11公里，是濒临黄海的一个古镇，后来新县城扩容，苴镇也成了城区。由于地理位置重要，苴镇曾是有名的海防要塞，抗战时新四军出入其间，盐民自卫队——抗日战争时期如东地区第一支由共产党领导的人民武装，就创建于这一带。解放战争时，这里设有生产解放军所需榴弹和被服的小厂，许多百姓都出过力、流过汗。

缪恒生出生于1954年。父母在如东苴镇蔡桥村务农，家里兄弟姐妹中，缪恒生排行老五，人称缪家老五。毕竟缪家儿女多，孩子都上学是一个很重的负担，哥哥姐姐读到初中就回到生产队挣工分。唯有缪恒生，父母认定，这个老五更适合学习，全家人节衣缩食，支持他读下去，从小学一直读到高中毕业。作为纯朴的农家子弟，他懂事很早，理解父母的不易，只要放学回家，缪恒生把书包放下，就跟着父母下地干活。

他从如东农业中学高中毕业那年，公社组织修河渠。"水利是农业的命脉"这句话深入人心，挖河几乎家家户户出力，是每一个青壮劳力都会参与的集体工程。本来，因为缪恒生是高中生，生产大队分配他当记工员，照整劳力记工分。有人看不惯："凭什么，大家都挣工分，小缪可以不干活？"别人劝缪恒生别在意，他却很在意，找到队长，要求和大家一样派工。

缪恒生铆足了劲，与伙伴们铁锹飞舞，干得热火朝天。每天晚上回家，都是一身泥、一身土、一身汗，躺倒在床上就不想动，浑身像散了架似的。第二天，还没睡醒就会被叫起，上工地，接着干，不偷懒、不惜力。他记得，长辈跟他说过新四军当年在如东苴镇一带活动，和他年龄相仿的青年士兵，在战争年代出生入死。这些故事让他知道，做人要有一种精神。这个高中毕业的小秀才，歪歪斜斜地在泥地里挑泥，肤色跟老农民相比差不了太多。

20世纪70年代初，全国统一高考还没恢复，当兵依然是农村有志青年的第一理想，缪恒生也不例外。1973年冬天，征兵季又到了，19岁的缪恒生赶紧报名，通过政审与体检，穿上了向往已久的军装。那次招的是海军，别看缪恒生瘦瘦的，但结实有力，各项指标都过了关。临走前，妈妈抱着他流了眼泪："孩子，部队上苦，你要好好照顾自己！"

缪恒生从没出过远门，却并没有太多的惆怅，他渴望去远方。带着父母的嘱托，缪恒生踏上了从军的征途。他被分配到了福建，东海是什么样子，只是在书本上读到过，还是不熟悉的概念。他老家如东濒临黄海，入海口泥沙冲积成滩涂，翻腾着浑黄的浊浪，而东海的地质构造不同，呈现着细软沙滩与清澈海水，让人感受到大海另一种壮丽。一路上，坐军用大卡车，转火车专列，他想象着海天尽头，乘风破浪的威武战舰缓缓向他驶来，身着蓝色海魂衫的战友们操枪弄炮，何等威武！

新兵到达福建某军港，缪恒生被编入某护卫艇大队。站到码头上，他看到了蔚蓝色的大海，眼前的海风平浪静，缓缓地闪耀着晶亮的波光。他平生第一次，随护卫艇出海，感觉既新鲜又兴奋。扶着甲板上的金属栏杆，他兴奋地四下张望，迎着略带咸腥的海风，欣赏着大海的辽阔美丽。在他的眼前，海湾像一个柔软的怀抱，把跃动的海水轻轻地揽在怀里。

其实，对于大海瞬息万变的脾性，缪恒生略知一二，只是缺少亲身体验。驶离军港的护卫艇开足马力，与陆地渐行渐远，仿佛一股劲地扑向大海深处。一阵阵狂风大作，炮艇在海面上颠簸，一会儿甩上浪尖，一会儿掉入谷底。缪恒生赶紧抓住栏杆，被晃得头晕眼花，前仰后跌，"哇"的一声，吐出没消化的饭菜，直到胃里的酸水都吐了，他终于领教了大海的"厉害"。

不久，领导给缪恒生分配了工作，在护卫艇上担任炊事兵，而且在宣布名单时强调，炊事兵不是谁都能干的，是在新兵中挑选出来的。看着其他新兵舞枪弄炮，缪恒生当然眼馋。但一人一岗，缪恒生的岗位就在小小的灶台间，手里拿着的是炒菜的铲子。当他写信告诉家里人时，父母的回信却是百般不解："恒生，你怎么会烧饭啊？部队怎么分配的呢？"他们的意思明摆着，一个身强力壮的小伙子，风风光光地穿上了军装，以为到部队能学一套本领，烧饭哪有什么出息！缪恒生告诉他们："烧饭怎么了？烧饭不是很好吗？"

其实，长年在陆地上生活的人，并不理解缪恒生的自我解读。只有跟着舰船出海，尤其是到大海深处，才会知道海上炊事兵真不是吃素的，绝对是一个技术活儿。缪恒生所在的舰艇，配备36个官兵，只有两个炊事兵。缪恒生后来才知道，舰艇在大海的航行中，风平浪静很难得，有风有浪倒是常态。此时，空手站在船上稳住不摔倒，已经很不容易了，而炊事兵需要特殊本事，一只手拽着舱门的扶手，另一只手炒菜，左右开弓。

在摇摇晃晃的舱底，靠边焊着的锅灶左右倾斜，缪恒生努力平衡着身体，乘着风浪的间隙，用锅铲抓紧操作。当大风大浪迎面扑来时，船底的摇摆度很大，铁锅也晃来晃去。一不小心，或者下锅的油溅出来，或者锅里的菜弄到外面。缪恒生时常被烫伤，磕磕碰碰成了家常便饭。

缪恒生记忆最深的，是一个大风天炒菜时的遇险。他说："那天浪涛急涌，烟囱倒灌风，把炉灶的火熄灭了。我急了，把铁锅抬下来，拿打火机点火。刚一点着，嘣，炉灶腾起一把火。我赶紧跑到外面水泵跟前，想把脸上的灰洗掉，可是脸麻辣辣地痛。后来有人跑来，'哎，小家伙，你脸怎么通红啊！'原来，我的脸被烫伤，布满了水泡。一上岸，我被抬上救护车，送进海军医院。面部烧伤，上了药，天天换纱布。医生说，幸亏送来的及时，不然你满脸都会留疤了。出院回到护卫艇，领导问我，还能继续干吗？我说当然啊。"

在狂风巨浪中行驶，能吃上一日三餐，谁敢轻视炊事兵？舰艇上的每个岗位都不可或缺，炊事员事关后勤补给，绝对不能是一个孬种。领导的看重，战友的尊重，都是发自于内心的，含金量不可小觑。

缪恒生的班长隋志强，是一个身板壮实的老兵，他留意缪恒生，看这个新兵总有一股子劲，好像不知道累。他问缪恒生："你干工作苦不苦？"缪恒生答："来当兵，就不怕苦，我要跟你学，早日成为一名共产党员。"隋志强说："好，小缪，你有这样的意愿，我愿意当你的入党介绍人。"缪恒生一听，别提多激动了。可是，还有比自己资格更老的兵呢，隋志强说："小缪，入党要看够不够标准，不论资排辈，只要你能用共产党员的标准要求自己，就能向党组织靠拢。你好好学习党章，好好地干工作，写个入党申请报告吧。"

缪恒生和隋志强说的都是大实话，直来直去。他在炊事兵的岗位上干得很投入，虽然做的是舰艇最辛苦的工作，却没有一句怨言。他在部队的大家庭中，感觉到要学的东西很多，最让他有所触动的，就是近在眼前的一个榜样，领着他朝前走的班长隋志强，这个来自上海崇明的老大哥。别看隋志强比他大不了两岁，却显得非常成熟，遇事沉稳，待人真诚，把每一个新兵都当作自己的亲兄弟，用自己行动告诉缪恒生，什么样的人才是共产党员。

每当出海巡逻遇上风浪，新兵晕船东倒西歪，班长隋志强脸色苍白，看样子也不好过，但他想到的，还是这些刚离开家的兄弟。哪一个新兵呕吐了，隋志强会第一个跑过去，给他们拍拍后背，送漱口水，清理吐出的污渍。他一边干一边说："小家伙，没事吧？习惯就好啦。"

班长隋志强像兄长一样地照顾新兵。当他们远离故乡，远离家人，理想与现实的碰撞是无法回避的。缪恒生也有过情绪低落的时候，隋志强的鼓励像一阵春风，拂去了他心头的迷茫尘灰。这些毫不张扬的助人为乐的细节，带着无微不至的关心与善意，一点一滴地刻在缪恒生脑海。

有一个念头如同一粒种子撒进了他的心头：身为共产党员的班长太好了，我要像班长那样，也要做一个温暖的好人。

1975年3月5日，经舰艇党支部批准，缪恒生成了一名光荣的共产党员，也是同龄兵中第一个入党的。此时，他22岁，是一个换过几套军装的老兵了。一个普通的乡村青年，经受住了艰苦的磨炼，尤其是远行海上的大风大浪的洗礼，成为一个忠于职守的军人。他在外人觉得不起眼的炊事兵岗位上，能得到党组织的认可，给了他莫大的荣誉和鼓励。

缪恒生兢兢业业当了两年的炊事兵。有一天，舰艇所在大队的参谋长下来视察，吃过艇上的饭菜赞不绝口，问艇长："这几个菜是谁烧的？"艇长说："是我们这里负责炊事的小家伙，缪恒生！别看他是1973年底的兵，现在已经是正式党员了！"艇长把缪恒生喊过来，和参谋长聊了几句，参谋长发现，这是个心眼实在的年轻人，就问他："给你换个工作，到我们大队部做采购怎么样？"缪恒生想了想，摇头说："我不愿意离开我们艇……"参谋长笑了，说："你真是个重感情的兵，为了将来的发展，还是要学点技术嘛！"

参谋长走了以后，艇长给了缪恒生两个选择：一是当采购员，时常上岸，相对比较轻松，而且令人羡慕。二是当机电兵，一切从头学起。缪恒生选择了学机电。缪恒生到机电班的第一年下半年,被提拔为副班长。他感到压力很大,因为机电班其他成员都经过专业训练,只有他在技术上刚入门,技不如人,何以服众?领导鼓励他,就像你烧饭那样,不会就学,没有过不去的坎。他想也是,不讲面子,能者为师,不会就学嘛。

从那时起,缪恒生憋了一股劲儿,边干边学。机电班在后舱,位置很低,人站不直,大概12个平方,中间有一张桌子,桌子旁边有一个衣柜和12张床铺,假如有灯光开着,其他人也不好休息,一到晚上,他只能拿着手电筒,躲在被窝里看技术书。白天在机舱里,跟班里的兵讨教,把机械线路弄明白。后来缪恒生脱掉了外行的帽子,转为志愿兵,当了机电班长。一茬又一茬送老迎新,他成了舰艇上公认的"土专家",多次受到嘉奖与表彰。

1986年,舰艇支队例行一年一度的新老交替,老班长缪恒生要退伍了。摆在32岁老兵缪恒生面前的,将是人生道路的下一个转折路口,以前是老百姓变成军人,而今又要准备由军人转变为老百姓了。有人劝缪恒生,赶紧请假回老家一趟,了解一下退伍后的安置去向。

缪恒生笑笑:"交给组织吧。"

他仍像原先那样,天天出操、训练、值班,一点没松懈。只要退伍命令一天没下,他就在岗位上坚守,守到离队的那一刻。

过了些日子,该来的还是要来,缪恒生这一批退伍老兵的退伍命令下达了,他所在的舰艇领导告知他,只是还没有宣布。

没想到,东海舰队要举行一次高标准的技术比武。接到上级通知，中队领导又找缪恒生谈话："老缪啊，舰队要组织比武，辅助船灭火、管路爆炸堵漏，这两个项目的难度很大，离不开你这个老班长啊。"

可是，缪恒生的退伍命令已经下达，宣布只是一个程序。既然要离队了，他和班里战友一一谈话，一是交代工作，二是提前道别。与以往对部属的命令不同，这次艇长与缪恒生说话的口吻是商量式的，毕竟缪恒生就要脱军装了，如果不愿意或是有些推辞，也不难理解。可是，缪恒生就像接受战斗任务："好的，我是一个共产党员，只要工作需要，都行！"

受领带训任务的缪恒生，以一个老兵的姿态，一头扎入了训练营地。他似乎忘记了退伍这回事，一点不像就要离队的样子，一丝不苟地组织队员训练。完成高压水泵防爆动作，要对付一根根破损的水管，这些水管大都有残缺和锋利的口子，缪恒生亲自上场示范，不小心把手划伤，鲜血直流。包上创可贴，缪恒生又带着大家练，帮助年轻战士掌握要领，准确而又迅速。

两个月后，东海舰队比武演练拉开了序幕，英杰汇聚，强手如林。其中贴近实战的两个主要科目，缪恒生都没有缺席。一个是辅助船灭火，这是个人项目，拼的是个人的综合素质，缪恒生夺得第一名。另一个是管路爆炸堵漏，这是集体项目，缪恒生带领的团队取得小组第二名。比武演练的总分和总排名，他们都是第二。在退伍命令宣布的同时，缪恒生被荣记三等功，他用比武的优异成绩，给自己军旅生涯画上了一个圆满的句号。

1986年12月，缪恒生依依不舍地脱下了军装，离开了劈波斩浪的舰艇，离开了魂牵梦绕的军营。对缪恒生来说，部队，是成长的熔炉，更是人生的起点。他曾以忘我的工作和出色的成绩，5次被评为优秀共产党员，锤炼了吃苦耐劳的习惯和好学上进的品质，懂得了共产党员的精神风貌是怎样形成的，一个共产党员应该怎样不负使命，在集体中熠熠生辉。

退役后的缪恒生，回到老家如东，被分配到如东供电系统，这位在部队当过班长的老兵，成为电力行业的一个新成员。

那时，如东县供电公司还叫如东县供电局，是人们向往且炙手可热的好单位。接到工作分配的通知，缪恒生很高兴，全家也都很高兴：虽然脱下了军装，缪恒生在部队的表现都在档案里放着，立功受奖说明了他的为人，无论分到哪一个部门，他都会鼓足了劲头，把分内的工作做好。当缪恒生信心满满地走进如东供电局大门，等待他的岗位却是……

3. 看你和谁比

缪恒生走进供电局大门的那天,是一个阳光明亮的冬日上午。13年前,他穿上散发着樟脑丸气味的新军服,从如东奔赴海防前线。13年后,他摘掉了领章帽徽,仍然舍不得脱下一身军装。人事科的同志热情接待了他,告诉他,根据县公安局的要求,单位要成立护厂队,主要由退伍军人组成,要给他们配备统一制服,这是一项很重要的工作。

像在部队一样,缪恒生一向服从组织分配,不讲个人的得失。他换上了保卫工作的制服,到供电局门卫室报到。他来上班时,门卫是两个五六十岁的老师傅,也是当过兵的,后来又分来几位退伍战士,共有八名退伍军人。所有门卫人员组成一个护厂队,一日三班,定时巡逻。供电局确实曾经考虑过,护厂队单独列编,但没得到上级部门的批准。因此,门卫工作这个退伍军人集中的岗位,同时负责单位的保卫工作。

"以为你进了个好单位，弄了半天，你就当了个门卫啊。"家人跟缪恒生发牢骚，似乎也不是没道理。缪恒生战友为他抱不平："你有海军考的电工证，又当过机电班长，可以提出来，分到一个对口岗位嘛。"

缪恒生不以为然，耐心地解释说："别小看门卫，兼管着单位的保卫工作，保障用电安全，你说重要不重要？"他当然知道，在一般人眼睛里，门卫嘛，就是"看大门的"，没什么技术含量，更别提晋升前途了。可是，缪恒生换位思考：既然安全工作是单位需要，总要有人干吧？

事实上，门卫工作非常单调，缪恒生和同事要严格执行公司守卫岗管理制度，认真地完成各项保卫工作，按时交接班，不脱岗，不迟到、不早退。每天早晨7点就要立岗，要微笑着迎接单位上班人员的到来。一天之内，对进入办公区的外来办事人员，礼貌热情接待，做好询问、登记和电话预约，确保公司工作秩序不受外来干扰，人员和财物不受损失。

最难过的是后半夜值班，尤其在寒冬腊月。当同事有紧急情况，需要半夜进出单位时，不管是开车外出维修，还是下班骑车回家，门卫都要开门登记，这个程序是不能少的。门卫还要负责清扫积雪，如果雪下个不停，一天之内就要清理多次，保证大门前的路面是畅通的。

缪恒生他们还有一个心结，时常担心有人财迷心窍浑水摸鱼。门卫曾经有过一次失误。单位有一个员工偷了供电设备仓库的铜芯线，塞在挎包里骑自行车带出了单位。后来，这个员工倒卖给收旧货的，因为铜芯线的质地很特别，派出所查其他案件时顺藤摸瓜，查到了供电局。虽然"内鬼"揪住了，赃物也追回了，领导没有责怪他们，但缪恒生依然感觉非常自责，他觉得自己有责任，以后不仅要按章办事，还要更细致、更严格。

缪恒生工作态度严谨，原则性特别强，以至于有人感觉他不好说话，也有人觉得，他是一个刀子嘴、豆腐心的人，骨子里仍是一副热心肠。缪恒生在门卫工作期间，正是20世纪80年代后期，供电系统招进了不少新职工，大多住在单位的集体宿舍，进进出出大门，都逃不过缪恒生的眼睛，时间一长，哪个年轻人的名字叫什么，他一清二楚，错不了。

如东供电服务中心计量班的吴学义，如今也是共产党员服务队的队员，他与缪恒生曾是单位门卫室的同事，采访时他谈到当年的朝夕相处，说出了一份特殊的感激。吴学义是1959年出生的，比缪恒生年轻5岁，但他看起来，浓密的黑发，清瘦的脸庞，不显年纪。

吴学义也是如东掘港人，1978年高中毕业入伍，和缪恒生一样，他也当上了海军，分到东海舰队上海基地。1989年退役后，被分到如东供电系统，比缪恒生晚进来3年。在海军服役时，他们不认识，让他们相识的地方，就是供电局的门卫室。一个老门卫，一个新门卫，由于差不多的年纪和相似的从军经历，两个人成了无话不谈的好朋友。缪恒生的人缘好，在单调而繁复的门卫岗与所有人都建立了友谊，其中与吴学义相处特别有默契。

他们当兵时妻儿都在老家，到供电局门卫室上班，考虑他们时常要值夜班，局里给门卫人员安排了宿舍，以便随时可以休息。吴学义来单位之前，老缪一个人住在一个双人宿舍里，吴学义来了，分到了老缪这个房间，睡另外一张床。缪恒生觉得没什么，反正两个人嘛，比较热闹，他喜欢没事跟吴学义聊聊天。后来日子久了，他发现过年过节值班，吴学义家人会到单位来找他，有时候他一进宿舍的门，吴学义的妻子或孩子坐在他的床上，见到他来了赶紧站起来问他好。小小一间宿舍，顿时局促和尴尬了起来。

缪恒生想了又想，过一段时间对吴学义说："这个宿舍以后就给你一个人住吧，这样你的家人来了方便些。"吴学义问："那你呢？"缪恒生笑笑，说："我有地方啊，住楼下的工棚就可以了。"吴学义不好意思，说什么也不答应。因为他知道，缪恒生的家在县城附近的苴镇，上下班路途比较远，而且他的责任心强，别人有事他乐于代班，住在宿舍的时间多。楼下的工棚，原来就是简陋的杂物棚子，那时不像现在空调这么普及，冬天冷，夏天热，他怎么能为了自己方便，让老缪去简陋的环境中休息不好呢？

虽然吴学义连忙拒绝，但依然没改变缪恒生的想法。老缪说："你就当为了我吧，我就喜欢自己一个人睡。"吴学义说："可是，那个工棚不隔音，环境乱，太差了。"老缪说："工棚好，工棚多方便啊，不用爬楼，距离传达室还近，没关系，我打扫一下，我就喜欢在工棚里睡！"

拗不过缪恒生，吴学义只能答应了下来，心里留下了一份对缪恒生的歉疚。之后，老缪一直住在简陋的工棚里。直到单位分房，他们都搬进了供电局的宿舍楼，两家成了邻居。吴学义说，老缪这个人，从来不会为一己之私利去钻营什么，他就是这样一个正直的人、踏实的人。共产党员的标准早已融入他的言行，先人后己，总是为别人着想。

在供电局，哪个人不走大门？谁能扳着指头数过，进进出出走过多少趟？门卫是一个天天照面的岗位，却又是一个容易被人忽略、视而不见的岗位。会有什么事呢？但缪恒生工作认真，看到谁都会打个招呼，眼睛不会放过一个细节。门卫就像一道屏障，呵护着这一片供电工区的安全。

然而，作为一个生产型的单位，当时供电部门制定薪资标准，有它自身的考量，比如倾向于一线工种。不同岗位不同等级，工资档位不一样。职工分为六岗到十二岗，六个档次，虽然门卫负责重要的安全工作，但与技术部门的工种没法比，也就是说，如果把薪资标准看成一个塔形结构，那么门卫的薪资属于塔底这一层，每年拿到手的奖金不容乐观。

正当中年，拖家带口，谁没有长远的盼头？和缪恒生一起的同事，大多在门卫的岗位干不长。有的觉得发展空间受限，多则一年半载，少则几个月，想方设法调离。有的因为门卫需要人，暂时不能动，缠着领导要求换岗。还有个别人在岗位上心不在焉，打牌喝酒被领导发现，被批评没责任心，一个通知调开了。而缪恒生是一个例外，因为忠于职守的工作态度和绝不马虎的责任心，颇受大家好评，一年又一年，在门卫岗位坚持了下来。

有人问缪恒生，老在门卫岗位上，亏不亏？

缪恒生说："亏什么？不亏！"

他觉得，既然组织上把门卫任务交给我，就是对我的信任。在电力系统有生产工种，也有后勤保障，没有高低贵贱之分。门卫也得有人干，干一行爱一行，是共产党员应该具有的品格啊。

因此，缪恒生如同一个螺丝钉，牢牢地拧在门卫岗位上。谁没有烦恼？或者因社会现象，或者因家务琐事，比他年轻的同事，少不了来几句牢骚话，可缪恒生很有定力，从他的嘴里听不到抱怨，站在大门口迎来送往，无论春夏秋冬，他天天挂着微笑，总是用开朗坦荡感染着别人。

就像在部队里当一个好士官，缪恒生要在供电局当一个好门卫，缪恒生本以为，自己这一辈子可能就在门卫岗位干到退休了。他没想到，体制改革的浪潮滚滚而来，供电局也从以前社会化的"小而全"，逐渐进入了改革的进程。1998年，门卫改为保安公司负责，这一块的职能剥离了出来。按照改革方案，缪恒生和同事都得转岗了。说来也巧，缪恒生穿上军装，从新兵到班长干了13年，脱下军装回如东，在供电局门卫室又干了12年。

转岗的去向，要征求个人意见。领导考虑缪恒生年过四十，再做供电业务显然跟不上，准备安排他当仓库保管员。这当然也是一个旱涝保收的工作，按时上下班，还能照顾一下家里。可是，缪恒生不安分，当他听说城区维护班需要维修工，可以自愿申报，他赶忙去报了名。劳资部门的人劝他："老缪啊，你何苦呢，当仓库保管员不用考，而报这个维修岗，现在持证上岗，要进行配电线路工种的考试，考得很严呢，你又不是小年轻，何苦呢。"缪恒生说："我愿意和小年轻一样考，考不过我认了，考过了我就上这个岗。"

转岗，是人生又一个转折。之所以盯着维修岗位不放，在于缪恒生是个有心人。这么多年来，缪恒生虽然身在门卫岗，但他的视野并没有局限在眼皮底下，目光一直关注着电力工业的变化。他知道，振兴经济，电力先行，电力行业急需多层次、多渠道的人才。他所在的如东，属于江苏东部沿海用电量大的地区之一，加之海风肆虐，电网经常发生损坏。电力维修岗位，是供电行业最忙最累的岗位，也是急需补充力量的岗位。

当缪恒生主动申请当线路维修工时，如东供电局所属供电服务中心设立了城区维护班，承接包括10千伏以下的电路维修与施工。缪恒生从传达室调到维护班，第一个向时任班长朱益峰报到。

朱益峰出生于1966年，1988年1月进入如东供电行业，上岗培训、安全培训、技能培训，加上工作努力，使他积累了丰富的实践经验，他先评上技师，后又评上高级技师，成为一名成熟的维修班班长。他1998年入党，现在担任如东供电服务中心（配电）主任。他说起与缪恒生的缘分，有很多感慨，因为他没想到，缪恒生当维修工的决心这么大，这么肯用力。

说起来，朱益峰比缪恒生年轻12岁。从年龄上来讲，那时缪恒生已是单位老职工了。朱益峰说："老缪啊，你知道的，线路维修工要经过考试，你这样的年纪了，在我们班组该是老师傅了，还要从头学，这在我们供电局还没有过呢，你有思想准备吗？"缪恒生说："我会虚心学的。我在部队当过机电工、机电长，还有电工证，总有些基础吧！"

缪恒生的自信并非凭空而来，外行人看来，干维修肯定没问题啊。没想到的是，朱益峰直率地告诉他，你现有的电工知识，跟电力维修工的要求相比，相差太大了，不是一星半点，隔行如隔山。我们供电维修的安全规范，涉及大型供电设备的线路安全，如果操作不当，贵重的设备烧坏了，会给国家造成巨额损失，还会危及员工自身的生命安全。因此，考供电行业维修资质的上岗证，谁都得脱层皮。要懂电力维修理论知识，还要在供电线路上干过，理论和实践的考试，淘汰率很高，不是随随便便能考过的。

明摆着有难度，缪恒生没有被难住。他说："你放心，我知道怎么做。别忘了，我曾经当过兵，军人辞典上就没有退缩这两个字。从现在开始，你不仅是我班长，还是我师傅，你要多教教我，事在人为嘛。"

缪恒生是一个实在人，说的话也实在，深深打动了朱益峰。他想，当务之急是创造条件，让老缪对维修业务有所了解。

此时，缪恒生也在琢磨，从哪里学起？怎么才能尽快地进入状态？他找朱益峰探讨，朱益峰建议说："老缪，你不熟悉业务，先在服务中心接听电话吧。别小看接电话，它也是一个业务活儿，你要第一时间，了解全县哪些地段出现哪些电路故障，学会跟报修的老百姓沟通，一天下来，把故障的类型进行整理汇总。这些，对你以后的维修工作会有帮助的。"

就这样，缪恒生在转岗之初，就当了电话接线员。两个多月，缪恒生认真地记录、传达、反馈，和用户沟通。每一个电话的报修情况，他都追踪到底，还按来电信息，查阅全县的地图对照。于是，他对如东供电维修工作以及群众诉求，从陌生到了解，到能提出内行意见。

可是，缪恒生在办公室坐不住，他对朱益峰说："我想跟你们去现场。"朱益峰说："你接电话也是学习啊。"缪恒生说："我承认，在办公室里接电话，等于在给我上课了，不过，风吹不到雨淋不到，跟现场还是不一样。不是有句老话，要知道梨子滋味，就得亲口尝一尝吗？"

朱益峰看老缪说得诚恳，点点头："好，你就跟班学习吧。"朱益峰外出维修线路，原本就有助手，缪恒生跟着去，他还让助手跟着，因为他觉得，老缪是个老职工，不好意思让他打下手。可是，缪恒生不是看看就行了，而是真的像个徒弟，递工具，搬东西，什么需要做什么。观察学习，现场指导，虚心的缪恒生受益匪浅，许多供电基本知识变得鲜活了。

来到维护班的缪恒生，深知万事开头难，要为老百姓服务，没有真本事不行。缪恒生的诚意，解除了朱益峰的顾虑，他直言不讳，事无巨细地叮嘱，缪恒生一边看，一边听，一边记，技艺大长。有一次，缪恒生跟着朱益峰到如东老城区做维修，这一片瓦房大多是老房子，容易漏电，缪恒生判断线路老化，而朱益峰发现不仅仅线路老化，还有电线贴近的墙体潮湿，只要把两根线用防水胶布牢牢裹起来，就不容易发生漏电了。缪恒生就这样用心跑现场，学到了许多供电知识，还学到了实际操作的不少具体技巧。

眨眼一年过去了，朱益峰对缪恒生说："老缪，你要准备考试了。"原来，分岗位不只是领导说了算，单位每年都要集中一线维修操作人员，进行全员安全规程考试，还要进行用户故障判断考试。只有考试合格，才有民电的维修资质，可以带队值班，带人到现场抢修。

朱益峰很佩服缪恒生，当时缪恒生在这批考生中，是年龄偏大的，又是初次参加考试，难度可想而知。理论和实践的考试，题目是专家出的，非常多，光电力专业的参考书，就有厚厚一大摞。缪恒生不服输，他又拿出在舰艇上半夜躲被窝里读书的拼劲儿，像一个重新跨进校门的读书郎，死死地啃着专业书籍和技术资料，苦苦备战了三个月。

问缪恒生，万一考不过，你不怕丢面子？老缪坦然地说："我是当过兵的，军人遇到困难，只能知难而进，从来不会绕道走。我想的，就是准备好，根本没想什么面子！"那天正式考试时，监考人也是上级部门派来的，非常严格。朱益峰相信老缪的付出必有回报。这个退伍老兵敢打硬拼，用实力证明自己，终于通过严格考试，成了如东电网一名合格的供电维修工。

4……… **说话算话**

需要补充的是，2000年11月，如东供电局更名为如东县供电公司，也就是说，供电行业不再是县政府一个部门，而是一个国有企业，一个要讲成本核算的经营实体。时隔不到一年，如东供电共产党员服务队成立，在计划经济向市场经济转变的关键时间节点，传达出一个强烈的信息：想百姓所想，急百姓所急，共产党人的传统和作风，仍然要发扬光大。

是啊，当经济效率占主导地位之后，社会评价的天平悄然有了偏移。固然，每个人都有追求富裕的权利，但这个社会真的要一切向钱看吗？人们可以大胆谈论金钱，不再有顾虑，也不会被扣帽子，这个社会是否还应该提倡做好事、做好人？

如今，共产党员服务队的名片，就是红马甲。在如东供电党员服务队的值班室，排挂着六七件红色制服，制服上方的大字是"共产党员服务队"，下方落款"如东县供电公司"，还别着一枚刻有红旗图案的徽章。一旦有维修任务，值班人员换上红马甲，带着这样的"名片"出征。平时，这里排挂的红马甲，似乎就是一个提醒，让服务队有了一种仪式感。

怎么让群众一目了然？

当初服务队就争论过，外出穿什么？

缪恒生告诉我，按照共产党员服务队的设想，队员外出工作要有个标志，先是戴红袖套，一眼就能看出来。后来大家觉得不正规，征求多方意见，议论的结果，给队员定制一批红马甲，印上"共产党员服务队"的字样，成为每一个队员外出服务的标识。可是，有的队员出门不愿意穿，觉得不自在，走到哪里都会引来老百姓的关注。

况且，当时的供电行业谁也不敢小觑，令人羡慕，甚至令人敬畏。吃香的，喝辣的，耍态度的，负面现象屡禁不止。行风转变非一朝一夕，既然参加了共产党员服务队，就有树立新风的使命意识，但是，真的穿上红马甲，顿时会感到压力很大，因为这样的标志太惹眼了，几乎是一道紧箍咒，仿佛被无数的眼睛盯着，许多不知道情况的群众还会问三问四。

是啊，胸前有了"共产党员服务队"的字样，群众对他们的工作，以至于日常举止，就有了更多的要求和期待。衣冠不整，说话随便，以前不当回事的小细节，也都要改。更重要的是，工作标准不一样，而这样的标准，超过了现有的常规做法和处理习惯。显然，这是给自己出难题啊。

那天早上的交班会上，围绕着红马甲的意义，缪恒生谈了自己的理解："要不要穿这身红马甲？穿不穿有什么不一样？当兵的军装就是一种荣誉，你们看，我们穿上红马甲，不就像在部队穿军装吗？"

蔡邦相说："红马甲是一种约束，但，它也是一种信任。红马甲提醒我们是一个整体，传播的是共产党人的精神品质。"

李桂春说："红马甲也提醒我们自己，我们不能混日子，时时要想到，怎么样才能做一个合格的共产党员。"

要对得起红马甲，缪恒生攥紧了拳头。

我们带头穿！老兵们表示了决心。

为红马甲争光！其他同事不甘示弱。

大大方方，整整齐齐。穿上红马甲的缪恒生和队员们，带着一种油然而生的庄严感，进入了自己的工作状态。和其他班组一样，每天要处理很多麻烦事，跟各色人等打交道，他们没辜负红马甲的意义，用真诚丰富着红马甲的含义，红马甲也就成了他们的特殊名片。

珍惜红马甲，缪恒生和队员们共勉。他确实像穿着军装那样，穿着红马甲，腰杆挺得直直的，干活有使不完的力气。缪恒生原本就有一个电的情结，而今电无处不在，家家户户的日子，都离不开电。他也从一个旁观者，变为一个参与者。共产党员服务队对外公布报修电话，用户只要打电话报修，无论是白天还是黑夜，无论是刮风还是下雨，马上就有回应。

随叫、随到、随修，从不推诿。

报修电话里所说的问题，大多只是表象。跳闸了、烧坏了、冒烟了，一般人看到的，也就是电路出故障，而其后的维修或简单或复杂，那还是一个未知数。就像一个病人只说自己肚子痛，至于是偶尔小恙，还是疑难杂症，得经过一番检查与诊断，然后再进入治疗的程序。缪恒生觉得，不管多麻烦、多辛苦，能亲手把电送到百姓家，就是在实现人生的价值。

红马甲进入了人们的视野。

一个雨后初晴的下午，掘港镇医院手术室里，一位女病人被缓缓地推上手术台。浓厚的消毒水的气味里，无影灯刷地亮起，外科主刀的张医生只露出两只眼睛，手术有条不紊地进行着……

突然，手术室传出两声惊呼，门楣上的指示灯突然熄灭。怎么回事？手术还在进行之中，出什么事了？病人家属的心顿时揪了起来，站起身赶忙向里探望。当然，小窗里黑乎乎的，什么也看不见。

"停电了？快去查一下。"经验丰富的张医生神情镇定，告诉其他人别慌，一边做应急措施，一边指挥助手寻查停电原因。

配电室回复：供电公司停电了！啊？怎么在这个节骨眼上停电？大家都很吃惊。护士王芳说："可能最近负荷高，供电公司限电吧。"在应急照明灯的光亮下，张医生果断布置："快，小王准备血浆，李医生与供电公司联系，请他们恢复供电！"李医生急匆匆地抓起桌上的电话，拨通供电公司报修电话：供电公司吗？我们这边突然停电了！我们是掘港镇医院，没有备用电源，请赶快给我们送电！不然，病人会有生命危险，这不是开玩笑！

供电公司员工解释："对不起，今天按计划是停电检修日，员工正在线路检修，如果现在送电，会造成重大伤亡事故。"

李医生追问："为什么事前不通知？"

员工说:"我们已经提前七天,通过如东电台、电视台和《今日如东》发布停电范围与相关信息,应该是你们疏忽了。"

张医生突然想起来,供电公司不是说过吗,有困难找红马甲,我们找找他们!张医生马上拨通了如东供电共产党员服务队的值班电话,把手术室停电的遭遇告知对方,这是他最后的希望……

放下电话,张医生心里也没谱。李医生和王芳护士齐声问:"怎么说?"张医生告诉他们:"值班员说,知道了,我们马上派人过来。"可是,在场的所有人对这个回答都不敢相信,但愿不是糊弄他们。

墙上的时钟滴滴答答走着,时间一分一秒地过去,医生护士不敢走开,等待的感觉如同煎熬,死神似乎一步步逼近。

猛地,手术室的灯骤然亮了。

幸亏麻醉还没过去,张医生刀法娴熟,助手们紧密配合,一台手术很快做完了。张医生长长地松了口气,她和护士简单交代了注意事项,顾不上换工作服,就和助手们直奔配电间。只见四个身穿红马甲的供电师傅,正在配电间里忙碌着,一台发电机发出沉闷的轰鸣声。

原来,接到医院的告急电话,共产党员服务队立马行动,刻不容缓。队长缪恒生迅速抽调人力,从施工现场借来发电机,带领队员登车出发。从接电话到医院,只花了短短十分钟。一到医院,他们直奔配电房。那里像个不透风的铁皮屋,闷热得让人透不过气来。借着手电筒的光柱,缪恒生和蔡邦相察看接线位置,商讨解决的最佳办法,赶紧接上发电机!

李桂春和余明荣等队员赶紧接线、调试、校正、送电。当临时电源接通，手术室的灯又亮了，制冷空调又转动了……

"谢谢！"张医生紧紧握着缪恒生的手，激动地说："如果你们晚来十分钟，手术台上的病人就危险了。谢谢你们！"

"没事，这是我们服务队应该做的！"

医生是患者心目中的生命守护者。

而红马甲，此时成为医生眼中的救星。

盛夏的晚上，如东好多天没下雨，热浪滚滚。许多路人躲回家，打开空调吃瓜纳凉了。这天，刚结束抢修的缪恒生，和队员一身疲惫地回到值班室。他们洗了把脸，就到食堂吃饭。这不，他们时常不能按时吃饭，食堂的师傅们很有意见，也是心疼他们，三餐没规律，对肠胃不好。

给他们留的饭菜端上桌，一阵急促的电话铃声响起："共产党员服务队吗？县城黄海路三元小区的一个配电箱出现故障，整个小区停电了，你们能马上去处理吗？"

饭菜顾不上吃一口，缪恒生告诉接线员电话回复，服务队马上出发。他立刻召集陈炜、白峰等队员，收拾工具赶往现场。

到了三元小区，挤在楼下焦急观望的居民，一看抢修车来了，穿着红马甲的维修人员下了车，马上分头干活，他们又惊又喜：这大热天的，红马甲来得真快，不愧是共产党员服务队，说话算话！

大热天停电，居民急，缪恒生更急。

他和陈炜、白峰分头查了小区配电箱，发现严重烧毁，推断原因，应该是哪一家使用了大功率电器，必须更换排查。可是，更换配电箱哪有那么容易？先要将井下连接的电缆一并拔起，而井下几个配电箱的电缆全部缠绕在一起，只能靠人下到井巷里，将电缆一一梳理开来。

勘察了现场的缪恒生，红马甲上透着汗渍，自己站到了电缆井口前，对旁边的人说："我下去，你们在上面搭把手。"此时，比他年轻的白峰，已经做好下井的准备工作了，他说："老缪，你是队长，在上面指挥就行了，我们都比你年轻，还是我们来。"缪恒生不肯退，说，"就因为我是队长，应该排在你前面啊！"旁边的人劝他说："老缪，这么多人，也轮不到你吧。"

缪恒生笑笑："别争了，我来吧。"

打开井盖，缪恒生转身往井下钻。

此时，电缆井外面热气腾腾，井下温度高达60多度。电缆井盖一打开，电缆烧焦后的烟熏味，夹杂着臭气直冒，呛得人直咳嗽。围观的群众纷纷避让，缪恒生用肩上的湿毛巾捂住口鼻，躬身钻进两米多深的电缆井内，一条条一根根地梳理电缆，徒手举起重达几十斤的电缆……

电缆井的通道太小，只能容老缪一个人操作。陈炜站在井旁喊老缪，要换他，他说赶紧干活吧，换来换去浪费时间。

电缆长长的又粗又硬，干活时爬起、跪倒的重复性动作，折磨得缪恒生腰酸腿麻。守在上面的白峰心疼，一连给他递了几块湿毛巾，但他的汗水仍然止不住地往下淌，谁都知道，站在地面闷热难当，何况窝在电缆井里呢。可是老缪觉得，自己累，别人也累，遇到苦活累活，他都干在前面。

当吊车成功将配电箱与地面分离后，忙了半个多小时的缪恒生一阵头晕，几乎虚脱，一下子瘫坐在电缆井底。

45

"老缪，老缪！"在井口守着的蔡邦相和白峰吓得不轻，齐心协力把缪恒生拉了上来。上来后，他还迷迷糊糊地睁不开眼，白峰给他喂水，余明荣给他扇风，围观的人要打120，赶快派急救车来送他去医院。

一听120，眯着眼的缪恒生摇摇手，意思是不必了。睁开眼，晃了晃脑袋，然后一个骨碌爬起来，摇摇晃晃的，旁边的白峰赶忙扶住。缪恒生说："我没事，配电箱修好了吗？没修好，接着修啊。"

老缪又走到配电箱周围，向蔡邦相询问具体进展，投入到紧张的抢修之中。在闷热中忙碌的老缪满头是汗，身上工作服也被汗水濡湿，直到两个小时后小区恢复供电，他才安心地回去休息。

穿着红马甲的老缪一脸汗水，像从水里捞出来一样，被大家从电缆井里拉出来的身影，一直印在许多人的脑海里。

正月初三晚上，缪恒生正在值班。春节长假他总是代班的，24小时在岗。毕竟过年，有时照顾队员换人，老缪这个队长仍然坚守。忽然，一个路人打来报修电话，说南节制闸边有根电线在冒火。

缪恒生说："走，我们去看看。"

按照报修人提供的地理位置，老缪带领队员陈兵和小马赶过去。一看，南节制闸的桥面要拓宽重建，旧桥面已经拆除大半，一条施工的双体吊杆船的缆绳被风浪刮掉了，船体横在河道的中间，吊杆朝向一条配电线路，一晃动就碰到，不时噗噗冒出火星。

船上有人吗？不见回音。可能员工放假回家了，它在风浪里摇摆，忽上忽下。缪恒生清楚，吊杆船无人驾驶，与配电线路时常碰上，要赶紧把它们断开，否则引起变电所跳闸，附近线路全都遭殃。

十万火急。怎么办？

吊杆船远离岸边，队员们谁也上不去。

情急之中，缪恒生想起了报警电话，赶紧打电话给110，自报家门，然后说明了现场可能出现断电的严重性。110报警台只管陆上派出所，但值班员很负责，想到了水上派出所，立即向水警部门转达了险情。接到报案的水警不敢怠慢，派了一艘快艇开过来，与现场的红马甲汇合。

此时已近半夜，天寒地冻。缪恒生他们站在河边，呼呼的风扑来，像刀子一样割脸。当水警快艇的探照灯照射过来，缪恒生上前说明情况。快艇弦边放下登陆板，队员们依次攀上快艇的甲板。水警看到缪恒生是个老职工，半夜里还带人排除险情，都说："老师傅，你们太辛苦了！"

水警快艇驶向河道中间，靠近吊杆船。探照灯如柱的灯光里，吊杆船上的吊杆倾斜，随着船体不停波动。怎么把吊杆与配电线路隔开？用东西挑？没有竹竿，铁器更不能用，万一传热导电呢？

陈兵和小马毕竟年轻，想不出什么招数，问老缪怎么办。缪恒生说："有一个办法，把吊杆船拖到岸边，要上船拴住它。"陈兵吃了一惊："怎么拴？难道要上那条船？"缪恒生说："是啊，要跳过去！"

跳过去，就是从水警快艇上，跳到吊杆船上。不过，快艇和吊杆船都在晃动，中间隔着河水，这一跳非同小可啊！

缪恒生说："你们接缆绳，我来跳吧。"陈兵和小马忙说："不行，我们来。"老缪年近半百，而他们比老缪年轻，也比老缪有劲，腿脚灵活啊。旁边的水警也说："老师傅，你年纪大，还是让年轻人上吧。"

老缪说:"从这条船到那条船,叫什么?叫跳帮。这是水兵的基本功,我当海军时就练过!"只见缪恒生弯下腰,两脚一前一后站稳,乘着河水冲击下,快艇与吊杆船靠近的一瞬间,嗖地起身,跳上了对面的吊杆船的甲板。他回身扶住护栏,喘了口气,把缆绳收起,朝陈兵他们喊:"接住啦!"当陈兵在快艇上站好位置,缪恒生一使劲,把吊杆船上的缆绳扔过来。

陈兵和小马接住,在水警的帮助下,牢牢系在快艇的船尾。随后,快艇缓缓开启,把吊杆船缓缓地拉正。

其实,这个过程很长。因为天冷,缆绳冻得发硬发直,扔过来落进水里。拽出来,再扔。好不容易接住,缆绳系上。

水警问:"老师傅,为什么不天亮再干?"

老缪说:"不行啊,那么高的吊杆搭到我们的配电线路了,不把吊杆船拉走,随时可能短路,这一片都可能停电啊!"

把船体小心地拉开,也就离开了配电线路。水警快艇靠岸,吊杆船也跟着靠岸。陈兵和小马也上船,配合老缪,把它系在岸边,用缆绳固定起来,防止后半夜再有更大的风浪,把这条船冲走。

缪恒生和队员忙到下半夜两点,终于固定了船,排除了与配电线路接触的险情,他们冻得话也说不清了。

回到家,缪恒生就发烧躺倒了。

老伴徐秀琴看他病得不轻,很心疼。她说:"老缪,你知道你多大岁数?你干啥还冲在前头?"缪恒生说:"排除险情了,变电所没事了,值了!你看,我们是共产党员服务队,我们不冲,谁冲?"

陈兵说:"寒风中跳帮的老缪,像一个冲锋的战士。从这条船跳上那条船,真危险啊,太勇敢了,把我们都震住了。"

光柱里的红马甲,如同灼热的火苗熠熠生辉。

有一段时间,缪恒生最讨厌的事情并不是维修的大小麻烦,而是小偷的可恶行径。只要有电力施工,铺设线路的铜芯线就会成为小偷的觊觎目标。小偷为了赚这点钱,把铜线剪了当废铜卖,好端端的线路,今天晚上这里一剪,明天晚上那里又一剪,给供电公司带来巨大损失。即使是民用线路,小偷也不放过,造成线路故障,也让缪恒生和同事不胜其烦。盗窃线路的小偷大都在后半夜作案,如东有一段时间,盗窃铜芯线泛滥,缪恒生接到报修电话,都要连夜加班。遇到这样的维修,一看线路上被偷窃的痕迹,缪恒生他们特别气愤。

可是,小偷狡猾,打一枪换一个地方,给警察破案造成了困难,因为警察抓小偷,需要人赃俱全,不然,小偷也可以抵赖。缪恒生常说,小偷太可恶了,要是被我碰上,看我怎么收拾他。缪恒生不是警察,也没发现什么有用的线索,别人听了他的话,觉得他就是出出气。是啊,做电力维修工,为的就是线路畅通,而小偷却人为制造故障,你说可恨不可恨?谁也没想到,老缪心里揣着这样的念想,使他时时警惕,竟然真的撞上了小偷。

这天凌晨三时许,缪恒生连夜抢修后回家。在门前掏钥匙,忽然发现防盗门是虚掩的。他警觉地瞅瞅邻居的防盗门,大部分也开着。他马上意识到,小区肯定来小偷了。他跑到楼外,一边用手机报警,一边搜寻小偷的身影。缪恒生忽然看到,第一个单元下来两个小伙子,他们一边说一边笑,好像很开心的样子。缪恒生确定,这么晚还出门,是小偷无疑!

缪恒生看到这两个道貌岸然的小偷,无名之火腾地一下在胸中燃烧起来。按理,他这样的年纪,面对两个年轻人,应该顾忌一点。可他是一个眼里容不得沙子的人,没有等警察赶到,也顾不上没人帮忙,一声大喊,抓小偷啊,拔腿就追了上去。住在楼上的一个男住户听到老缪在喊,赶紧跑下来,和老缪一起追。楼上的人纷纷打开灯,站在窗口探头往外看。

两个小偷一看不好,被发现了,撒腿就往外跑。缪恒生顾不得个人安危,跟在小偷后面拼命追。他气喘吁吁追到国防路,这时候路上有早起的行人了。他边跑边喊:"抓小偷啊。"这时,有一个骑三轮车的好心人过来了,说:"大伯你上车吧。"他坐着三轮车,追上了其中一个小偷。

这个小偷被缪恒生抓住,扭送派出所。他供认了流窜作案的犯罪事实,包括盗窃铺设线路的铜芯线。

刑警中队年轻警官表扬缪恒生,说:"谢谢大伯啊,看不出您这个岁数了,还这么身手矫健,还能这样见义勇为!"

缪恒生说:"这算啥?小偷碰上我算是倒霉了,他做梦也没想到,我们是共产党员服务队的,都是在部队上练过的!"

那天他下班回家就遇上小偷,来不及换衣服,一身红马甲,显得精神抖擞。用他的话说,红马甲就是他的保护神!

夏季的一天,台风肆虐,暴雨如注。

缪恒生接到报修电话,如东农业局办公区一条400伏的配电线路被刮断，断线悬挂在半空，导致周边大面积停电。缪恒生、陈炜和其他队员驱车赶到了现场，发现险情远远超出他们的想象：变压器的位置在洼地里头，水深过膝，根本进不去。只有通知变电所停电，防止漏电，才可能检测。

强台风"麦莎"的不期而至，使临海的如东供电系统事故频发，这是电力抢修人员随时待命的关键时刻。共产党员服务队进入了"临战"状态，在班或休息的队员，都赶到值班室待命，一接报修电话就出发。

此时，狂风呼啸，雨雾飞溅。

垂落的断线不时闪着火花，"呲呲"作响。

缪恒生在风雨中观察着。断线明显带有漏电的隐患，而暴雨一阵又一阵袭来，如果一时没法断电，断线还会引发行人触电的危险。李桂春等队员只能劝来往的市民绕道而行，可是，行人这么多，脚步匆匆，不可能对每一个人讲清楚，有的行人不听招呼，万一有人误闯进去怎么办？

朱益峰、余明荣蹚水过来，缪恒生果断分工，分头行动。当务之急赶快断电，抢修水淹的变压器，保证周边群众的绝对安全。

暴雨中的下水道淤堵，积水上飘着落叶，蛤蟆和青蛙翻了肚皮，呱呱直叫。大树在风中摇晃，不时有树枝訇然折落。配电线路的断线头，激起水面的波纹。就在断线低挂的行道树附近，是一条不时有行人和骑自行车的人经过的辅路，而断线悬在高处，连同可以导电的积水，随时会成为最危险的"杀手"，一旦有人、车接近，后果不堪设想。

事发地是闹市区域，虽然大风大雨，仍然有过往的行人，打着伞、闷着头，还有人因积水骑不了自行车，推着走，穿着包头的塑料风衣，他们脚步匆匆，急着赶路，不小心就会出岔子。

大家问缪恒生："老缪，我们现在怎么办？"

老缪说："只能拉成人墙了！"

于是，缪恒生伸出手，拉住在场队员的手。大家手牵着手，做出绕道的示意，让迎面而来的行人和自行车从他们身后走过。有好奇的行人喜欢打听为什么，缪恒生和队员一遍又一遍高声喊道：

"请绕开！这里危险！"

风雨中隐藏着危险。经验丰富的李桂春带一个队员，带着绝缘手套和操作工具，顶着风蹚着积水前往变压器方向。他们抢修故障电路的时候，缪恒生他们被狂风吹得摇摇晃晃，奋力挺立在辅路上。

在风雨中艰难跋涉的行人们经过这里，只看到一排红色的马甲，像火墙一样屹立在街上，挡住了有隐患的路面。

缪恒生、陈炜、白峰、朱益峰、余明荣……红马甲在狂风大雨里晃动而不倒，如同一个红色路标，传达着安全的信息。

我采访时了解到，离出事的配电线路很近，这排人墙的处境其实也危险。我担心地问："下雨天可能漏电，你们不怕吗？"

缪恒生说："真的有可能漏电，我们更应该挡在前面，这是共产党员应该做的，也体现着共产党员服务队的宗旨嘛。"

说得轻描淡写，其实惊心动魄。

虽然没有硝烟，没有炮火，只有狂风怒号，只有暴雨倾盆，却同样是生死线上的艰险之战。供电系统的故障可能造成漏电事故，老百姓的生命可能受到威胁的当口，缪恒生想到的不是个人安危，

52

更不是事不关己，而是挺身而出，即使面临着危险，也把这危险留给自己。

红马甲在风雨中勇敢而坚强。

当红马甲在如东逐步被人们知晓的时候，在单位内外，乃至社会各界，对于缪恒生当队长的这支队伍都非常佩服，但也存在着疑虑，甚至担心。要知道，供电部门是一个特殊的部门，并非一般的窗口单位。当时有些地方，因为电力紧张，供电部门被群众看成"电老虎"，门难进，脸难看，事难办，这是许多群众心里固有的印象，不满却又无奈。可在如东供电公司，共产党员服务队"自降身段"公开亮相，恰如一股新风吹进了电力行业。

红马甲的承诺是务实的，在缪恒生带领下埋头苦干，做出的业绩也是实实在在的。如东供电共产党员服务队不负众望，入选如东县"十佳文明服务示范品牌"。这一份成绩单来自老百姓的口碑，实实在在，朴素无华。

但是，人们在看，缪恒生是作秀吗？做一件好事并不难，在市场经济大潮的冲击之下，缪恒生和队员们怎么样坚持下去？

红马甲袒露在聚光灯下，共产党员服务队自然要接受群众监督，一言一行，一举一动。他们应该接受，还是应该回避？

旗开得胜，缪恒生并没有头脑发热。

他琢磨着，赞扬既是一种肯定，也是一种动力。如何使共产党员服务队的内部管理与服务水平更上一层楼？如何把班组建制的党员服务队，打造成"素质一流、技术过硬、管理精湛"的卓越团队？

缪恒生的思考，得到如东供电公司党委的回应。党委决定充实共产党员服务队领导力量，给缪恒生配一个副职。同样是共产党员退役军人的陈炜，曾经当过线路维修工，后因工作需要转岗，对相关工种很熟悉，是一个合适的人选。2005年5月，在如东供电系统干了19年的陈炜担任了共产党员服务队副队长，成为缪恒生的得力助手。

5 标准在哪里

当过兵的人都有相似的经历。陈炜 1965 年出生，1982 年入伍。严格地说，他穿上绿军装时，18 周岁还差 1 个月。1986 年退役回到如东，已经从一个肩不能挑的文弱书生，变成一个具有硬汉气质的老兵。离家参军报国，在部队加入党组织，苦和累都不在话下，这与老兵缪恒生非常投缘。

初入职时，陈炜分到线路工区，对于怎么维修一头雾水。领导考虑他是退役军人，技术上允许"网开一面"，而他一心想早点成为技术过硬的线路工，在最短时间内摘掉外行的帽子，干出点名堂。

像当兵时学习军事技能那样，陈炜使出了不甘示弱的犟劲，一头钻进了电力维修的专业领域。他时常和老师傅探讨，从零基础起步，参加培训，如饥似渴地听课，厚着脸皮向老师请教。真的能够上岗了，他非常勤快，哪个师傅都愿意教他。遇到急、难、险的检修，新职工大多只在旁边站着看，陈炜却会主动申请，请老师傅盯着把关，自己上去体验操作的滋味，然后听老师傅指点评价，一起交流技术要领与心得体会。

1987年，南通电力系统举行全员技能竞赛，包括理论和技能两大门类。尽管入职才一年，陈炜成竹在胸，取得了南通电力系统第13名的好成绩。由于参赛人员含南通各县区，人数众多，高手云集，前20名优秀的竞赛人员，可以被任命为工作负责人，陈炜妥妥地拿到了这个资质，证明这个老兵不含糊，他能独立负责检修、施工、巡视等各项工作了。

崭露头角的陈炜，让领导和同事刮目相看。日常工作中他还是那么努力，还是那么低调，迎峰度夏期间随班组出工，到现场进行线路检修。陈炜不仅对抢修这门技术入了门，而且想出了好些新招。

陈炜相信办法比困难多。他个子不高，只有1.63米，这个身高在施工登高作业时会显示出短板。杆子竖立起来，要进行钢梁架设，他和同事利用脚踏板蹬杆架设，一板一板蹬上去。这些动作看似简单，其实要两个人的配合默契，速度相同，才能使钢梁顺利架设到位。

由于陈炜受身材所限，12米的电杆，别人蹬10板就能登顶，陈炜要蹬15板。为了赶上同事的进度，别人休息的时候，陈炜就一个人练习蹬杆。他没有别人的身材优势，只能苦练自己的速度和灵活性，终于熟能生巧，即使和同事中1.8米的大个子一起蹬杆，也不会被落下了。

带电检修作业，要更换110千伏中间杆塔的绝缘子串。之所以叫串，是因为瓷瓶数是7个，大约六七十斤的样子。爬在数十米高的铁塔上，身上背负着十几斤重的作业工器具，要把笨重的瓷瓶串调上去太难了。陈炜琢磨了一个既省力又高效的方法——借用旧瓷瓶的重力调换新瓷瓶。

也就是说，将定滑轮固定在钢梁上，通过定滑轮的绝缘绳，分别拴起新旧瓷瓶，铁塔上与地面上配合作业。循环的绝缘绳一上一下，塔上拆卸的旧瓷瓶放下来，就能把地上的新瓷瓶拉上去了。

陈炜坦言，最根本的要领是专心致志，操作时沉着冷静，急缓得当，动作一气呵成，每个人都能胜任。同事纷纷叫好。

后来，为响应国家电力快速发展的号召，如东要大力扩建变电所，还要筹建22万伏马塘变电站。陈炜所在的线路工区，承接了所有的立杆、架设钢梁和母线排放项目。陈炜参加了项目攻关组，而且负责立杆的配合保障工作。这项大工程让陈炜兴奋不已。

如何既保证杆身不能有误差，又保证横向和纵向的竿子分别在一条直线上，使钢梁架设完全吻合？这在当时是个难题，通常只能外请专家来解决。陈炜虽然资历浅，却很敢说话。他提出了一个大胆的想法：在杆基中心画个直径400毫米的圆，用双层三角板线固定杆身，再用加木头塞的方法，将杆根与杆基中心完全吻合。经过反复试验，这个方法让所有竖起的杆子都是齐刷刷的。

在如东变电所建设期间，陈炜连续45天没回过家。马塘线施工完成后，他又去了马栟线、马农线、马化线……

正因为陈炜肯出力，也肯用心，所以他在技术上进步很快。他被选入共产党员服务队，在维修技术方面挑大梁，成为缪恒生依赖的技术骨干。在抢修工作上，陈炜和缪恒生这两个老兵，也是配合默契的一对好搭档。

一个深秋的夜晚，陈炜和缪恒生正像往常一样值班，忽然接到了如东城区一栋宿舍楼的报修电话。电话那头传来惊慌的喊声，背景一片嘈杂："快来吧！小区全都停电了！有个楼还失火冒烟啦！"

情况紧急，缪恒生嘱咐陈炜准备工具，先带着一位队员到现场看情况。到了酒厂宿舍，他们发现情况十分严重，配电箱都已经烧毁冒烟了。缪恒生通知陈炜，召集队里所有的8名队员，立即赶到现场！

不同于一般的抢修，陈炜他们不一会儿就赶了过来。群众被惊动了，许多人都在宿舍楼下等着，看到一群红马甲这么快就出现在现场，还以为他们是消防员，上前一问，得知他们是如东供电共产党员服务队后，大为惊讶："你们来得比消防队还要快？"

当然，消防车也很快到达了现场。当消防水龙头接上，拉着水管的消防员冲入火海时，如东供电党员服务队的队员们已经切断了控制小区供电的分机箱线路，为消防员扑灭大火创造了条件。

陈炜记得，当时他们干供电抢修的，并没有消防防毒面具，甚至连口罩也没有，就戴着头灯，拿着电筒，冲进了还散发着浓烟的住宅楼的楼道。一进去浓烈的烟味直呛鼻孔，队员们忍不住地咳嗽。

即使环境如此恶劣，他们还是用电筒照着，检查每一户的布线和表位，有些人家电表的开关坏了，有些人家线路烧了，有的是要换新的，所有的损坏都要一一记录，要维修的每一家都登记下来……

"我们是共产党员服务队，要让灾后的老百姓尽快用上电！"顶着浓烟，抵挡着困倦，队员们熬了整整一夜！

次日一上班，缪恒生和陈炜来到供电公司，两人商量，按原先的工作流程，要报批后才能领材料，考虑到要尽快为用户恢复用电，他们决定先维修再走"用材消耗"的程序。征得公司领导同意后，他们在仓库中领了电表和电线，破例签字办理手续，第一时间赶到出故障的宿舍楼。

当维修电路工作即将收尾的时候，陈炜发现，这个小区被烧坏的居民楼的梯墙面烟熏火燎，黑乎乎的样子看起来十分骇人。

陈炜想，小区居民遭受火灾，看到黑黑的墙面怎么不难过？我们把电都修了，也把他们的墙壁粉刷一下吧，也是一种心理安慰。于是，他自费买了一桶乳胶漆，带领队员来到发生事故的宿舍楼，把墙壁给刷了。

这栋楼的居民们看到，这些穿红马甲的维修队员不仅给他们恢复了供电，还帮他们粉刷楼道，都连声说谢谢。

还是陈炜刚到共产党员服务队不久的一天，如东县日杂公司宿舍楼103室的徐先生打来报修电话："家里的电灯突然不亮了。"接到报修电话，陈炜和队员卢祥、江雪峰、陆远迅速赶到现场，询问故障原因，徐先生说："刚回来，灯开了一会儿工夫就不亮了，没电了！"

队员们分头检查，发现徐先生家的零线侧保险丝已熔断。可以初步判断，故障就发生在这个用户的家里。但是，陈炜并没有马上下结论，而是进一步仔细观察，发现这个用户的零线保险丝熔断与正常熔断情形略有不同。保险盖上有明显的强放电痕迹，这细微的差别一下子提醒了队员们。

"故障的原因可能没那么简单！"

"同志们，今天早上缪队长在开工会上怎么说的？细节，关注细节！"陈炜边说边用万用表测量，"细节体现着个人素质，细节代表部门形象，细节决定事业成败。你们看，电压竟然高达380伏！"

果然，这个细节需要深究。陈炜提出，这栋楼的集中表箱是220伏进户，380伏从何而来？会不会是徐先生家内部零线与另一家住户的火线发生短路，导致徐先生家内部回路形成380伏呢？陈炜带着队员仔细排查，询问其他住户，终于找到了故障原因。原来确实是三楼的一个住户，从自家引了一条220伏临时电源线，经过徐先生家下方储藏间的位置时触发了短路。找到"症结"所在，拆除挂接的临时电源线，一切又恢复正常了。

凯旋的路上，大家都说，陈炜是故障现场的福尔摩斯。队员们打趣道："只是多看了一眼，我们就看到了'放电'的痕迹。"

陈炜则在实战中提炼总结，记录下工作心得："参与抢修的每一个队员，既要认真工作，又要多长心眼，具有现场的'侦探'意识，才能提高自己的专业素养和判断力，养成根治问题的良好习惯。"

在共产党员服务队里，陈炜担任副队长，就不能只局限于技术了，还要在管理上有所作为，给缪恒生当好助手和参谋。

"外塑形象，内强素质，这可不是一句口号，需要实实在在去做啊！你来得太好了，你看，哪些地方我们需要改进？"

缪恒生真心想听陈炜的建议。

陈炜也不见外，他说："缪队长，运用先进的管理理念和管理方法，我们能不能借鉴日本人的标准化作业方法？"

陈炜说的是早年在变电所建设时的见闻。

那是在如东电压等级最高的马塘变电所的施工现场，有一件事深深刺激了陈炜。他带领线路工区一个小组，按照规定和进度进行作业，因为那次马塘变电所采用的是日本进口设备，正在调试之中，前来调试的是日本技术专家，陈炜奉命带着同事赶到现场，负责全面配合。

陈炜以为，这么大的进口设备，现场肯定会来一个专业团队，没想到，日本方面只派来了一个戴眼镜的中年工程师。

那个日本人看起来瘦瘦的，个头不高，衣着整齐，他来到现场也没多少话，只把一块干净的布平平地铺在水泥地上，主变设备的零配件一一摆放得整整齐齐。那个日本人就半蹲在那块布前，一手捧着一个小册子，一手拿一支签字笔。他一边看小册子，一边拿起零件，按照要求，做一下划掉一项。全部划完，布上的零部件一个不剩，工作也完成了。

陈炜很震惊，这么有条不紊？

因为在变电所工地安装或检查设备，面对的头绪常常太繁杂，有时候一堆人做一件事情还手忙脚乱，而面前这个人做一堆事情却严谨细致，而且井然有序。陈炜之前对日本人的秩序感早有耳闻，如今现场观摩后，更让他对"程序"和"标准"有了深刻的体会。

陈炜想，既然日本人能把事情做得这么好，我们中国人为什么不可以？古人说，"他山之石，可以攻玉"。改革开放要打开国门，只要我们学习别人的优点，改进自己的工作方法，会比他们做得更好！

陈炜的话，引起了缪恒生的共鸣。

"我们共产党员服务队从哪里入手？先制定出《标准化作业手册》《标准化作业指导卡》，怎么样？完善现有的各项制度，如工作标准、值班制度、例会制度、内务制度、工作纪律、考核细则等等。"

"好啊，要讲共产党员服务队的可持续发展，就要有一套行之有效的制度，才是一支队伍得以传承的保障。"

缪恒生在陈炜的协助下，开拓了新的认知。比如写台账，以前缪恒生是只知道埋头干活的队长，对文字记录丝毫提不起兴趣，陈炜就跟他说："在单位做台账，其实跟在外面抢修线路，没啥本质不同，咱们光一门心思干活，不及时总结下来形成文字，怎么让经验得到总结，让教训得到规避呢？都说好记性不如烂笔头，多写多记总没错的。"缪恒生认可这个观点，他在工作之余，带头耐着性子写台账，后来逐渐就形成了习惯。

两位在部队里经受过历练的老兵，深谙基层管理之道，对班组的管理认知和工作思路一拍即合，他们明确了班组管理进阶"三部曲"：从班组长管理，逐步转向制度化管理，最后实现靠文化管理。

共产党员服务队整理出《标准化作业指导书》。它分日常管理、行为规范、安全生产、抢修工艺、客户回访、检查考核六大项，每项又包含十几类，每类含有十几点，非常细致。一经推出，就因务实并具可操作性，先是在如东县及南通市推广，后被全省各供电公司争相借鉴。

陈炜说："缪队长很爱学习，学得也很快。原来我们都感觉，他的文字水平和语言表达力不是太好，可当他学习了一段时间，文笔也越来越好，我印象比较深的是，缪队长写了一篇文章叫《拧成一股绳》。他把每个人的力量比喻成稻草，他说一个团队就是要把每一根稻草搓成麻花，把所有的麻花都拧成一股绳，才能更有力量！周会的时候缪队长和大家分享了这篇文章，我们队员听了都感觉特别形象生动，对提升团队凝聚力特别有帮助。"

6 柔弱与刚强

宽阔的柏油公路笔直延伸，直指如东县苴镇蔡桥村。其实，这里早已融入如东城区了，公路两旁有精心种植的绿色植被，路两旁连成一片的民居，几乎都建成了斜顶小别墅的模样，蓝色的瓦，白色的外墙，看着都清清爽爽。缪恒生的家还在蔡桥村，门前有一条河，名字叫女儿河，蜿蜒在不少农民的院门前，河水清澈流淌，水面上停泊着几艘小木船。

徐秀琴开始不愿接受采访，说老缪说说就行了，后来我请缪恒生动员，她才同意。本来以为，可能见面会拘谨，当我真的上门了，徐秀琴还是十分热情的，端上糖果和茶水，满面春风。初春的屋里有点冷，缪恒生夫妇却很节约，早就停了取暖设备，两个人都裹着厚厚的棉衣，围着八仙桌，跟我聊了起来。一段质朴的爱情故事，越来越清晰了。

徐秀琴1958年出生，比缪恒生小四岁。当时徐秀琴在二十大队，缪恒生在六大队，原先两人并不熟。徐秀琴有一个妹妹，两个弟弟，从小就很会照顾人，是徐家懂事的大女儿。徐秀琴的父亲虽然脾气火爆，但从小热爱学习，通过自学评上了高级教师职称，成为村里少有的文化人。母亲则是勤劳的农村妇女。徐秀琴从小跟着妈妈做农活，照顾家人饮食起居，像母亲一样能干贤惠。1979年，二十多岁的徐秀琴出落得亭亭玉立，不仅是干农活的一把好手，还识文断字，直率开朗，在村里的幼儿园当老师，孩子们都很喜欢她。

风华正茂的年龄就该婚配了，有人给徐秀琴介绍对象，问她想找个什么样的男人？徐秀琴脑海中立刻浮现出了一幅画面，那是她以前常看的图书《少年英雄》《英雄虎胆》等连环画上面的军人形象。自古美人爱英雄，在她心中，军人就是那个时代的英雄，他们穿着笔挺的军装，勇敢正直，一身浩然之气，这不是偶像又是什么！他们大队有位熟人说，我就认识一个军人，叫缪恒生，跟我们离得不远，家就在六大队，介绍给你们认识吧！

那时的缪恒生虽然已经当了兵，穿上了帅气的海军军装，但家庭条件在当地是垫底的，兄弟姐妹又多，缪恒生参军之前，大哥三哥都成家了，他的婚事由二哥来张罗。缪恒生排行第五，家里人叫他缪家老五。二哥问他："老五啊，你想娶个什么样的媳妇？"缪恒生说："咱家这条件，还能提啥条件啊？只要姑娘不嫌弃我，不嫌弃咱们家，我都没意见。"

徐秀琴父母经过多方了解，对缪恒生的第一印象就是一句话：一个穷当兵的。但徐秀琴不在乎，因为他们见面的时候，缪恒生笔挺的身材穿着一身湛蓝色的海军军装，还戴着海纹披肩，这形象让徐秀琴仿佛看到了蓝天白云和一望无际的大海，别提有多神清气爽了！

尤其是他们一起聊天的时候，家里人问缪恒生："你在部队发展得怎么样？能不能当军官？"缪恒生实实在在地回答："我不知道能不能当军官，这也不是我说了算的，我只能说，我在部队一直踏踏实实做事，也一直为了进步而努力。"正是这句话，让徐秀琴和她的家人感觉到缪恒生是个实在人。徐秀琴认为穷也好富也好，都是过日子过出来的，只要缪恒生人好，实诚，积极肯干，跟着他哪怕苦一时，将来也一定会有好日子的。

回老家相亲过后，缪恒生就归队了。他与徐秀琴通信，在一封又一封寄托着情思的书信中，说的是家常话，心意却越来越明确了。天有不测风云，1980年春，缪恒生所在船舰的舰体冷却器的冷却芯坏了，要把它抬上来更换焊接。冷却芯很重，三四个人抬才行。缪恒生带几个新兵奉命去帮忙。冷却芯是个圆柱体，四周滑溜溜的，没有什么抓手，缪恒生和战友费了九牛二虎之力，才把它搬起来，准备往上托。谁料想，一位新兵力气不济，手一滑，冷却芯往缪恒生方向倒去，重重落下来。缪恒生躲闪不及，只感到手掌一阵剧烈疼痛，有一根手指被砸到了，鲜血直流……

经过医生检查，缪恒生的手指伤得很重，指骨粉碎性断裂，必须截指，否则会感染。那个福建的新兵吓得直哭，缪恒生忍痛安慰他："你不是故意的，别哭了！"截指手术后，麻药渐渐失效，缪恒生痛了三天三夜！按医嘱吃了止疼药，也止不住疼。缪恒生看着半截手指，下意识地想到，自己已经算是一个残疾人了吧？徐秀琴还愿意跟自己在一起吗？不管她愿意还是不愿意，不能瞒着她，万一人家介意呢，不就耽误她了吗？等伤口愈合了，缪恒生给徐秀琴写了一封信,信中把自己的伤情如实告诉了徐秀琴,加了这样一句:"如果你介意我的手残疾了,可以再找其他人,就不用再给我回信了。"

令缪恒生喜出望外的是,没过多久,他就收到了徐秀琴的来信,信中不仅十分关心缪恒生的伤情,还让他别胡思乱想,一再强调没关系,断节手指而已,他还是她心目中的男子汉,希望他坚强起来,早日康复!缪恒生热泪盈眶,从此他认定了徐秀琴就是值得一生去爱的女人。

1981年春,缪恒生从部队回家探亲,与徐秀琴喜结连理。新婚那段日子很甜蜜,也很短暂。缪恒生带着新婚妻子去了他所在的部队,那是徐秀琴第一次出省旅行,第一次到浙江去看不一样的大海,第一次见到海军军舰。在宁波海军基地,缪恒生战友见到徐秀琴,敬礼喊嫂子好,让徐秀琴不好意思,同时感受到部队大家庭的温暖,以及当一名军嫂的光荣。这一幕,在接近半个世纪的时间里,支撑着她为一个军人家庭默默地付出。

徐秀琴嫁到了缪恒生家,暂时借住在徐秀琴弟弟家的土坯房里。徐秀琴在大队幼儿园工作,每个月有30元的收入,她还种着两亩地,养着一头猪。当时她最大的愿望就是盖一栋属于自己的红砖房。可盖房子要很多钱,算来大概要3000元,可是自己赚的钱还要拿出一部分孝敬父母,缪恒生在部队的薪金也十分微薄,什么时候才能盖起自己的房子呢?

那时,徐秀琴用两个人的积蓄,再加东借西借的钱,总共凑了3000块钱。房子动工了,每一分钱她都精打细算,徐秀琴自己推着小车拉砖头，钱不够，建筑材料只能赊账，徐秀琴赔着笑脸说尽了好话。她一边忙着盖房子，一边还要种地、养猪、带孩子，每天都要累虚脱了。同村闺蜜调侃："谁让你当时非要找个当兵的，你看没男人在家，苦着自己了吧。"徐秀琴笑笑，苦水往肚子里咽。结婚第三年，房子在徐秀琴的张罗下，终于盖起来了！她给缪恒生写信说："我们有自己的房子了，等你回来，就能住新家了！"

房子盖好了，还清债务的压力顶在头上，徐秀琴的日子过得紧紧巴巴的，平时不舍得吃，不舍得买，后来连奶水都快没了。儿子还在哺乳期怎么办？徐秀琴母亲不忍心看女儿受苦，经常提着鸡蛋和鸡来看望，不时给她点补贴："秀琴啊，现在有我们吃的，就有你吃的，以后等你弟弟结婚了，我们那边就是一大家子吃饭了，那时怕是爹娘也没法帮衬你了……"

想着尽快还债，不拖累父母，让儿子过上好日子，徐秀琴拼命地干活。孩子刚会走路，徐秀琴就把孩子用绳子绑在桌腿上，下地干活了。每天回来时，孩子经常哭得一身鼻涕睡在地面上。徐秀琴是个幼儿园老师，从来都对别人家的孩子体贴入微，但轮到自己的孩子，她却只能如此，每当她抱着儿子哭的时候，都会特别想让缪恒生赶紧回来。

徐秀琴从不在信里对丈夫发牢骚，她怕影响缪恒生的工作。多年繁重的体力劳动，让身子骨硬朗的徐秀琴落下了病根，肾结石、胆结石、胃病、低血糖，尤其是胆结石，经常发作，疼起来要命！等缪恒生退伍回到如东，才发现妻子徐秀琴干不了重活，需要好好调养休息了。缪恒生心疼地看着妻子，动情地说："以后家里的重活累活，都让我来干！"

徐秀琴心里真美，以为从此苦尽甘来了。按理说，缪恒生退伍回来，他们不再是两地分居的牛郎织女，有什么话能当面说，夫妻俩应该感情更好了。可是，当陈炜担任副队长后，却被缪恒生请到家里当起了"和事佬"。正因为陈炜和缪恒生配合默契，关系非常好，工作上的左膀右臂，也延伸到了生活里。陈炜笑着说道："我好几次到缪队长家调解他们家庭矛盾呢！"

当时，缪恒生的家距离单位只有10分钟的车程，并不算远，但缪恒生把工作放在首位，经常一周也不回家一次。这让徐秀琴十分不快，平时积了很多怨气，有时缪恒生听她数落，也不多言，徐秀琴没有对手，说说也就算了。那一次，徐秀琴看缪恒生还是不言不语，更气不打一处来，气头上的话不好听，缪恒生辩解几句，最后两人大吵了一架。

缪恒生有些无奈，得知徐秀琴意见大，陈炜自告奋勇，到缪恒生家去调解，想安慰一下嫂子，当一次"灭火器"。见陈炜当过兵，也是一个实在的人，徐秀琴也不藏着掖着，把心里话都倒了个痛快："老缪在部队不着家，反正离家这么远，我当军嫂也就认了。他被分到了如东电网，后来挑头成立了共产党员服务队，又十天半个月不着家，说过的话还算不算数啊？"

徐秀琴一半调侃一半无奈地说："当时老缪从部队回来时，说要好好照顾老婆，你看，只要我身体好能走能动的时候，我基本是见不到他的，什么时候我躺在病床上起不来，才能看到他回来了。我想让他帮我在供电局找个清闲点的工作，哪怕是个清洁工呢，他都不肯。"

面对这个"指控"，缪恒生这样说："不是我不想给你在单位找工作，只是单位所有的岗位都是满的，你要来，别人就得走，砸人饭碗的事咱们还是别干，要真这么干，我还是个共产党员吗？"

徐秀琴对陈炜说："你们工作忙，我是理解的，但无论再忙，连抽十分钟回趟家，跟我说会儿话的时间都没有吗？你可以在工作上投入百分之九十八的精力，但我只要百分之二不过分吧？你不能说连那百分之二都不给我呀？那我和这个家还跟你缪恒生有什么关系呢？"

缪恒生被呛到了，默默无语。

陈炜见状，赶紧上去劝导："嫂子，你说得对！缪队长确实太不像话啦！你放心，虽然我们服务队的事很多，缪队长也真是忙，从今以后我们在工作上一定帮他多担待些，肯定每天都催他回家！"

陈炜理解军嫂的辛苦。徐秀琴这次不给缪恒生面子，确实事出有因。陈炜说到做到，每次缪恒生在单位值班，或者遇到突发状况他又跑到现场来，只要陈炜在，等事情处理得有眉目了，都会劝他早点回家，其他队员可以帮他分担。家和万事兴嘛！陈炜这样对缪恒生说。

家和万事兴这句话，陈炜也是深有体会的。他有一个幸福的家庭，妻子刘新华是中学地理老师，儿子聪明懂事。平日里一家三口各忙各的，上班、上学。当陈炜拖着一身疲惫回到家，一进门就看到一桌的饭菜和妻子系着围裙在灶台前忙碌的身影。有时候陈炜过意不去，系上围裙变身"伙夫"，他烹炒煎煮煲样样都挺在行，儿子特别喜欢吃他做的菜。

然而，自从陈炜从线路工区调到共产党员服务队之后，一切开始变了。他的工作节奏快了，作息也没了规律，特别是遇到雷暴雨、台风等恶劣天气，就经常不着家。即便是平常，也是一大早出门，很晚回来。擅长厨艺的陈炜越来越少地踏进自家的厨房为家人"露一手"了。

陈炜儿子中考那年，正是陈炜最忙的时候。儿子的学习和生活，几乎都是刘新华边工作边打理。陈炜偶尔在家，她也会抱怨几句，但她知道，中考那几天最热，老公的抢修任务肯定会很重。

刘新华悄然改变，不仅学会了烧菜，她还报名考摩托车驾照。儿子高中读马塘中学，离家远要寄宿。"还是靠自己吧！"刘新华买了一辆摩托车，一周两次，她带上自己烧好的菜，骑上摩托车去看孩子。刘新华父亲胆结石住院开刀，陈炜就露了一次面，没时间去医院探望老丈人。刘新华家里、医院、自己学校、儿子学校连轴转，还在父亲面前替丈夫打圆场："夏季用电高峰也是故障报修高峰，陈炜要抢修实在忙不过来。"

一天晚上，陈炜把缪队长送回家，回到自己家中时，已经不早了，他坐下来，开心地跟妻子聊天，特意说："今天，我们服务队做了一件很有人情味的事。""啥事？"刘新华问道。"我和缪队长给我们服务队的每位家属送了夏令慰问品呢。"陈炜一边说着，一边得意地笑着，还在不停地跟妻子描述他们去送慰问品时每一位家属收到礼物的开心情景。

"那我的慰问品呢？"刘新华疑惑地问道，"我不是你们服务队的队员家属吗？"陈炜一听，也愣住了。光跑队员家了，他和缪队长竟然忘记了自己家里也有一位需要慰问和感激的家属呢。

陈炜赶紧赔罪，拉着刘新华就要出去买礼物，刘新华十分无奈地冲他笑了笑："算了吧，礼物就不要了，你好好给我做顿饭感激一下你的家属吧！我多久没吃过你做的菜了？""好嘞！"陈炜赶紧系上了久违的围裙，在厨房里忙碌开来，刘新华望着丈夫的背影，嘴角也露出了笑容。

2008年2月，如东供电共产党员服务队被中华全国总工会评为"全国用户满意服务明星班组"，缪恒生应邀到人民大会堂领奖。

共产党员服务队承诺24小时全天候服务，缪恒生当队长的这些年，过年都在单位值班，只在家吃过一次春节团聚饭。从北京回到家的那天晚上，他亲自下厨，给妻子徐秀琴做了一顿饭。缪恒生含泪举杯："老伴，谢谢你这些年对我的支持！"看着一桌子菜，徐秀琴落泪了。军功章上有你的一半，也有我的一半，老缪是好样的，所有的付出也是值得的。

陈炜作为共产党员服务队的副队长，同样感到光荣。妻子刘新华写了一篇体会文章——《你们光荣，我们欣慰》：

我爱人陈炜调到共产党员服务队协助缪队长的工作，我经常在电视里、报纸上，看到共产党员服务队的相关报道，寒来暑往，一年四季，他们毫无怨言地奋战在抢修第一线为民排忧解难，深得社会广泛的赞誉。作为一名妻子，我感到无比自豪。

"不管是现在还是将来，他们或许都没有高薪高位，但，他们的的确确是一群最可亲可敬的人。他们没有豪言壮语，在年复一年、日复一日的默默奉献中，实现自己的人生价值。作为他们的家属，我们在工作上帮不上忙，但我们可以营造一个温馨的家庭环境，让他们以饱满的热情、充沛的精力投入工作。站在他们的身后，就是我们的幸福。"

第二章 心手相连

1........ **较真的规矩**

刘跃平，如东供电共产党员服务队第二任队长，至今仍在共产党员服务队里忙碌着，宝刀出鞘，老兵不老。

在如东供电公司采访，离不开刘跃平的穿针引线。他穿着红马甲，茂密的黑发，明亮的眼睛，嘴角有一颗黑痣，脸上带着随和的笑容。一见面，他就像老熟人似的打招呼，一边聊天，一边倒茶，让远道而来的我感受如沐春风的热情。我说明来意，他告诉我："公司领导太忙，反正我待的时间长，所有的人都熟，您要采访谁，我负责联系，保证误不了事！"

果然，随后的采访，我见识到了刘跃平的协调能力，或者叫作很高的情商。我的采访人物和采访流程，要采访的人什么时候到，中间怎么衔接，他都想在前面，有时我采访某个人时听到一个线索，要找一个计划外的人谈谈，他也处理得井井有条。看得出，刘跃平在单位的人缘，不是一般的好，但凡他打过电话的同事，都应他的邀约与我见面。偶尔有的性格内向，有的家里有事，想把采访推掉，他都能用轻松调侃的语气，让对方改变主意。

我觉得，刘跃平这个第二任队长不简单。也许是因为共产党员服务队要面对各种人和事，让刘跃平很善于跟人打交道。采访对象一个接一个，采访时间一个小时接一个小时，刘跃平就在隔壁房间等着，当同事有什么地方想不起来，要问刘队，他就过来，一起帮着想。我当然想要采访他，他却说："不急不急，我可以放在最后采访，其他的人有的还在工作，有的从家里专程赶来，时间很宝贵，还是以他们为先吧。"不经意间，能看出到刘跃平心底的宽厚与为人的真诚。到了最后，看我采访得差不多了，他才答应说他的事情。

那是 2008 年，如东供电共产党员服务队第一任队长缪恒生快到 55 岁了。在电力系统内部有规定，虽然员工 60 岁退休，但一线班组长 55 岁必须退居二线。这个规定的初衷，一是为了充实抢修一线，补充一些身强力壮的接班人，更好地服务老百姓；二是因为抢修是非常辛苦的体力活儿，也是为了照顾年纪大的一线工作者，长期室外作业不利于他们身体健康。虽然老缪不服老，但供电系统既然是这样规定的，他也就爽快地退二线了。

老缪交班，谁能接任下一任队长呢？

如东电力公司党委专门开会讨论。因为这个队长的人选需要掂量掂量，毕竟供电共产党员服务队在如东已经家喻户晓，老百姓这么多年非常认可这支队伍，也认可缪恒生队长，好多人只要提共产党员服务队，马上想到缪队长。也就是说，这支队伍是一个品牌，带头人也是一个品牌。

长江后浪推前浪。无论是服务能力，还是整体素质，这支队伍如果需要新的提升，下一任队长肩负的使命，比第一任队长丝毫不差，甚至更加沉重。因为他将接过一个闪耀着荣誉光环的旗帜，只能做得更好，绝对不能破坏共产党员服务队的形象。挑选队长人选的时候，必须考虑的是下一任队长的表率作用，比如他在同事中的口碑是不是很好，他对老百姓的服务态度是不是认真，他的家庭是不是和睦，等等。筛选下来，有个人进入了大家的视线。

这个人选就是刘跃平。

大家都认可，刘跃平的综合素质很不错，他的组织协调和管理能力在单位有口皆碑，同事提起来交口称赞。同时，刘跃平与家人相处得非常好，夫妻恩爱，子女教育有方。他还是个有名的孝子，父亲久病在床，他下班后有空就侍奉在病床前。还有一个重要原因，刘跃平也是退伍军人，他与缪恒生一样，拥有坚毅刚强的性格和说一不二的作风，而且人到中年，精力充沛。这样的人选，自然与共产党员服务队相契合。

刘跃平可以！与会人员一致赞同。

可是，刘跃平会同意接任队长吗？

领导也没底，要看刘跃平本人意愿。

当时刘跃平48岁，在如东供电行业已经干了24年，他的资历明摆着，船到桥头自然直，到了可以"吃老本"的年纪。谁不知道，共产党员服务队常年在维修一线，当队长就要身先士卒，常年在外奔波，从工作强度和辛苦程度来看，要是算个人小账，实在是自找苦吃。刘跃平也是一线员工出身，他愿意再回到一线忙碌，到维修现场日晒雨淋吗？

领导找刘跃平谈话，开门见山："刘跃平，共产党员服务队这支队伍的榜样作用，不用多说了，这个担子总要有人挑起来。大家思来想去，都觉得由你接任队长很合适。缪队长很努力，共产党员服务队这些年埋头苦干，在管理方面有经验，也有可以改进的空间。你以后在细节管理上再下点功夫，许多工作经验要保留，作为今后的资料，这些你都是有优势的。"

刘跃平有些担心，不知自己能不能干好。

领导说："这个队长的工作虽然不好干，可你是个退役军人，又是共产党员身份，面对这个新任务，你不干谁干？"

刘跃平立马说："行！我干！"

激将法一试就灵。刘跃平听出了领导话中有话，但他对于当兵的经历，对于共产党员身份，一向就有不可亵渎的神圣感。领导一听刘跃平的表态，心里踏实了。大家了解刘跃平，凡事不会轻易答应，一旦答应，他就会全力以赴。有刘跃平接棒，共产党员服务队可以顺利交接了。

很多同事听说刘跃平同意接任共产党员服务队，都觉得不可思议，你知道这个岗位有多少麻烦吗？刘跃平解释说："我就是喜欢有挑战性的工作，越有难度的事情我越要去干。我觉得在单位做些实事，既为老百姓排忧解难，又是在提升共产党员形象，我个人的价值也可以实现！"

刘跃平看重共产党员服务队的荣誉，要用自己的努力为共产党员增光添彩。

2009年如东供电公司举行的交接仪式上，第一任队长缪恒生把共产党员服务队的旗帜，郑重地交到了第二任队长刘跃平的手上。对老队长缪恒生，刘跃平由衷地敬佩，而缪恒生对刘跃平也有不同寻常的亲切感。他俩一个是50后，一个是60后，都有着从军的经历，彼此之间有一种战友般的情义在，也有把这支队伍打造得更加坚韧的信心。

作为后继者的刘跃平，1960年出生，就像那个时代的许多青年一样，刘跃平学生时代最向往的事就是参军。他从小就羡慕穿军装的小伙子。高中毕业，按照政策分配工作，他进了如东一家服装厂。随后，他复习了一年参加高考只差几分。他的语文是强项，数学略差些，如果再复读一年，考大学应该没问题。可他横下一条心，报名当兵，好男儿志在四方。他说："我这个人没啥大理想，从小喜欢军装。最大的愿望是能扛起枪，保卫国家！"

1978年12月，18岁的刘跃平如愿以偿，通过征兵审核，参军到了东海舰队，成了一名海军电工兵，从此与电结下不解之缘。刘跃平记得刚到部队时，一艘体型庞大的登陆舰，在蓝天碧海中帅气地出现在眼前。他心中为之一振，这以后就是他新的家，祖国的碧海就是他的疆场。

谈起出海远行的艰苦与磨砺，刘跃平与缪恒生有共同的感受。立志从军的刘跃平，在舰船上也经受了脱胎换骨的考验。

理想与现实之间总是有差距的。刘跃平之前在城镇长大，自由自在惯了。如今来到令行禁止的部队，清早五点起床，晚上九点熄灯。体能锻炼和技能的培训，以及毫不含糊的纪律，让他逐步向军人的标准靠拢。可是，第一次登舰出海，刘跃平晕得一塌糊涂，吐尽了胃里的酸水。要知道，当时刘跃平是彻底的"旱鸭子"，连坐长途汽车都会晕车。所有水兵三班倒，在自己的岗位上值班，刘跃平的任务是保障用电，整个舰艇的供电系统就靠发电机，轮到值夜班，他一边呕吐，一边紧盯着仪表指针，一夜都不敢合眼。

这还不是最难熬的。刘跃平性格活泼，爱说爱笑，在部队受拘束的滋味不好受，需要耐着性子打磨。他记得，有一次轮到他站岗值班，他太累了，竟然站在岗位上打起了瞌睡。区队长从他身边经过，见到睡眼惺忪的刘跃平，便悄悄绕到他身后，碰了碰他的枪，刘跃平一下子惊醒了。区队长语气严肃地说："你在哨位上站岗，就是部队的眼睛，怎么能打瞌睡呢？万一真有敌人，后果不堪设想！作为一个军人，需要铁的纪律，站岗就要像站岗的样子！"刘跃平汗颜，区队长的话如警钟长鸣，让他久久难忘。

离开父母的呵护，在部队的大熔炉里，刘跃平懂得了很多做人做事的道理，一个成年人应该独立面对生活的难题，他变得成熟起来。不久，对越自卫还击战打响了，当时海军部队也听了报告，所有官兵时刻准备着，只等祖国一声令下。刘跃平是刚入伍的新兵，他并不示弱，他咬破手指，用殷红的血写了一份血书，坚决请战！虽然海军最终没参战，但那时他抱定了一个信念：只要祖国需要，粉身碎骨也要上！

春去秋来，刘跃平在舰上吐了无数次，终于战胜了晕船的生理反应，成了一名合格的机电兵。在出海训练中，他和战友负责舰艇发电和电路维修等电工项目，屡屡排除故障，表现极为出色。区队长见刘跃平踏实肯干，又不像有些城镇兵那样娇气，也没有干部子弟的傲气，符合一名共产党员的基本条件，对他说："跃平，你想不想加入中国共产党？"刘跃平激动万分："当然想入党，我要积极争取！"区队长欣然当了刘跃平的入党介绍人。

那是刘跃平终生铭记的日子。在碧蓝的大海上，在鲜红的党旗下，刘跃平站在甲板上，面对党旗，举起右拳郑重地宣读了中国共产党入党誓词。全舰共产党员参加了他的宣誓仪式，他成了一名中国共产党党员。此时，他所在的舰船正航行在大海上，他遥望故乡的方向，仿佛在心里告知父亲这个老党员儿子入党的消息。他暗自叮嘱自己：一定要当一个好党员，永远不给鲜艳的党旗抹黑！

听了刘跃平的从军经历，缪恒生感到特别亲切，因为刘跃平与缪恒生一样，在部队学习掌握电工知识，当上了机电班长，而更重要的是，他们在部队里学到了什么是责任与担当。要么不做，要做就要做好。

说起来，刘跃平是一个老军人的后代，父亲刘锷16岁就参加了华野属下的部队，被分配到南通军区，在解放战争期间出生入死，刘锷随一批部队干部转业后，到如东参加地方建设。作为一个老共产党员，他教育子女很严格，没什么大话套话，对儿子常说的话很简单——"踏踏实实做人，做一个有利于社会的好人。"

刘跃平说，小时候家住在南通，后来搬到如东，条件还可以。因为父亲出身农村，经常有父老乡亲来找他帮忙，有的是家里盖房子，有的是村里要修路，还有的是家人生病住院等等，每次父亲都热情地接待他们，尽自己最大努力，出钱出力去帮助他们。刘跃平问过父亲："这些来找你的人，有的非亲非故，你为什么要帮助他们呢？"刘锷跟他说："你要记住一个词：助人为乐。帮助别人，内心是快乐的。我是一个干部，就应该为人民服务嘛。"

不过，有的时候父亲也很死板，刘跃平印象十分深刻。他还记得小时候，家用电器开始进入百姓家庭，但是非常抢手，没门路根本买不到。有一天，刘锷单位有人给他家送来了一台彩电。刘跃平见了，围着那个彩电转来转去，摸来摸去，高兴极了，等爸爸回来插上电，就能看彩电了。没想到，父亲回来了，看到这个彩电，二话不说，就用包装纸封起来，说要退掉。刘跃平舍不得，问父亲何必这样。父亲说："当干部的不能收礼。"刘跃平说："那我们给钱不行吗？"父亲说："不行，因为这东西稀罕，不知道别人费了多大劲买来的，即使给钱也是占人家的便宜。必须退掉。"

就这样，这台宝贝的彩电，在刘跃平希冀的目光中被退掉了。又过了好几年，刘跃平家里才买上彩电。当时刘跃平对父亲很不理解，不就是一台彩电嘛，但随着年纪的增长，他对父亲的坚守生出了钦佩之情。

刘跃平母亲顾玉年曾是卫生学校的护士，后来在医院工作，也是个老党员。在他印象中，父亲工作忙，时常要下乡，照顾不到家人。母亲顾玉年独自一人，把刘跃平兄妹四人拉扯大。她虽然脾气急躁些，但也很乐于助人。她是护士，把救死扶伤看成天职，存有悲天悯人之心。

刘跃平就生活在这样一个正直善良的家庭，接受着传统的人生教育。他对一个场景印象最深，除夕那天，父亲会把自写的楷书对联贴上家门："爱集体任劳任怨，建国家同德同心。"对联内容可谓当时风气的诠释，父母工作勤谨，为人朴实，给刘跃平兄妹深刻的人生启迪。

当过电工班长，在部队加入党组织，刘跃平的经历让缪恒生很欣慰，共产党员服务队的旗帜有了接班人。

缪恒生对刘跃平推心置腹地说："跃平啊，干共产党员服务队不容易。人家看来，我们就是给人家抢修，有什么可说的呢。你来了以后就会知道，不是谁都能穿上这身红马甲，成年累月给老百姓服务的。干个一天两天、三五个月还可以，要是成年累月去干，自然有太多辛苦！"

刘跃平说："我有思想准备了。"

缪恒生说："我们党员服务队有了些名气，说实话，虽然是好事，但好事的代价很大，因为老百姓的要求也更高了。用户有任何的要求，都不能有任何抱怨和委屈，什么都得放在心里，按照最好的标准做下去。要不，怎么对得起红马甲上写的共产党员服务队这一行字啊？"

刘跃平郑重地说："老缪，你放心。"

看刘跃平听进去了，缪恒生欣慰地笑了。

接任共产党员服务队第二任队长之前，刘跃平在如东供电公司的农电总站做优质服务专职，骑自行车跑遍了乡镇用电站，以开朗的性格、踏实的作风被大家认可。凭借着对工作的激情和处理事务的能力，他得到领导和同事的称赞，担任了如东电力运检部办公室综合组组长，相当于办公室主任的角色，负责综合管理，比如二级仓库的物资管理与发放等等，都由他协调管理。后来，刘跃平还担任了高低压抢修中心主任，开始接触抢修的管理工作。在管理岗位"久经沙场"，刘跃平丰富了人生阅历，积累了管理经验。

成为缪恒生的继任者，刘跃平接手供电共产党员服务队，也就是如东城区的供电维修工作，对于他来说，是一个崭新的课题。

如何让这面旗帜继续飘扬？

刘跃平上任时，正逢新老交替，有的老队员调走了，又调进了一批新队员。用户报修电话来了，门牌号码、小区名称都有，需要争分夺秒，只是新队员不熟悉，这条路在哪里？那个小区又在哪里？原先的用户有些担心，现在的共产党员服务队，队长换人了，还能跟原来一样吗？

刘跃平向缪恒生请教：共产党员服务队有哪些管理规定，还有哪些需要完善，一条一条梳理。缪恒生的体会很多，其中对刘跃平启发最大的，就是重点在于抓落实。刘跃平对大家说，前任老队长的规矩多，我们接过共产党员服务队的旗帜，要把这些规矩都继承下来，发扬光大。

电力抢修，贵在一个"抢"字。如果第一时间到达现场，加快抢修速度，就能减少停电时间，把用户的损失降到最低。

于是，刘跃平完善了首任队长缪恒生起头的值班制度。在供电公司领导的支持下，共产党员服务队的值班室，引入了部队的军事化管理。不过，毕竟与军队有区别，起名叫"准军事化管理"更贴切。值班室的床铺上，所有的草绿色被子叠得整整齐齐，即使人在办公室，也要把红马甲、头盔、抢修箱等物品整齐摆放在相应位置，以便以最快的速度出发。

铃响三声，必有应答，24小时随叫随到，风雨无阻。要知道，在有人热衷于金钱至上的年代，坚持共产党员服务队的承诺难上加难。刘跃平明白，光有热情的承诺远远不够，还要一点一滴地积累。

刘跃平从缪队长手中接过共产党员服务队，感受到的不只是荣幸，更是肩负的责任与压力："老缪把党员服务队的旗帜交到我手上，这是组织上对我的信任。担任第二任队长那一刻起，我就下定决心——要对得起身上穿的红马甲，要把共产党员服务队这块牌子擦得更加明亮。"

不过，刘跃平自己挑起队长的担子后才意识到，要创建一个真正让群众满意的品牌，不是静态地保一个荣誉，而是要动态地做一个标杆。他说："我和队员们在探索中前行，日常的点滴工作经验都要归纳总结，每周交流分享。我忘不了的，还是那年一次非同寻常的集体学习日。"

2011年7月，是中国共产党90华诞。在新世纪里，中国共产党正目标坚定地带领亿万中国人民奔小康。这一天，也是如东电力共产党员服务队成立10周年的日子。作为改革开放时期的共产党员，要继承革命前辈为人民谋利益的传统精神，树立新时代共产党员的新形象。对于这样一个重要的日子，他们该用什么方式来纪念或庆贺呢？

刘跃平和队员们商量：我们队庆的时候，正逢党的生日，提醒我们不忘共产党员服务队成立的初衷。我们不搞华而不实的活动，不讲人所共知的成绩，因为这些荣誉只能说明过去，我们不妨进行案例分析，深化细节服务的意识，从而面对未来，想想怎么做今后的抢修工作。

当天的队庆别开生面。刘跃平请来共产党员服务队的老队员，还请来运营部的现任领导，围坐在共产党员服务队旗帜下，畅所欲言，想到什么说什么。没有表面文章，有的是认真坦诚的讨论，共产党员服务队存在的不足以及努力方向，在讨论中逐渐清晰。

老缪说："这是最有意义的队庆。"

"服务没有终点,我们永远在路上。"刘跃平总结道,"在日常的抢修工作中,也许有些服务细节是微不足道的,可是,往往就因为细节上的疏漏,会引起客户对我们整体服务质量的质疑。有时人家也许并没记住我们所做的一切,但记住了我们没有做到的细节,哪怕是一个小小的疏漏。因此,从每个抢修的细节做起,前前后后,做到尽可能完善,不找借口,不留遗憾,这是共产党员服务队提升服务质量的一个整体思路。"

2....... 职责在上

"既要敢打硬仗，更要按规矩来。"

当我听到刘跃平说到这样的体会，不免感到疑惑，共产党员服务队做好事还要按规矩？

一个夏日的上午，共产党员服务队值班室接到公司客服中心转来的电话，城区友谊居民小区有位吴先生投诉，他居住的那条巷子里，有两户人家种的葡萄攀上院墙外的电线，不清除可能出问题。

接报10分钟后，乘抢修车的队员就赶到了现场。经吴先生指认，这条巷子有两家院子里确实冒出葡萄藤的枝条，而且攀上沿墙附设的400伏接户线，密密麻麻，蓬勃生长，露天电线几乎成了天然的葡萄架。显然，作为邻居的吴先生的担忧是有道理的，夏季时常有雷雨天气，不把电线上的藤蔓清除掉，短路停电的事故随时可能发生，后果不堪设想。

怎么办？上前敲门，两户住家静悄悄的，显然都不在家。看到供电公司派了人来，吴先生却悄悄离开了。看着伸出墙头的藤蔓，也不知道这两家什么时候有人，抢修人员无从下手，只得撤了回来。

听了汇报，刘跃平心头一沉。站在维护电路安全的立场上，既然发现了安全隐患，就要尽快处理，大意不得。

刘跃平手头有好几项抢修任务，而家里没人的这一单，引起了他的重视。队员王辉和黄军鑫刚参加完抢修回单位，刘跃平嘱咐他们同行，带上梯子和锯子，驱车又来到现场。再次到两户人家敲门，半天无人回应。电话和吴先生联系，吴先生表示，他只负责报告存在问题，处理还要靠供电公司。你们不是共产党员服务队吗？拜托了，把电线上的葡萄藤锯掉。

吴先生把难题扔给了刘跃平，刘跃平大度地表示理解。毕竟抬头不见低头见，怕得罪邻里，吴先生不愿意出面，也在情理之中。邻里关系很微妙，人家能及时报告就不错了。有的队员建议，既然葡萄藤枝叶茂盛，长到了墙外，我们剪掉不就行了？所有的工具都在，马上处理了，免得再跑一趟。明摆着葡萄藤影响电力设备，我们供电公司占理，有什么可怕的？

"光占理不行，还得有法可依。"

队员王辉提醒大家，听起来有板有眼，分量很重。王辉也是共产党员退役军人，个头大，心很细。他曾负责接线班的工作，自学了法律知识，有着与客户沟通的经验，处理过棘手的矛盾甚至冲突。

刘跃平同意王辉的看法。户主不在家，就不能锯葡萄藤，一动手的话就会引起矛盾，最好能让户主自己来锯。

王辉建议刘跃平和公司安监部沟通，刘跃平欣然采纳。和安监部法律顾问通了电话，把这个情况作了说明。法律顾问肯定了他们的做法，同意发告知书，以电力法律法规为后盾，实行依法管电。

回到供电公司，刘跃平填写《电力设备安全隐患整改告知书》。在"安全隐患情况"一栏注明："你户所种葡萄藤已严重影响400伏供电线路安全"，在"整改要求"一栏中要求"接到通知书后24小时内立即清除400伏电力线路上的葡萄藤"，并申明"逾期不清除，将按照《中华人民共和国电力法》等法规追究该户的法律责任"，"采取停电措施"。慎重起见，刘跃平还到社区居委会作了说明，签字盖章，然后从门缝里把告知书塞进两户的院子。

第二天上班，刘跃平和王辉等队员驱车赶到现场，检查告知书投放的效果，看到线路上的葡萄藤清除干净了。社区主任说，是两家户主自己动手锯的。按照处理程序，刘跃平给吴先生打电话作了反馈。吴先生说，你们共产党员服务队处理问题很及时，很有办法，谢谢了。

跑了三趟，事情圆满解决了。大家都说，还是依法依规有效果。刘跃平说，我们作为共产党员服务队，固然需要满腔热情，遇到难题绝不绕道走，同时也要适应社会的复杂性，不然的话，做好事不一定有好结果。试想，如果不跟户主打招呼，我们就去锯葡萄藤，提意见的居民满意了，被锯掉葡萄藤的居民可能不满意，说不定会有不必要的麻烦呢！

"有这么严重吗？或者说，有必要想得这么复杂吗？"我问刘跃平，他肯定地说："有必要，想复杂了比想简单了好。我们是共产党员服务队，不只要懂得维修技术，还要懂法，什么事都得想到前头。"

刘跃平的谨慎来自类似的教训，来自以前惹上过的不小的官司，这可是吃一堑长一智了。

原来，当初刘跃平退伍回如东，因为能写写画画，被分配到如东供电公司办公室工会，这是一个坐办公室的岗位。父亲对他说："年轻人不要贪图安逸，我希望你能够到单位最艰苦的岗位上去锻炼锻炼。"刘跃平点点头，自愿要求到农电总站，与老百姓打上了交道。

当时如东的交通还很落后，农电总站管辖的乡镇供电所位置偏远，刘跃平在部队干过机电，又善于学习，担任了供电优质服务专职，说白了，就是要解决供电部门遇到的大小事务，化解与当地村民产生的矛盾。基层供电所的工作难度超出想象，并非下个文件或通知那么容易。

那是盛夏的一个上午，掘港镇供电所组织农电检查。刘跃平和同事来到堤南村18组，发现一位顾姓人家用电不正常。顾某某五十出头，曾当过电工，现从事个体修理业。奇怪的是，他家配电箱保险松落，电表不转而电风扇却照转。原来，顾某某懂电工知识，用导线直接将进户线与室内用电线路相连接，这是绕越计量表的窃电行为，非常恶劣。

经刘跃平和同事的现场检测，顾某某窃电证据确凿，按照《电力法》和《供电营业规则》的规定，窃电量以查处的窃电设备容量作为计算依据，应追补顾某某电费及违约使用电费共计5000多元。当时，顾某某在刘跃平和检查组成员面前声泪俱下，表现得十分可怜，刘跃平心软了，和同事商量了一下，考虑以教育为主以及其家庭承受能力，向供电公司做了汇报，同意让顾某某补缴电费700元。

不久，掘港供电所组织村电工异地抄表，又一次在顾某某家中发现室内电器正在使用，但电表不转。经查实，是顾某某私接线路窃电。事情败露后，顾某某胡搅蛮缠，现场一片混乱。刘跃平接到电话骑车赶到，顾某某无地自容，不得不承认窃电行为，写出了书面检查。

因顾某某窃电行为影响恶劣，供电所成立用电执法检查组，邀请《如东日报》记者王必春同行，如顾某某干扰电力检查，就在报纸上曝光。这天上午，检查组和记者一行五人到达顾某某家。刘跃平看到两根电线搭在400伏的高压线路上，没经电表就接到家里，请来村支书蔡永华作证。由于房门开着，围观村民很多，刘跃平和同事在顾某某家做了检查取证。

检查组走后两个星期，在上海打工的顾某某请假赶回来。他了解当时他妻子不在，就写了告状信，说检查组"擅闯民宅"。他还向如东县法院提起刑事自诉，状告刘玉龙站长、刘跃平和检查组成员，还有记者王必春及村支书蔡永华，追究6人非法侵入他人住宅的刑事责任。

当时顾某某请的律师轻信他否认偷电的辩解，添油加醋，一下子捅到了央视《今日说法》栏目。编导赶派记者专程采访，匆匆做出了一期节目。由于记者先入为主，此案在如东乃至各地都引起了轰动。

刘跃平心里委屈，不止一次地问自己："我们做错了吗？明明是顾某某窃电啊！为什么屡次犯法的人竟然成了正义的一方？我们正常执法的人竟然成了'过街老鼠'？"刘跃平想不通，他向领导诉苦。领导安慰他："你坚持住，你要相信，邪不压正！"

顾某某没有得意多久，记者找到了在场一位目击证人，并且是法庭上顾某某的证人。这个证人说："那些门都是关着的，他们来就拉开门就上去了，撬锁没有看见。"证实顾某某在撒谎。为了求证，记者来到顾某某家，门和锁还是完好无损的模样，看不出半点撬锁的痕迹。

法庭上，辩诉双方围绕顾某某是否窃电，以及检查组是否破门而入，展开激烈争论。头一回上法庭的刘跃平，坐在被告席心情复杂。被告方依据《电力法》答辩："基层供电所已向上级供电企业机关报告，他们也派来了执法人员，所以说我们没有违法。"《如东日报》记者王必春认为，媒体记者受单位指派，对执法行为进行舆论宣传监督，怎么违法呢？

谎言终究是谎言。如东县法院做出一审宣判，认定顾某某私自接线窃电事实成立，判被告人刘玉龙、刘跃平等无罪。顾某某不服一审判决，提出上诉。南通市中级人民法院终审判决，驳回上诉，维持原判。至此，所有的烦恼似乎结束了，而刘跃平的深刻反思并没有结束。

原本理直气壮，为什么会有疏漏，差点酿成大祸？刘跃平记得一位法官的话："你们为使问题得到完善解决请他人作证，但是作证的行为不够规范。你们是用电执法人，应该认认真真地学法。"

当刘跃平担任共产党员服务队第二任队长之后，他在不同场合和队员说起这个案例，提醒他们要警钟长鸣。刘跃平说："我想让大家知道，共产党员服务队创品牌服务，工作需要满腔热情，但又要按章办事，头脑里讲规矩这根弦要紧绷着，一刻也不能松。"

在刘跃平主持的党员服务队碰头会上，像在连队里开班务会那样，他要求大家畅所欲言，有啥说啥。尤其探讨抢修工作的改进，刘跃平听得格外认真，"众人拾柴火焰高"，其中有"一把柴"来自队员黄建新。他的与众不同，在于他直言不讳，他是有资格证书的安全监督员。

黄建新在电力一线岗位多年，和许多同事一样，脸上刻着日晒雨淋的粗糙痕迹。不过，他鼻架上架一副宽边眼镜，平添了几分书卷气。1964年出生的黄建新，比刘跃平小四岁。父母都是医生，给他起建新这个名字，取"建设新中国"之意。父母在同龄人中属于少有的知识阶层，黄建新也很给他们长脸，虽然小时候也调皮，但功课不拉，成绩一直不错。

1982年深秋，18岁的黄建新高中毕业，两条路摆在他面前。一条是工作，孩子安稳，是父母的心愿。他是城镇户口，家里兄弟两个，他是老大，按当时政策可以分配工作，他的名字划到了供电局。另一条是当兵，是他自己少年时的梦想，何况，应该趁年轻尽一份公民的义务。

是上班还是当兵？正当黄建新纠结时，他在人武部了解了一个信息，已经分到国营单位的适龄青年，当兵还能保留职工身份。有这个征兵政策垫底，黄建新说服了父母，工作可以回来干，当兵可是有年龄杠杠的，不然后悔一辈子。就这样，他如愿以偿地穿上军装，和几个如东籍同乡分到大名鼎鼎的某野战部队炮兵连。新兵集训结束，组织文化考试，重点是语文和数学，黄建新考了全连第一，分到了炮兵连最厉害的指挥班当侦察兵。

1985年，黄建新随部队奔赴老山，参加对越自卫反击战。炮兵肩负为步兵开道的重任。战斗最激烈的时候，炮兵阵地硝烟弥漫，炮兵连四门82迫击炮轮流发射，黄建新被充实到82迫击炮十班，任副班长，兼任二炮手。要做到指到哪里，打到哪里，炮手分工合作，形成一个拳头。二炮手的战位，必须听清班长口令，协助一炮手瞄准，接过三炮手递来的炮弹，小心引信撞到其他物体引起爆炸，将弹尾放进炮管口，移开手指，让炮弹滑下去。二炮手要竖起耳朵，在隆隆炮声中听清，一发试射，还是几发急促射？

黄建新记忆最深的，是一次让他后怕的经历。部队发起冲击前，炮兵接到"四发急促射"的命令。第一轮炮弹发射后，第二轮炮弹接着发射。战况紧急，炮火震耳欲聋，黄建新接过第二发炮弹，想到操作流程，没将弹尾放进炮管口，而是仔细观察炮管，发现脚架没有后座的移位，判断可能卡壳了，他停了下来。这时，其他三门炮的炮弹发射完毕，班长大吼："黄建新，你怎么没发射？"他说："班长，发现了哑弹！"一检查属实，炮管里的炮弹没打出去，炮手们齐心协力，赶紧把炮弹倒出来，后来又奉命继续发射了。

哑弹！可怕的隐患，绝对不能继续发射，否则会炸膛。然而，炮火连天，口令下达，炮手们心急火燎，可能就忽略了检查炮膛。直到当天战斗结束，班长和炮手才松了口气，也吓出一身汗：阵地上几十箱炮弹码放在火炮旁边，一门炮炸膛，就会引起连环爆炸，后果不堪设想！

1986年10月，经历过战火考验的黄建新，光荣地加入党组织。老班长王昌明是他的入党介绍人，这个来自四川的老兵，平时就事事带头，接受任务从不打折扣。在连队支部大会上，当着大家的面，王昌明说了黄建新的优点和缺点，这让黄建新如芒在背。缺点就私下里说吧，何必当众说呢。老班长似乎看出了他的心思："优点跑不掉，要说就要说缺点。"

1987年10月，黄建新退伍回到如东。挂名五年的供电职工，总算名副其实地上班了。他先在变电所基建工地看场地，后来当了变电检修工。他从头开始拜师学艺，像学炮兵射击那样学电力抢修。一年后，他代表如东供电局，参加南通供电公司的专业比赛，在高压开关检修项目上，理论考试第一，技术操作第三。不过，他并不满足，考上电力职工大学，业余时间进入在职大专学习，又考上常州技术师范学院，拿到了"双大专学历"。

省公司成立安监部门，需要懂业务、懂电脑的员工，黄建新就考取了安全监督的资格证书，成了一个安全监督员。黄建新想到了他的入党介绍人，那个不讲情面的老班长，铁面无私，尽职尽责。

刘跃平很欣赏黄建新的直言不讳。在抢修工作中，安全作业是一个重要环节。即使一个小的违章，都可能出大的纰漏。黄建新既然当了安全监督员，就不能只说好话，必须指名道姓地指出问题。

黄建新说："有的违章是习惯性的。"

比如：安全帽下颏带不系牢，遇到高处坠物时，安全帽会被击落，头会被其他坠物击中，或者作业人员发生高处坠落时，安全帽会脱落，头会与其他物体或地面撞击发生危险；接地棒插入大地的深度不足，接地电阻会变大，如遇突然来电，工作地点的人员就可能触电；再比如，登高工具使用前不检查，如使用的是坏的，使用中就可能发生坠落的危险。

刘跃平鼓励黄建新："讲规则是共产党员服务队不可缺少的意识。"当然，黄建新也明白，像啄木鸟那样挑刺，会让自己成为不讨喜的角色，能不能听进刺耳的意见，这对这支服务队是一个考验。黄建新忘不了战场上的哑弹，像烙铁那样烙了印子。"操作规则就是红线，关键时刻能救命！"

3....... 分内与分外

进入新世纪后，随着社会经济的发展，电力行业工作条件逐步得到改善。比如，供电公司配备了抢修车辆，刘跃平不用和队员骑着自行车赶往抢修点了。橙黄色抢修车的车身上，印着醒目的电力抢修标记。共产党员服务队更加规范了，标准也就更高了。

刘跃平还叮嘱队员，把共产党员服务队的联系电话留给用户。只要上门，他都热情地自我介绍："我是共产党员服务队新队长刘跃平，有什么事情请和我们联系，不管农村还是城镇，我们服务到底。"

要队员们第一时间赶到抢修点，就要头脑中有"活地图"。缪恒生当队长时，就带着队员们，骑着自行车走街串巷，画出了工作地图。刘跃平接任后，发现城区改造力度加大，很多街巷变了模样。刘跃平和队员们做了"拉网式"核对，一条路一条路地走，不论是去过的，还是没去过的，角角落落都走一走。县城的每一个社区、每一个单位，都被标记在工作地图上。

刘跃平立下了一个规矩，接到群众打来的报修电话，登记完毕后，5分钟就要上车出大门，超过时间要被罚款。

难吗？队员们却说不难，因为有章可循。

刘跃平不喜欢指责，但喜欢分析，不喜欢流于形式，却善于总结得失。他把日常工作经验，连同失误与教训，归纳形成一套文字说明，起名《标准化作业指导书》。在这份指导书里面，对共产党员服务队的工作流程提出了要求，事无巨细，井井有条。除了安全作业和抢修工艺的要求，还要求出门时帽子、鞋子、手套、安全工具都要带齐，注意事项也一目了然。

缪恒生当首任队长时传下的作风之一是，跟用户打交道，要坚持服务队的原则：不吃一口饭，不收一份礼，不抽一口烟。

刘跃平接任后，继承了前任缪队长的做法，又做了细化。比如，用户在家里，一定要敲三声门；比如，进门要套自带鞋套，不给用户添麻烦；比如，遇到群众非理性的责难，要耐心面对，不许吵架，不许顶撞；比如，现场不准抽烟，群众递烟不能收，一根也不允许。那么抽自己身上带的烟呢？也不行。等你完成抢修任务，回到单位再过瘾。

有人说，抽烟有必要管吗？

刘跃平说："香烟一叼，哪像个共产党员？"

缪恒生很支持刘跃平的改进，共产党员服务队到达抢修现场分秒必争。所有队员形成一个共识，抢时间，争速度，并不是跟谁较劲儿，而是工作态度的体现，将心比心，早一分钟到达现场，早一分钟投入工作，就能早一分钟通上电，早一分钟解决群众的困难。

有一次，刘跃平接到一家商场的故障报修电话，和队员一起赶到现场。很快，配电房的故障就被排除了，所有的线路供电也恢复了。但是，最后一个细微的环节，却触动了刘跃平那根敏感的神经。当他们在商场检修完毕后，有一名队员跑下楼，突然想到手头的检修单要客户签字认可，他随手拿起手机，拨通四楼办公室一位经理的电话，让他下楼来签字。

"这怎么行？你怎么让用户跑下来呢？"刘跃平严肃地批评道，"你为用户服务，为什么不能上楼？"

"我们也忙啊，那不麻烦吗？"

"当然麻烦，宁可自己麻烦，也不给用户添麻烦，这是我们共产党员服务队的行为准则，你必须上楼向用户道歉。"

整顿作风就要务实，刘跃平将所见所闻编成典型案例，作为共产党员服务队的教材，强调"为老百姓满意服务"的责任感，提醒每位队员应该怎么做。在刘跃平的任内，有两名队员因严重违规，被毫不客气地"清除出队"，这样做，看似无情，不留面子，却使正气得到了弘扬。

老队员缪长华说："文明施工章节里的规范很细，要使用文明用语、要着装整齐、进用户室内要穿鞋套、抢修完毕要清理'战场'、不拿群众一针一线、也不给用户留下一寸导线（垃圾）……"

老队员黄军鑫说："相对服务队其他同志来说，我电脑打字最为熟练，《标准化作业指导书》基本上都是我值班间隙，在电脑前一个字一个字敲出来的，标准化作业一开始，连作业的鞋套都是刘队长自己垫钱买的。"

知易行难。刘跃平主导的规则,制定了能不能落实?队员们会不会有抵触情绪,觉得"吃饱撑的,没事找事"?

黄军鑫对我说:"说实话,因为自我约束,开始个别队员抵触情绪还是有的,有的不理解,私下里半开玩笑,也发过牢骚、说过风凉话。刘队长耐心地讲明道理,发挥在部队里做思想工作的长项,更多还是通过以身作则、做出实际行动影响大家。后来,做事规范成为工作习惯,大家自然想通了,不但没有抵触情绪,工作状态也越来越好了。"

参加共产党员服务队,黄军鑫和其他几位没当过兵的队员一样,内心有一个情结。他父亲也曾是一个军人,他跟母亲到部队探亲,在遥远的军营有过童年记忆,刻下了对于军人威武形象的向往,渴望长大后也像父亲一样当上兵。只是,高中毕业后没能如愿,他被招工进了供电公司。

穿上这一身红马甲,如同穿上绿色的军装,黄军鑫有一种渴望已久的庄重感:它代表的不是某个人,而是团队的形象。

2015年夏季的一天,地表热浪翻腾。共产党员服务队接到联华超市的抢修工单,对方称,一天开关跳闸十多次。刘跃平率队员赶到现场,反复勘察,发现这家商场用电的负荷很大,要想彻底解决问题,不能小修小补,必须采用新增一台变压器和线路分拆的方案。

方案得到商家认可,确定了改造的日期。那天天刚蒙蒙亮,刘跃平一行带着新增设备,驱车赶到工地。按照抢修"准军事化"的流程,分工明确,紧张快干,突击5个多小时,一举完成这场"歼灭战"。

当时室外气温很高,树叶都被烈日晒蔫了。队员们的衣服被汗水浸透了，连红马甲上都结出盐斑，尽管有人打开矿泉水瓶，缓缓地将瓶中的水浇在头顶上，但是，却没有一人愿意解开一粒纽扣。

设备调试最紧张的时候，商场派员工过来协助，他看着这帮抢修人员汗流浃背，烈日下仍紧扣着衣领和袖管，不解地问："这么热的天，你们怎么不脱下工作服，还要将红马甲套在身上？"

黄军鑫擦了一把脸上的汗，笑着说："如果我们脱下红马甲，就等于军人脱下军装，还像一名部队的战士吗？"

刘跃平对黄军鑫的回复很赞赏。当一个军人，着装是给老百姓的第一印象。无论是严冬还是盛夏，无论是将军还是士兵，整齐军容可谓战斗力的体现。他还记得老班长说过，松松垮垮，像什么兵！刘跃平带的共产党员服务队，绝不允许打赤膊、穿背心，红马甲的标配一丝不苟。

工作时间，就得有个像样的工作状态！

然而，工作起来较真的刘跃平，对于分内事与分外事的界限，似乎又不较真了，甚至有点模糊。按理说，供电抢修的任务是排除故障，范围从配电网到居民电能表出线10厘米，保证把电送到你家门口，这个界线是清楚的。至于你家里线路有什么问题，就不是供电公司该管的事了。

刘跃平跟队员们这样说："我们是共产党员服务队，这可不是嘴上说说的，我们要像共产党员一样，遇到需要帮的，我们就要帮一把。"怎么做呢？刘跃平给大家做了榜样。时间一长，队员也看出来了，刘队长的心里真的有一杆秤，他并非没有原则，凡是遇到弱势群体、留守儿童、孤寡老人等用户报修，即使不属于自己的维修范围，他也不计报酬地义务维修。队员们都说，刘队长的心肠特别好，该干的好好干，不该干的也会尽力干好。

一个大年三十的晚上，共产党员服务队值班室的抢修电话响起，家住县城掘港镇群力巷7号的奚均家断电，请求帮助。奚均老人退休后独自居住，春节前，在省城工作的女儿女婿带着18个月大的孙女回家过年。习惯了开暖气的女儿女婿，把空调、取暖器、热水器等一起打开，时间不长就闻到一股烧焦的味道，漏电开关"砰"的一声跳开了，家里一片漆黑。

大过年的，没电怎么办？正在大家着急的时候，奚均想起供电共产党员服务队的报道，试试看吧，他拨通了抢修电话。

当小辈和奚均老人争论，这个电话管不管用时，突然响起了敲门声。放下电话不到10分钟，刘跃平带着队员黄军鑫来到奚均老人家中。检查发现，原来是用户家中内部线路老化，漏电开关内部烧坏导致接合不上。考虑让一家人当晚能够用上电，他们临时用短接线接通了电路。

回到共产党员服务队值班室，窗外炸响热闹喜庆的鞭炮声，刘跃平和黄军鑫你一言我一语，还牵挂着奚均老人家的漏电开关。毕竟接电是临时措施，如果明天找不到电工怎么办？虽然是用户内部故障，也接通了电路，但不彻底排除隐患，总归是治标不治本，让人放不下心。左思右想，刘跃平取出值班室抢修备用的漏电开关，立刻驱车到奚均家帮忙换上新的。

听刘跃平解释，换漏电开关，能保证他们全家过个安稳年。共产党员服务队的同志跑了两趟，不是临时凑合，而是负责到底，奚均老人很感动："不愧是共产党员服务队，群众满意的红马甲！"

当夏季酷暑发威的时候，用电量剧增，是刘跃平和队员们最忙的时候。那天，刘跃平刚从抢修现场回来，就接到了环卫所打来的电话，说环卫工人的临时休息点跳闸了，请求服务队帮忙。

打电话的是如东县环卫处城区环卫所所长陈建明。采访时他告诉我，我们城区环卫所在老中医院的斜对面有个工具房，考虑清洁工需要一个休息的地方，就作为临时休息点。当时天气大热，断了电，环卫所的电工技术不行，修了几次都找不到问题出在哪里。

陈建明心急火燎，城区环卫所当时有清洁工97人，分路段承担着相应道路的清扫工作，由于临时休息点是彩钢瓦搭的建筑，太阳一晒，室内能达到40度以上。本来空调一吹，大家可以乘个凉，吃个饭，可是，停电后这个屋子就像一个大火炉。清洁工人在临时休息点无法落脚，自带的午饭没到中午就馊了。

早就听说过供电共产党员服务队，但陈建明没打过交道。他心里犯嘀咕：这么大热天，室外抢修是一个苦差事，环卫所无职无权，管的是清洁卫生，又不是收税大户，他们能赶来帮这个忙吗？陈建明吃不准，也抱着试试看的心态，拨通了刘跃平队长的电话。

陈建明没想到，刘跃平问清了具体位置，仅10多分钟，他就顶着火辣辣的太阳，骑着自行车赶到了环卫工人临时休息点。陈建明和服务队初次打交道，看到刘跃平满头是汗，叫他赶快歇一歇。刘跃平说没关系，他问了配电房在哪里，顺着线路走向，里里外外查看一遍。他给陈建明丢下一句话："陈所长，过会儿我就让人带导线过来修。"

然后，他就急急忙忙地走了。

陈建明说："看着刘队长转身走了，我心里没底。毕竟是供电部门，又是第一次接触，不知道刘队长是不是随便说说的。待会儿来，是什么时候？还来不来修？指不定，拖上几天才来修也可能啊。"

也难怪陈建明心里七上八下，这年头，耳听为虚，眼见为实，供电部门也可能分个轻重缓急，环卫工人能排上号吗？

刘跃平离开后不到一刻钟，一辆电力抢修车开到了环卫工人临时休息点门前。陈建明记得，当时和刘队长同来的，还有余新明等队员，都穿着"共产党员服务队"的红马甲。陈建明更没想到，刘队长他们带来了工具，还带来饮料等避暑慰问品，分发给环卫工人。

刘跃平说："你们冒着高温干活，辛苦了！"

余新明说："这是我们共产党员服务队的心意！"

刘跃平做过前期"侦察"，向余新明等队员交代了线路走向。所有队员分工明确，相互协作，查找故障点、换下旧电线、装上防触电保护器。半个多小时后，故障终于被排除，电通了。

最让陈建明感动的是，刘跃平、余新明他们衣服湿透了，还把修理电路的地方，连同环卫工人临时休息点，打扫得干干净净。

陈建明说："刘队长，这怎么好意思啊。"

刘跃平说："没事的，我们服务队就是这个规矩。"

余新明说："这只是我们的一个抢修任务，后面还有抢修单子在等着。"目送刘队长他们登上电力抢修车，陈建明感慨不已。来电了，空调启动了，清洁工人看着电力师傅打扫过的房子，都表示太服气了。

陈建明被深深打动了。刘队长他们送来了电，同时送来的还有尽职尽责的理念。同样是服务行业，我们应该怎么做？

以此为案例，陈建明组织了学习讨论："供电共产党员服务队真是我们环卫所的学习榜样，他们用行动给我们上了一课！"

刘跃平经常跟队员讲，我们遇到人家的求助，不要光想自己是来帮别人的，还要站在对方角度想一想，人家是怎么想的？老队员都记得，有一次，服务队值班室接到一户居民报修电话，说他家断电了。

他立即派队员赶往小区抢修。

刘跃平正在处理其他事务，电话又打过来，那个派去小区的队员向刘跃平反馈：线路排查过了，是那个客户家中的电表被烧坏，要排除故障，必须等到次日早上去营业厅办理申请，重新换表。

刘跃平问："你现在在哪里？"

队员说："我跟用户做了解释，在返回的路上。"

刘跃平说："你不要急着回来……"

嘱咐队员回小区等候，刘跃平放下电话，急匆匆地骑上车，朝那个小区赶去。不一会儿，身上的汗水就洇透了后背。

刘跃平和队员又来到那个客户家，重新检查了故障点，看到这一家人的情况，孩子一声声地哭喊，刘跃平看不下去了，他火速与营销部门沟通，临时调来表计，当晚给客户送上了电。

回来后，刘跃平批评那位队员："你有没有想过，这么炎热的夏天，客户没电用是啥样的感受，何况人家还有小孩！"

队员不理解："我没想这么多啊。"

刘跃平说："如果是你的家人呢？"

原来，刘跃平知道那是一个老小区，报修人住的是一栋光线阴暗的旧楼，不要说晚上了，就连白天房间也是暗暗的。

次日上班，刘跃平在队里的晨会上通报了这件事情。这位队员按规定办事，但是没有设身处地为老百姓着想，没有把群众的困难当作自己的困难。同时，刘跃平说，要与营销部门达成共识，凡是遇到类似故障，能否优化流程和建立特事特办的机制，解决老百姓的用电困难？

当刘跃平把这个问题摆在营销部戴经理面前时，对方左右为难："老刘啊，抢修材料的入库与出库，都要按规范的程序办，用户第二天到营业厅申请，我们赶快办理，这样不都符合程序吗？"

刘跃平说："没办法呀，大热天的断了电，一家人热得没法睡觉，换在我们自己身上，不也想赶紧解决吗？"

一向严谨的戴经理说："我们营销上有工作流程，平时上的是常白班，要保证开通全天候的材料出库，难啊！"

刘跃平说："事在人为，帮帮忙！"

戴经理知道刘跃平的脾性，不达目的绝不罢休，笑着说："老刘，你都开口了，我不照着做，你能饶了我？"

刘跃平也笑了："我替用户谢谢啦。"

其实，看似简单的故障抢修，因为现场的情况各异，涉及的问题不同，比如有时可能整条线路停电，有时电表烧坏需要更换，共产党员服务队抢修的实际操作，时常会在预料之外。除了规范服务队内部的标准化作业，跨部门协调也是个麻烦事。营销负责电表出库的员工是 8 小时工作制，与共产党员服务队一年 365 天、每天 24 小时的值班抢修，怎么契合？

刘跃平知道协调麻烦，但他不怕麻烦，硬着头皮知难而上。他告诉我："其实，我也理解领导的难处，常日班的人加夜班，第二天班次的安排是个问题。但是，共产党员服务队对外有承诺，就得想办法做到啊。在现场看到用户渴望的眼神，我宁愿去说服领导，也不想让用户失望。"

从 2010 年夏季高温天开始，共产党员服务队所在的线路工区和营销部达成了一个共识，特事特办，平时提前出库几只电表，交刘跃平备用。回顾往事，刘跃平说开了个先例："营销部连电表上的封印，都交给我一些，以应急使用，虽然事关电表计量准确，但他们都很信任我。"

队员们说，还是刘队长有办法。

哪有什么办法？还不是请领导支持呗！刘跃平笑着说，不想得过且过，就只好给领导出难题了。不过，好在领导是理解的。刘跃平在员工中属于老资格，很多中层干部对他很尊重，知道刘跃平当"好好先生"，并非为了一己私利，而是为了帮助用户解决实际困难，也愿意助他一臂之力。刘跃平清楚，这不是支持他个人，而是在支持共产党员服务队。

人们说，老刘是一个爱管闲事的队长。

刘跃平的手下，也是一帮爱管闲事的队员。

一个万木复苏的春日，如东供电共产党员服务队三名队员，带着工具和材料，来到城区群力巷 80 多岁的老人张德群家。

队员金文婷说："张大娘，我们又来看望您了！"

张德群老人拉着金文婷的手，满是皱纹的脸上笑开了一朵花："小金啊，你别嫌大娘啰唆，我听你说话就高兴啊！"

队员们帮助老人检查线路，更换开关和插座。张德群把这帮孩子看成亲人，絮絮叨叨地跟金文婷拉起了家常。

与张德群老人结下不解之缘，还得从金文婷接到老人一个电话说起。那天张德群拨打供电热线，转到了共产党员服务队，金文婷正好在值班。张德群投诉说："家门口有一根新换的光缆，还有几根被锯断的树枝，扔在一边没人管，是不是你们供电施工人员干的？"语气中带着责问。

根据张德群老人提供的信息，金文婷就能够判断，单根光缆线路不属于供电部门。按理说，解释清楚就可以了，可老人还是不理解，她按老人提供的地址，找到了张德群家。

"张大娘，我们的线路有四根线，而您门前的光缆是单根的，可能是宽带网络或电视光缆线路，我帮您拨电话询问吧！"

金文婷面带微笑，慢声细语。

原先张德群老人以为，供电部门的回复是敷衍，不认这个账，不知道应该再找谁。金文婷当面解释，还帮她向通信公司投诉，门前的杂物被清理干净。张德群很开心："小金真是热心肠的女孩。"

和张德群老人交谈，金文婷得知，张德群老人的丈夫早年去世，女儿在外地成了家。所以，她是一个孤独的空巢老人。

"张大娘，您家里有什么事，可以随时找我！"临行前，金文婷将自己的手机号码写在纸上，留给了张德群老人。

没想到，金文婷隔三岔五地接到张德群的电话，只要有不顺心的事，老人都会打电话唠叨唠叨。这要是别人，肯定心烦。可金文婷将老人当成自己的亲人，耐着性子，有说有笑地陪老人说话。

金文婷说："老人最怕的是孤独。"忙里偷闲，她就去看望老人，帮助老人做些力所能及的家务活。这样，张德群老人就像多了一个亲人，时不时地夸赞小金的性格好，就像自己的外孙女一样。

有人说:"小金管闲事,这是工作吗?"

刘跃平说:"帮助孤寡老人,当然是工作。"

在刘跃平心里,群众口碑是优质服务的"试金石"。真心服务老百姓,不需要一味唱高调,而需要一颗平常心。

"其实也很简单,放下架子,不要以为人家有求于你,把群众当成自己的亲人,你就会体谅,就会付出真心,把好事做好……"

4........无私馈赠

熟悉刘跃平的人告诉我,他看上去是个硬汉,其实心很软。日常的抢修过程中,总要跟当事人打交道。他心地善良,尽管遇到过不讲理的人,他还是相信,世界上好人多,悲悯之情溢于言表。尽一臂之力帮扶弱势群体,成为刘跃平带领下的共产党员服务队工作的重要内容。

每当队员回来说,你看这家也挺困难的?

刘跃平只说一个字,帮。

当然,共产党员服务队日常抢修是有规范的,但是,他们形成了一个不成文的约定,只要遇到特困家庭,队员们就会向刘队长反馈。刘跃平有一个不变的信念,社会进步带来幸福指数的提升,我们共产党员更不能忘记这些困难群众,尽可能帮助他们渡过难关,过上幸福的生活。

也许,在别人看来是多此一举。刘跃平却觉得,既然服务队名称前面冠以共产党员，帮助群众解决实际困难，也是他们的职责。

一次，刘跃平和队员缪长华到一个小区维修电路，听围观的观众说，有一户人家线路老化，因为经济困难，一直没得到维护，他们专门前往探望。这家主人叫翁正飞，是一个病退职工，屋里零乱，人情绪低落。更要命的是，线路乱成一团，落上厚厚的灰尘，家里好几盏电灯泡都不亮。

刘跃平问："老翁，为什么你不报修？"

翁正飞告诉他们，自己患尿毒症多年，女儿正上高中，家庭生活入不敷出。家里的钱都用于服药、治疗，家用电线路好多年没更新维护。下雨天，插头一插，开关一拉，就冒火花，根本不敢用电。

刘跃平说："不修不行，多危险啊。"

翁正飞说："没办法，凑合过吧。"

刘跃平说："你要好好活，我们帮你。"

刘跃平和同事帮他家更新线路，没收他一分钱，还把翁正飞列入了帮扶名单。有什么困难，你就打电话给我们。听着刘跃平亲切的话语，翁正飞眼眶湿润了："刘队长真是个大好人啊！"

翁正飞家的灯亮了。他觉得，刘跃平队长点亮的，不只是他家的灯，还有他那颗灰暗的心，点亮了他对生活的希望。

还有一次，刘跃平接到一个报修电话，他和队员陈新民上门服务。这家也是一位特困职工，她叫戴向红，丈夫病逝，儿子智障，女儿在上学，家里一贫如洗。

刘跃平和陈新民检查了戴向红家的线路，排除了用电故障。他关切地询问戴向红的家庭情况，对她的不幸深表同情，告诉她：以后家里用电出故障，随时打电话给我们，我们会及时上门，免费帮你修理。了解到戴向红女儿学习用功，只是学杂费的负担很重，刘跃平说，孩子上学是大事，耽误不得。他当场表示，要结对资助孩子上学，以后长期帮扶，助她成才。

戴向红感动得连声称谢。刘跃平告诉她，不用谢，共产党员服务队是一个集体，我们会帮助你的，你就是我们的亲人。

戴向红说："我快要被家里事压垮了，没信心了。"

刘跃平鼓励她："你一定行的，要对自己有信心啊。"

陈新民、王辉等队员轮流帮扶，给戴向红带来了生活的光明。戴向红不再觉得孤单了，这么多好人和她站在一起。

在如东县城3号街区，刘跃平和缪长华等队员维修线路时，来到吴亚明、吴春先父子家中。这是一对悲情父子，父亲患有糖尿病，儿子先天智障，在疾病的折磨下，承受着很大压力，生活十分拮据。

应该说，社区也尽力帮助他们，可是，吴亚明老人力不从心，除了照顾智障儿子，家里日常的杂事难以顾及。

刘跃平和吴亚明父子接触，亲眼看到吴亚明家的举步维艰，他将这一家也列入了重点帮扶的名单中。

从线路检修到更换煤气，连同买米买油，刘跃平和同事都给包了。定期上门服务，让吴亚明老人倍感温暖。

当刘跃平回访的时候，吴亚明老人脸上露出久违的笑容："刘队长，你与我们非亲非故，可你们像我们的亲人一样亲啊！"

一个烈日炎炎的夏日，突然乌云聚集，暴雨随后而至。掘港镇港南村12组特困户姜玉琴家突然停电，估计是线路坏了。

姜玉琴拨打了共产党员服务队的电话。在这之前，姜玉琴没少麻烦刘跃平，家里线路出问题，她只要打电话给刘队长，很快就会派人来修理。可是，风越刮越大，雨越下越大，共产党员服务队能来人吗？

雨还没有停歇的意思。姜玉琴已经不抱希望了，只是呆呆地望着窗外的雨幕。过了一阵子，她惊奇地看到，骑着自行车的一行人，穿过雨雾往她家鱼贯而来。原来，刘跃平带着黄军鑫等队员冒雨赶到港南村，检查了周边的变电器。随后，他们脱下雨衣，走进姜玉琴家。刘跃平告诉姜玉琴，已经在室外查了线路，现在需要检查室内的线路。

姜玉琴很过意不去，叫服务队员休息一下，可他们不肯。顾不上擦去脸上的汗水，他们就在室外排查线路，最终找到了跳闸的原因。然后，他们更换烧焦的插座、短路的灯头线，以及3只烧毁的灯泡。

姜玉琴家的电通上了，外面的雨还在哗哗地下。姜玉琴劝他们，等雨停了再走吧。刘跃平说："下雨天报修的人多，我们还要赶到下一个点去。不过，你家里用电有什么问题，随时给我们打电话。"

姜玉琴攥着刘跃平队长留下的报修电话卡片，激动地说："你们辛苦了，有你们在，我们用电就踏实了！"

临行前，刘跃平讲了家庭用电常识，和姜玉琴告别。他们在红马甲外披上雨衣，骑了自行车，又冒雨上路了。

在刘跃平帮扶的孤寡老人里，有一位很特别，她的名字叫管惟川，因为助人为乐，被评为"全国孝亲敬老之星"。

那天晚上，管惟川老人正在家里厨房做饭，忽然家里的电灯全灭了。她赶紧找社区，给共产党员服务队打电话，说家里的灯有的很久才亮，今天彻底都不亮了，能不能帮帮忙？刘跃平听说是一位七十多岁的孤寡老人，明知并不在他们的服务范围内，但他二话没说就去了。

来到报修的小区大门口，刘跃平才掏出随身带的报修单，看看门牌号码，报修人的名字跳了出来，让他一阵激动。

管惟川？这个名字好熟啊。

难道，真是曾轰动如东的管惟川吗？

40年前，管惟川的邻居郭如凤得了帕金森病，却被医院误诊为心肌炎，虽然后来确诊病情，却延误了最佳治疗时间，落下后遗症，生活完全不能自理，吃喝拉撒全靠别人照顾。管惟川与郭如凤都是如东县减速器厂职工，又住在一个楼，管惟川知道郭如凤经济困难，便担起了照顾她的责任。

40年来，管惟川悉心照料毫无血缘关系的郭如凤，日日忙碌于她的病榻旁。由于被病人拖累，没有男人娶她，至今都没有成家。管惟川并不后悔，她用自己的善举，实践着"老吾老，以及人之老"的传统美德。

当时刘跃平读到管惟川事迹的报道，非常敬佩。在组织共产党员服务队学习讨论的时候，刘跃平以管惟川为例，讲了民间代代相传的传统美德。在管惟川这个普通老大姐身上，闪烁着大善之光。

虽然与管惟川素不相识，刘跃平却始终关注她，只要报纸上有管惟川的报道，他都会仔细地阅读。被评为"全国孝亲敬老之星"后，管惟川做的好事更多了。近些年，她结识了一位老大姐高秀兰，78岁，患有帕金森等多种疾病，腿抖得厉害。考虑女儿身体不好，女婿在工作，不想给他们增加负担，高秀兰没去住院。清明节期间，管惟川得知老姐姐高秀兰近来身体不好，便主动联系高秀兰，劝说高秀兰住进了医院。

管惟川一早去菜市场买菜，赶在11点前把饭菜送到医院。下午，管惟川守在高秀兰身边。怕她渴，提前倒好水凉着，怕她躺着累，给她按摩身体。管惟川如此尽心地照顾自己，高秀兰十分过意不去，她知道管惟川身体不好，几年前曾做过手术。除了这次住院，平时她也得到过管惟川的帮助。高秀兰说："她把我当成老妹，我不知道怎么感谢她！"

乐于帮助别人的管惟川，面对停电束手无策，她等来的，正是同样乐于助人的刘跃平。原来，社区主任给共产党员服务队打电话，刘跃平和老队员王辉赶到管惟川家一看，因为是老小区，线路横七竖八，老化相当严重。当然，供电公司只负责室外线路检测，电力抢修工又不是社区电工，可刘跃平和王辉都想到，管老太太年纪这么大，灯泡不亮怎么行啊？

刘跃平他们掏钱买了节能灯、插座和电线，把线路重新排了一遍。忙得满头大汗，而且不肯收一分钱。管惟川过意不去，说："刘队长啊，我怎么能让你们出钱来帮我修电呢？来，我把钱给你！"

刘跃平真心地说："管大姐啊，您一辈子都在帮助别人，我们都看过您的事迹，社会上像您这样的好人是最值得尊敬的！"

王辉也上前安慰管惟川："我们有机会给您服务，来帮您做些事，也是我们共产党员应该做的啊！"

说起帮助别人，管惟川说："我因病住院，没想到，得到社会各界的关爱，这让无儿无女的我内心深处感受到温暖。我身体恢复得还不错，我要把心中的这份温暖，带给更多需要帮助的人。"

刘跃平说："管大姐，您太辛苦了。"

"不辛苦。"管惟川说："帮人就是做好事，做好事我高兴。"

刘跃平深受触动，管惟川的豁达，让他感受到她的善良和淳朴。善良的人与善良的人心心相印，刘跃平记住了管惟川，而管惟川记住了刘跃平这位热心助人的队长，也记住了如东供电共产党员服务队。

在刘跃平的推动下，帮扶管惟川成为服务队的接力行动。蒋云明、王辉、白峰以及退居二线的缪恒生，都上门服务过。管惟川把这些老兵当成了亲人，家里用电出故障，或请教安全用电的知识，她会赶紧打电话找他们。逢年过节，她要和老兵们通话祝福，互道珍重。

在共产党员服务队的档案里，记录着精准帮扶的对象。据统计，如东全县的特困户有168户，在县总工会的协助下，供电共产党员服务队与之建立了"一对一"的帮扶关系。专人负责，定期上门，检测线路安全，排除用电隐患130多起，免费更换电线、节能灯等价值8000多元。在社会日益进步、用电需求递增的今天，确保他们能用上安全电、放心电。

刘跃平说："我们共产党员服务队不是慈善机构，也不是扶贫单位，我们并没有刻意去做慈善，但是工作中时常遇到需要帮扶的对象，比方说，看到家里有困难的老人，那些读不起书的孩子，你能不伸手去帮一把？只要我们看到了，就力所能及地帮扶，不帮良心上都过不去。"

很多人半开玩笑地说："刘队长啊，你天天帮这里又帮那里，累坏了怎么办？你还真把自己当活菩萨啦？"

刘跃平笑着说："把困难群众当亲人，我们共产党员能帮一点是一点嘛。老百姓找到共产党员服务队，就是对我们的信任。我们能为群众做好事，才能无愧于共产党员服务队这个光荣的称号啊！"

2010年7月的一天，刘跃平拿着一张报修单，和队员来到居民蔡红辉的住处——靠近如东县中街旁的一个地下车库。推门进屋，灰暗，潮湿，空气中都散发着一股霉味。一张简陋的木制高低床，平时妈妈睡下面，儿子睡上面。床旁边是一个灶台和一张小桌子，这些就是蔡红辉母子的全部家当。这间狭小的地下车库，还是蔡红辉用家里仅存的积蓄租来的。

迎接他们的，是坐在轮椅上高位截瘫的蔡红辉，旁边是儿子陈少华。那时蔡红辉41岁，乱发下一脸的憔悴，眼神茫然而无奈。陈少华18岁，身子瘦弱，似有超出年龄的沉稳。原来，蔡红辉和丈夫曾在乡镇汽配厂打工，她是保管员，丈夫是修理工。5年前，蔡红辉帮亲戚家修房子，从屋顶上摔下来，不幸全身瘫痪了。丈夫改开出租车，维持一家人的生计。

偏偏祸不单行，儿子读高中时，他爸爸得了癌症，蔡红辉卖掉了家里的房子，给丈夫做了一年的化疗。临终前，丈夫拉着瘫痪妻子的手，泪流满面："我对不起你们娘俩，要先走了，难为你啊，要把儿子抚养好，他能读书，争取考上一所好的大学。"蔡红辉握着丈夫的手，一家人泣不成声……

丈夫去世时，几乎花光了家里所有的积蓄。蔡红辉家的房子没了，她在邻近县中的街上找了这间废车库，用极低的价格租下来。

母子俩相依为命，一是儿子上学方便，二来也可以相互有个照应。

穷人的孩子早当家。陈少华是个懂事的孩子，平时照顾重瘫的妈妈，他知道家里没钱上课外辅导班，读书复习都凭自己的毅力，这次参加高考，他考出了391分的高分，达到一本的分数线，被南京理工大学录取了。这是很多同学羡慕的，可是，陈少华脸上并没有喜悦之色。

是啊，陈少华忧心忡忡。平时靠低保与邻居接济，已经捉襟见肘了，我上大学，拿什么交学费呢？我妈妈怎么办呢？

这是一个因病致贫的特殊家庭。看了他们的家境，听了他们的经历，刘跃平眼睛湿润了。他自己也有儿有女，可怜天下父母心，他能体会到陈少华父母希望儿子成材的心情。而蔡红辉高位截瘫，丧失了基本的劳动能力，对于儿子是心有余而力不足。陈少华考上大学，本该是天大的喜事，偏偏被一贫如洗难住了，我们应该帮一帮这对母子。

刘跃平翻了翻桌上陈少华的课本，还有写满公式和试题的笔记本，说明陈少华是一位刻苦好学的孩子。他是在父亲去世、母亲重瘫的家庭里考上大学的。天无绝人之路，孩子一定会有好的未来。

他问陈少华有什么打算。

陈少华当然想读大学，然而，家里困难不能不考虑。父亲不在了，母亲是他唯一的亲人。他只有两条路，或者弃学，留在家照看妈妈，或者带着妈妈去上学。不把妈妈安置好。他不可能安心读书。

刘跃平说："考上大学，当然要读了！"

"是啊。"蔡红辉母子点点头，不免带有苦涩。刘跃平带领队员检查了蔡红辉家的线路，用带来的电线，把家里不安全的地方重新铺设，全都进行了精心整改。蔡红辉听说不收费，一再说谢谢。

刘跃平告诉蔡红辉："我们是共产党员服务队，你们有难处，我们来帮你们想办法，当务之急，是让少华上大学！"

这样的安慰，蔡红辉很感激。

供电公司上门维修，而且延伸了服务，已经让蔡红辉感到意外了。她更没想到，过了几天，刘跃平又上门来了。

这次，刘跃平带来了共产党员服务队所有成员的一笔捐款。原来，回到供电公司，刘跃平牵头，共产党员服务队发起了给蔡红辉母子的捐款，捐出2000元，刘跃平自己又捐了1600元，总共3600元。刘跃平把装有3600元的一个信封，交给蔡红辉，少华要开学了，作为助学金吧。

蔡红辉很不安："怎么能用你们的钱呢？"

刘跃平说："你不用过意不去，这是我们如东供电共产党员服务队的心意，以后你有什么难事，尽管跟我们讲。"

陈少华感动得不知说什么好。

刘跃平拉着他的手说："少华，你放心去，好好地读书。等你将来有了出息，就有能力照顾你妈、孝顺你妈了，也就对得起帮助过你的这些叔叔了。你妈在家里有什么事要帮忙的，我们来负责。"

父辈似的温暖，融化了陈少华的心。

要去省城南京读书了，这是陈少华长到18岁，头一次离开如东出远门，也是头一次离开自己的母亲。刘跃平知道他家里经济拮据，陈少华没有独立生活过，也不知道该准备些什么，刘跃平像对待自己出门读书的孩子那样，帮他筹集了学费和生活费，还帮他捆扎行李，置办到学校后要用的日用品，包括牙膏、牙刷、毛巾、香皂等，甚至连内衣、内裤都帮他买了。

陈少华到学校报到的那天，服务队特地租了一辆面包车，载着陈少华和蔡红辉一起去南京。刘跃平知道一个母亲的牵挂，他要让这位重瘫的母亲像别的父母一样，可以亲自送儿子上大学，亲自看看整洁的大学环境，也让她看一看未来，看一看希望，这是金钱无法计量的情感抚慰。

2012年的一天，刘跃平和蔡红辉通话感觉有些异常，素来直爽的她吞吞吐吐，问她有什么事，她也不说。刘跃平急了，有话你直说嘛。蔡红辉不好意思地说："我去医院做了个妇科检查，患了子宫肌瘤，医生让立即开刀，这得花多少钱呀？您看不开刀能行吗？我想保守治疗。"

刘跃平一听，忙说不行，要听医生的，有病不能拖。蔡红辉支支吾吾，说没关系。刘跃平听出来，肯定是钱的问题。问她手术费多少，她才坦白，各项费用需要1万多元。刘跃平说："你马上去做手术，钱的问题你不用管，看病最要紧！医院那边要多少定金，我帮你先付上。"

刘跃平回到单位，提笔就写了一份爱心倡议书《一个苦难家庭的生命呼唤》。共产党员服务队带头捐款，整个如东供电公司党员闻风而动，其他职工积极响应，公司领导知道了也参加了捐款，一下子，捐出了16600元。蔡红辉的手术费和住院费都有了，还多了几千块钱，刘跃平放进了扶贫基金里，作为这个贫困家庭后续的备用之需。

蔡红辉打电话给儿子，流着泪说："多亏了刘队长，你能在大学里读书，千万别忘了共产党员服务队的好心人啊！"

老兵蒋云明称刘跃平是"雷锋队长"。他倾心帮扶弱势群体，热心帮人家解决难题。他专门制订了一个计划，蒋云明、王辉、缪长华等队员逐家逐户帮困难群众整改电路。刘跃平亲自上门，需要用的维修材料他负责购买或领取。能帮一把就帮一把，无私地给群众送去光明。

有时候一个小小的善举，就能改变一个人或一个家庭的命运。就像古人说的上善若水，细润无声，不见拍岸的浪花，却能浸染一方土地，慢慢地改变着我们的社会风气。让刘跃平欣慰的是，苦中有乐，他做好事的想法，成了共产党员服务队的集体意识。

5 坚实的后方

刘跃平有一个坚实的后方。听说他接任共产党员服务队的队长，妻子胥芳一点也不吃惊，与刘跃平相濡以沫这么多年，她太了解他了。胥芳说："你这个队长就是带头做好事的，做好事好啊，我支持！"

胥芳从小跟养父养母一起生活。养父是如东一家印刷厂的厂长兼书记，也是一位老军人，因为在革命战争时代失去子女，跟胥芳亲生父母又是挚友，胥芳这个小女儿就被过继给这位老领导了。胥芳是在一个有爱心的家庭长大的，深受养父为人正直、心地善良的性格影响。

胥芳和刘跃平算得上青梅竹马，两人是如东中学的同班同学。在胥芳的印象中，比她大1岁的刘跃平一直是个调皮捣蛋的男孩。有一天放学的时候，胥芳被英语老师留下了："胥芳，看看你本子上写了什么？"胥芳大惑不解，拿起本子一看，上面写着几句牢骚，对老师大为不敬。胥芳说:"不是我写的呀!"看着胥芳一脸无辜,一向觉得胥芳很听话的老师相信了她。老师随后多方了解,终于把刘跃平揪了出来。

原来,刘跃平不喜欢老师的讲课方法,又不想直接表达,搞了一个恶作剧,在课间随便拿起一位同学的作业本,把自己的意见写了上去。那个本子就是胥芳的。胥芳到现在一提起这件事,还是一脸嗔怪:"你说他怎么搞的嘛?我平时在班里就是那种最听老师话的女生,竟然替他背了好长时间黑锅!"刘跃平听到她的这番话,就在一旁嘿嘿地坏笑。

在刘跃平和胥芳的学生时代,男女生几乎不讲话。整个高中阶段,刘跃平跟胥芳同在一个班,上课时一个教室,下了课刘跃平跟男生一起打球,胥芳跟女生一起聊天,两人也没什么交集。高中毕业了,同学们各奔东西。刘跃平要去当兵,胥芳则被分到了服装厂。在那个年代,男青年当兵,女青年进厂,都是十分令人羡慕的职业。

1977年恢复高考的时候,老师送了听课证给胥芳。胥芳至今还记得,偌大的礼堂里黑压压地挤满了人,胥芳由于复习得晚,准备十分匆忙,那次高考发挥不好,距离分数线差了三分。胥芳养父母倒是挺高兴的,说这下女儿能留在咱们身边了,还安慰胥芳说:"你的工作既然已经有着落了,干吗非要去考学嘛!"那时的胥芳心思很单纯,见父母都这样讲,就安心到服装厂上班去了。

胥芳跟刘跃平的重逢实属偶然。一天下午,从服装厂下班的路上,同事骑自行车载胥芳回家。坐在后座上的胥芳忽然发现,前面有个高高瘦瘦的身影。咦,这不是刘跃平吗?老同学一年多不见,胥芳感觉分外亲切,她在自行车上高声冲刘跃平喊着:"刘跃平!刘跃平！"刘跃平一回头，眼前一亮，原来是同学胥芳。眼前的胥芳，不再是那个拘束严肃不言不语的小女生，已经出落成了一个落落大方亭亭玉立的大姑娘了。"胥芳，是你啊！"刘跃平热情地跟胥芳打招呼，胥芳从自行车上跳下来，跟刘跃平说话。

"刘跃平，你不是当兵去了吗，怎么回来啦？"

"我当兵一年了，休探亲假，回来看看我爸妈。"

同事骑车先走了，胥芳和刘跃平在路边树荫下聊起来。胥芳说："想不到你当年那么调皮，竟然也能去当兵！士别三日当刮目相看啊，你在部队苦不苦，能适应吗？"刘跃平说："胥芳，你绝对小看我了！我可是根正苗红的军人苗子嘛！"他说起海军出海的经历，胥芳好生佩服。

那次，两人相谈甚欢，分别时，胥芳对刘跃平说："刘跃平，你有空到我家去玩呀！"刘跃平满口答应："好咧！"

胥芳本以为，毕竟是一个班的同学，随口的邀请是跟刘跃平客气一下。没想到，过了几天，她下班回家，妈妈就告诉她："刚才有个姓刘的同学来找过你，说是他要回部队了，你不在，他就走了。"刘跃平？胥芳心里认定了，肯定是他。难得他还真有心，自己一句客气话，他还专门前来辞行。既然这样，胥芳想，等刘跃平走的时候，她也要去送送他。

探亲假结束，刘跃平要回部队了。在如东长途车站，除了父母和弟弟妹妹前来送行之外，还有一个人也出现在了送行的人群中，她就是胥芳。刘跃平看着人群中胥芳的倩影，心头一震，一颗爱情的种子正在他俩的心中发芽。刘跃平回到部队之后，跟胥芳保持着书信往来。

1984年，刘跃平退伍回到如东，进入电力系统工作。男大当婚，女大当嫁，看到同龄人大多恋爱成家，刘跃平父母也开始张罗他的终身大事了。那时，他们帮刘跃平物色了一个姑娘，也是干部家庭，条件很不错。妈妈让刘跃平去见一下，刘跃平不想去，爸妈再次劝说，刘跃平说："那我只能答应你们去看看，不能答应你们别的。"刘跃平父亲非常不满，不客气地说："你这是什么态度？你要谈就要好好谈，不许三心二意！"

一听父亲这话，刘跃平说："那我就不去见了，你们说得对，谈恋爱要从一而终，我有自己喜欢的人了。"父母赶紧问："是哪个姑娘？"刘跃平就把同学胥芳的情况跟父母说了。

这层纸一捅破，刘跃平父母反而松了口气，因为胥芳养父母他们也认识，知道是一个正派的人家。见过胥芳，感觉这个姑娘很懂事，知书达理，性格也好，儿子的眼光没错，刘跃平父母马上答应了他们的亲事。

1984年底，胥芳和刘跃平携手走进了婚姻殿堂。他俩的性格属于互补型，胥芳性格安静内敛，喜欢自己的工作，也喜欢相夫教子，而刘跃平性格活泼开朗，外向豪放，人缘极好，是在外面风风火火干事业的人。虽然性格爱好不同，但丝毫不妨碍两人成为一对相爱至深的夫妻。

他们刚结婚时，两人工资不高，住在一间20平方米的单位宿舍里，不大的房间只能摆一张床和一张桌子。别人家都有电视机了，他们也没买上。结婚后不久，刘跃平曾骑着一辆破自行车，载着她参观自己工作的单位。胥芳记得，她有事来过供电局主楼，挂着政工科、办公室、技术科等牌子的楼道，显得宽阔而明亮干净，是去那里吗？刘跃平说："那些科室不是我工作的地方，我的工作是靠近乡下的，一会儿我带你去看我的办公室！"

胥芳没反应过来，刘跃平带着她直奔临街的一栋旧楼。刘跃平放好自行车，拉着胥芳往里走，打开了一间房子的门，里面黑乎乎的。刘跃平赶紧找到灯线开关，一盏日光灯在头顶亮了起来。灯下一张办公桌和一把椅子，都掉了漆。胥芳心里一凉："你就在这儿工作啊？"刘跃平呵呵一笑："这就是我奉献青春和热血的地方！"胥芳见他认真的模样，也笑了。

其实，刘跃平并不在意办公条件。在农电总站，付出了将近十年的青春，刘跃平跑遍了周边的乡村。由于他的工作头绪多，顾不上家里，胥芳生了孩子以后，还要在服装厂上班，忙里忙外，幸亏有丈母娘帮忙。不过，日子总是越过越好的。隔了几年，孩子越来越大了。女儿上了小学，懂事乖巧，又添了儿子，聪明伶俐，他们买了商品房，日子舒心多了。

刘跃平虽然管家少，但对子女的教育，与胥芳一样不含糊。如东所在的江苏南通地区，一向是江苏教育的佼佼者，"全国高考看江苏，江苏高考看南通"，而如东则是南通教育的重点县。如东家长们的教育意识很强，在学生的身上投入很大，刘跃平夫妇也不例外。胥芳让刘跃平安心工作，自己除了按时上下班，重心就放在孩子身上。比如女儿喜欢画画，他们就遍访名师，甚至夫妻俩月收入的一半，都用在了儿女教育上。

当经济条件改善之后，愿意花钱上培训班或请家教的家庭不在少数，许多孩子一周下来，除了睡觉外，真正能休息的时间屈指可数。不能让孩子输在起跑线上，成为有形或无形的竞争压力。尤其是儿子好动，不愿意受集体约束，胥芳也很焦虑。在亲友们的劝说下，她和刘跃平一狠心，把儿子送到一所民办中学，那里以封闭管理著称，据说学校要学生与外界隔绝，使孩子们埋头读书，养成严格的作息习惯，高考成绩相当不错。

儿子入学的那一天，胥芳在校门外的围栏旁边望着自己的儿子，只见儿子穿着学校统一的校服，背着沉重的背包，端着脸盆等洗漱用品往宿舍走去，瘦弱的身子似乎要被压弯了。儿子依依不舍地回头看了看母亲，胥芳心里五味杂陈，回头再看刘跃平，不禁掉下了眼泪。

在之后的若干日子里，刘跃平难得有空陪胥芳去看望儿子。他们亲眼看着儿子被禁锢在学校的封闭管理中无精打采，而儿子原本的个性活泼好动，是那种思维跳跃而富有创意的类型，孩子的个性与学校的管教风格是格格不入的。刘跃平和胥芳反复地讨论，究竟应该给孩子一个怎样的教育才是适合的？别人说好的学校是不是一定适合自己的孩子。

刘跃平说，有一位专家论述"通派教育"（南通教育）的特点：虚怀而不固己见，博观而择良求取，既不强人就我，亦不贬己就人，其言行表现为善于学习，转益多师，又守正独立，恪守追求。传言"通派教育"就是"揪""死揪""往死揪"，实际上，"揪"没错，但该是尊重科学规律地"揪"。他相信，宽松的、适合个性发展的教育环境，有益于孩子的成长。

胥芳觉得刘跃平说得有道理。事不宜迟，他们随后就行动了，联系学校，给儿子办理了转学手续，离开了那所封闭的民办学校，转到了相对开放包容的掘港中学。事实证明，他们俩的决定是对的。

还是一个中学生时，刘欣就立志当一个电脑工程师，他并不知道电脑工程师具体是干什么的，只是觉得玩电脑很有趣。当他信誓旦旦跟爸爸刘跃平提到自己的理想时，刘跃平朝他举起了大拇指："好！我相信你可以的！"为此，刘跃平还决定，给刘欣买一台电脑！刘欣兴奋地拥抱了爸爸，给胥芳写了书面保证书，承诺绝不沉迷游戏，有了电脑会好好学习。

正是刘跃平的这个买电脑的举动，彻底改变了刘欣的人生。他很快就成了班上的电脑"学霸"，学校在计算机方面的活动或者比赛他都踊跃参加。老师布置一个电脑方面的任务，他能最积极地完成。他希望大家都知道他是一个"电脑高手"。后来，刘欣凭借着自己对电脑的精通，还当上了学校贴吧的吧主，成了学校实实在在的"互联网小王子"。

2009年，刘欣要参加高考了，所有同学都在一门心思准备高考时，他却突然发现，每天找资料的美术高考网站用户体验很差，而这些网站的盈利能力却很强。他认为他将来能够做一个体验更好，功能更多的美术高考网站，这样他不仅能做自己喜欢的事情，还能赚很多钱。当他把自己的想法告诉父母，刘跃平再一次对他说："你的想法非常好！但你要分清主次，现在要踏踏实实准备高考了，高考之后，无论你想做什么，爸爸都支持你！"

由于刘欣是学美术的，高三上学期文化课停了，被送到南京学画画。他一边学画画，一边学着做网站，甚至为了做网站而不去上美术课。老师找家长谈话，刘跃平问刘欣怎么回事，刘欣说："爸，我已经有了自己的人生目标了，你知道吗？我的第一个网站已经做成了！我不想浪费时间在高考上，我要追求我自己的人生，高考能考多少就考多少，行吗？"

刘跃平沉吟片刻，他虽然不懂儿子的兴趣，但他能感受到一个年轻人对梦想的狂热。他仿佛看到了自己穿上军装去大海上筑梦的那一刻，为何不给孩子一个机会呢？刘跃平默许了儿子的创业行为。

刘欣虽然只考上了一个二类的本科院校，但这并不妨碍他的创业计划。他在大一就把心思放在了创业上，正儿八经租了写字楼，招了程序员和产品经理，开发他的网站 App。从建站、引流到营销、推广，刘欣一点点做起。功夫不负有心人，刘欣大四毕业的时候，把自己做的网站卖掉，赚了140万元！当一个大学生儿子把140万"巨款"打给刘跃平夫妻时，他们惊呆了。万万没想到，原来自己放养的儿子，竟然可以这么有出息！

大家都很羡慕，问刘跃平怎么教育孩子的。刘跃平说："如果说有什么方法的话，可能就是相信他，支持他吧！"

刘跃平当上共产党员服务队队长更忙了，家务事都落在胥芳身上，但胥芳和他有个默契，怎么教育孩子，两人一起拿主意。如果说培养了一个优秀的孩子或许具有偶然性，他们培养的女儿也十分优秀，那显然并不是偶然了。女儿从小学习成绩就十分拔尖，胥芳为辅导女儿的学业投入了许多精力，女儿考上了江苏知名的211院校，后来留在大学当了辅导员，还找了一位优秀的博士老公。按理说，一个女孩至此圆满幸福，刘跃平和胥芳也很满意。不曾想，有一天女儿忽然跟他们说："我要辞职了。""为什么？""考研究生！"

胥芳一听急了，有了这么好的工作和家庭，还要折腾？万一考不上呢？刘跃平倒是沉稳，劝胥芳听完女儿的想法。女儿告诉他们，留校的工作做了几年，我想换一个活法，看看还有没有潜力。再说，老公学历高，我也不能落后啊，要提升一个台阶。胥芳还有些担心，刘跃平却很坦然，非常尊重女儿的意见，支持女儿放手一搏。胥芳去女儿家帮忙当后勤，女儿很争气，考上了研究生，之后应聘到一家知名国企，过上了自己想要的生活。

胥芳说："我觉得，现在的自己特别满足。还记得年轻的时候，有些亲友聚在一起，都在比谁升职了，谁加薪了，谁家老公赚得多。那时候我们的生活条件非常一般，刘跃平又很忙。我对自己说，我什么都不跟你们比，我只要把我的孩子们培养好就可以了。"

刘跃平说："是啊，胥芳是我们家的福星，她为我们这个家付出这么多，特别是培养孩子，这是对我最大的支持啊！"

说来也有意思，胥芳是慈母，事无巨细，牵肠挂肚，孩子们并不怕她，而刘跃平是严父，平时管得少，却不怒而威。一对儿女都很服老爸，这也给在如东供电带队伍的刘跃平一个启示，和当父母一样，服务队就是一个"大家庭"，当队长也是"一家之长"。

2011年6月24日，强台风"米雷"穿过海面登陆如东。随着一阵惊雷，顷刻间县城暴雨如注，狂风大作。

供电公司的报修电话铃声大作。"你好，供电公司吗？掘港城区有线路杆倒了，你们赶紧派人来修吧！""喂，垦南线这边断电了，你们供电公司怎么还不派人来呢？"……强台风横扫过来，一条又一条线路相继失电，城区部分配电线路杆倒线断，供电抢修人员进入紧急状态。

此时，最艰巨、最危险的抢修任务，很快就转到了共产党员服务队。险情就是命令,共产党员服务队如同一支突击力量,在队长刘跃平的带领下,全力奋战在抢修第一线。各区域地形复杂,灾情各不相同,刘跃平制订线路巡视及清障计划,带领队员按照线路的走向,顶着狂风暴雨,趟着泥泞浑水,仔细查找并迅速排除故障点,去做加固杆塔及拉线工作。衣裤都被雨水打湿了,刘跃平与队员将湿衣服拧巴拧巴,又赶紧前往下一个抢修点。

突然间,刘跃平的手机响了,他赶紧接听。

"喂,老刘,你能不能请个假?"

电话那端的声音很焦急,是妻子胥芳打来的。

"发生什么事了?你慢慢说。"刘跃平预感不妙。

胥芳说:"爸突发脑血栓,住医院了,你赶紧回来吧!"

前面有人在喊刘队长。刘跃平陷入了两难,一边是抢修重责在肩,一边是亲人生死攸关。他咬咬牙,对电话那头的胥芳说:"你先在医院照顾着爸,我这边抢修工作完成后,马上就来医院。"

"老刘,你……"不等妻子说完,刘跃平便狠心挂断电话,抹了一把脸上的雨水,转头又投入到抢修工作中去。

迎着飞溅的雨水,蹚过浑浊的泥浆,老刘和队员们忘我地投入工作,他们忘却了早已被雨水浸透的不适和腹中的饥饿,一心想着早一秒抢修成功,就能让沿线的企事业单位和居民们早一点用上电。

当晚,抢修送电一结束,刘跃平顾不上换衣服,一口气赶到了医院,扑倒在父亲床前。看到老父亲在吸氧,眼睛紧闭着,嘴唇发紫,说不出一句话来。刘跃平握着父亲的手喊爸,泪流满面。

白发苍苍的妈妈看着丈夫还没有恢复知觉,心里焦急不安。可是,看到一身泥水的儿子,又心疼不已。她抚摸着儿子的肩头说:

"跃平，你爸能听到的，你赶紧回家换衣服，湿透了，别生病啊。"

"妈，我一会儿就来换班，照顾爸爸。"

刘跃平内心愧疚，当晚值了一夜班。

但是，台风还在肆虐，抢修任务不能停。第二天一早，老父亲还在抢救之中，同事的电话就打了过来。刘跃平只能狠狠心，向妈妈告辞，赶回去上岗了。只能让胥芳代表他，在爸爸身边尽孝心。

刘家兄妹四人，平时刘跃平最忙，而且父母年事已高，突发的事多，照顾父母的事他做得最少。父母深明大义，妻子顾全大局，知道他忙什么，看他有心无力，顾不上家，从来不怪他，鼓励他好好干。

先公后私，先人后己。父母的言传身教，当兵时的入党誓言，都化成了刘跃平的精气神，带到了工作中，带到了生活里。

6........手足兄弟

　　当刘跃平接班时，缪恒生对他说："对得起共产党员服务队这面旗帜，关键是做好人、做好事，哪怕琐碎而平凡。"刘跃平了解到，在供电共产党员服务队，所有队员都是这样做的，特别是这些工作中不含糊的老兵。刘跃平说："余新明、陈炜、姚锋、黄建新、吴达荣、陆建荣这六位上过老山前线的老兵，悄悄地照顾烈士家属好多年，让许多人深感敬佩。"

　　老余是"老山老兵群体"的骨干成员，也是供电共产党员服务队的老队员。余新明给我的感觉，说话慢条斯理，憨厚而踏实，同事说他是出了名的"好好先生"。余新明的角色有些特殊，他先后从事用电业务、稽查和电费抄收工作，与供电抢修相互配合，是保障居民用电不可或缺的一个环节。我们互加了微信，我留意到，他微信名叫"老山松"——遥远的老山天天与他相伴。

　　2005年，余新明接手电费抄收班工作，刚上任就遇上棘手难题。当时居民的电表安装在户内，表上示度要一家一家登门抄录，常有白天上班不在家的用户，怎么办？余新明身先士卒，组织抄收一线员工前往"老赖"家，摆事实、讲道理。尤其是保证电费的准时结零，余新明毫不含糊。每个月的最后一天，他都在办公室工作到深夜12点，等到最后一户缴清电费。由于他和电费抄收团队的共同努力，如东城区电费在近十几年中连续保持"双结零"的好成绩，为此，如东供电公司特地给电费班颁发了"特殊贡献奖"。

就这样，余新明还像在部队那样，是一个受领任务从不讨价还价的老兵。他说，在当兵的时候，我就懂得，一个军人的基本素质，就是绝不畏难、永不放弃。我从来没想过，要把难题交给领导。

余新明出生于1964年，作为如东的适龄青年，1982年10月参军，那年他刚满18岁。他被分到一军一师一团一营一连一排一班。他兴奋无比，我太幸运了，居然分到全是带"一"字的部队！当时他还想，这些"一"预示着什么？我在部队的生涯也会一马平川，一帆风顺？余新明并不知道，命运送给他的"一"，是战场上炮火纷飞中的"一往无前"。

1984年7月，余新明所在部队奉命开赴云南边陲。在老山前线，当兵两年的余新明经受了战火的考验。一团奉命坚守116高地。双方交战的第一天晚上，身边就有战友中弹牺牲了！余新明战前递交了入党申请书，在阵地上被党支部批准"火线入党"。

激战中，余新明随一连调到115高地。他和战友将生死置之度外，像钉子似的钉在阵地上，宁可前进一步死，绝不退后半步生。一颗呼啸而来的炮弹在余新明身边落下，他被爆炸的气浪掀翻在地。当战友们上前扶起他时，只见袖口断了一截，弹片击中他的右手,黑乎乎血肉模糊。战地医生赶过来替余新明包扎,他已被震昏了。担架队把他抬下了阵地。师医院没法治,直升机送他到昆明,转往空军医院做手术,从右手腕取出了弹片。

1985年岁末,伤情稳定的余新明随一批复员退役战士回到了家乡如东。临离开部队前,余新明被评为三等甲级残疾军人。在他取出弹片的右手腕上,留下了一个深深的伤疤。还有三枚弹片如米粒大小,夹在骨缝中间没能取出来,阴雨天的时候,像针扎一样刺痛。然而,更刺痛他的,是那些并肩作战的如东籍战友,他们一起上前线,却没能一起回故乡。

余新明记得,在杭州驻地,闻名全军的"硬骨头六连16勇士"之一的烈士秦德本的母亲赶到军营,哭得天昏地暗。她拉着战友们的衣角,伤心地说:"你们一起去的,你们都好好地回来了,那德本呢,我的儿子呢,怎么找不到他啊?"此情此景,战友们心如刀绞,泪如泉涌。余新明下定决心,不管以后过得好不好,都要替牺牲的战友承担起未尽的孝道!

回到如东后,余新明和战友陈炜、姚锋、陆建荣、黄建新、吴达荣都被安排到了如东供电局。虽然日子和平安逸了,可这些老兵的责任感并没有淡化。他们商议决定,共同去照顾18位如东烈士的父母。于是,利用星期天与节假日,余新明和供电局其他战友踏上"寻亲"之旅,徐寿如父母、欧阳林父母、刘长林父母、秦德本父母、张建华父母、李华父母、刘生华父母……在他们心里,除了生身父母,他们也是18位烈士父母的儿子。

余新明妻子邵云说,结婚后的第一个春节前,还有一个星期的时候，家里就几乎见不到余新明的身影。在那段日子里，他到处张罗着为18位烈士爸妈的家里置办年货。至于自己家里需要什么年货，他根本没有时间和精力过问，我只好征求公公婆婆的意见。大年三十快到了，我设法联系到余新明，问他家里还需要置办些什么，他总是说，一切由我做主。

其实，邵云并不是真的等余新明下什么指示，只是想他早点回来，一家人团聚在一起，热热闹闹地准备年夜饭。直到路灯亮起来，全家盛好饭菜围坐餐桌旁边，就差他一个人，他才匆匆赶进家门。

春节放假几天，余新明天天往外跑。邵云也有过抱怨：我不反对而且也支持你做好事，但毕竟你也有自己的家，不能不顾家吧。余新明说：那18个家庭基本上都是独生子，可是他们的儿子牺牲了，过年的时候，失独的爸爸妈妈将会有多悲伤？每一家我必须坐一会儿，要让他们感觉到，我替战友像儿子一样尽孝，不是口头上说说，而是真的。所以，从大年初一开始，我还要一家家上门拜年，恭敬而又响亮地叫他们：爸爸！妈妈！

余新明说到烈士父母，这些失去儿子的老人，就会止不住地流泪，弄得邵云心里也跟着发酸。邵云听着余新明的诉说，也渐渐地理解了丈夫：他要替牺牲战友尽孝，我也要尽可能地帮他。

早些年，战友们在单位都忙，余新明分了工，自己揽下了最麻烦的活儿。物质匮乏，家里只有一辆永久牌自行车，余新明制作了两个竹筐，挂在大杠架两侧。在商店里买好年货，再像商贩一样，放进自行车两侧的竹筐里，一趟趟把年货运回来，分成18份挨家挨户地送。后来，邵云帮他叫上一辆黄包车，把年货垒得高高的，用绳子绑牢。然后，他们俩在黄包车两边扶着护着，一路小心翼翼地把年货运回家再分送。

冬天很冷，邵云和余新明一箱一箱搬，却浑身是汗。均分好18份年货，她陪着余新明一家家送。路上冷风一吹，汗水变得透心的凉，邵云就跟着车子一路小跑，让身体再热起来。有几次遇到过雪雨，沿海地区的冷风吹得直往骨子里钻，可是年货不能等啊，什么样的天气，也拦不住他们"探亲"的脚步。邵云看到余新明喊烈士父母爸爸妈妈，看到余新明战友一起到烈士家过年，看到老人们高兴的情形，她逐渐理解余新明的苦心了。

后来，余新明家买了汽车，运年货方便多了。再后来，余新民找批发商下订单，余新明战友一起帮忙，邵云参与搬运年货也少了。可是，邵云发现，一年又一年，丈夫的"外心"似乎更重了。

余新明解释说："那些爸爸妈妈的年纪渐渐大了，更需要有人关心他们，陪伴他们，满足他们的心理需求，所以，我要像个儿子，更多地融入他们的生活，多和他们聊聊天，帮他们做些家务事。"

余新明说，拜托，家里一切还请你全权掌管。

其实，余新明不说，邵云也早习惯了。自己家的老人孩子，里里外外家里事，他都顾不上。邵云明白，虽然他的"外心"超重，但都是仁爱之心。而且，他的"外心"中也有我做妻子的情和义。

烈士的父母好认，几十年当好孝子很难。余新明说："尽孝再难再烦，也比不过父母失去独生儿子的心痛。"所以，只要能够抽出时间，余新明和战友就想着，轮流去这些烈士父母的家里看看。也许，失去儿子的悲痛是难以弥补的，但是，哪怕说说话，能减轻一点老人的痛苦，活着的人也该去做，做一点是一点，因为老兵是在延续这些牺牲战友的生命……

余新明有一个小小的记事本,上面记着要给烈士父母帮忙的事情,整修线路、翻修房顶、铺设门前水泥路,太多太多。按理说,有些事可以请人去做,可他不愿意,只有自己去做,累得一身汗,他才觉得浑身痛快。看到劳动的成果,看到老人的笑脸,儿子和父母的感情更深了。

他的本子上有一项,专门记着烈士父母生日。那一天,接到通知的战友们,会带着挑选好的寿礼,一起上门给老人祝寿。

刘跃平接任共产党员服务队第二任队长之后,就感觉到余新明有些"不正常"。与余新明相处,他干工作兢兢业业、吃苦耐劳,什么都好,就是有一点,好像比谁都忙碌,经常找他的电话接连不断。每次余新明接到电话,都会在工作完成后骑上电瓶车,飞一样地骑出单位的大门。

刘跃平当时接手的,主要是共产党员服务队的建章立制,加上抢修和服务的头绪繁杂,其他的事没怎么关注。这天难得有空,身为队长的刘跃平觉得应该关心一下老队员,就找余新明聊聊:"老余,最近忙什么?是不是家里有事?我们当过兵的直来直去,你有事可别瞒着我们啊!"

余新明说:"谢谢啦,家里没什么!"

这时,正好陈炜也过来,找余新明商量事情。刘跃平知道,他们都是热心肠,曾在一个师当兵,是要张罗老兵的聚会吗?

陈炜说:"不是,老兵要八一节才聚。"

看刘跃平的关心很真切,余新明也很感动,他这才坦白:"其实,我们这些上过老山的老兵,确实有些事要商量,也要一起忙,因为,除了自己的父母妻儿,还有18对父母需要我们的照顾呢。"

和余新明、陈炜详聊之后,战场延续至今的战友情,使同是军人出身的刘跃平震惊了。当年刘跃平虽然没上前线,但也是写过血书请战的,只是因为身为海军未能如愿,对烈士的崇敬之情在他心中激荡。这些老山前线回来的老兵,他们坚守自己的承诺,坚持做好事不张扬,老吾老以及人之老,做了这么多不平凡的事情!

刘跃平竖起大拇指:"了不起!你们了不起啊!"

刘跃平说:"当过兵的人没有弯弯绕,有什么要帮忙的,你们就直说。以后帮扶烈士家属也算我一份,只要有需要我刘跃平、需要共产党员服务队的地方,尽管讲,我们都参加!"

从那时起,老山烈士父母的家中,经常出现共产党员服务队红马甲的身影。余新明定期打电话,与烈士父母保持联系,问问生活得怎么样,有没有什么要帮的。一天,他从电话里得知,欧阳林烈士的父亲欧阳福老人家中断了电,马上与刘跃平联系,安排共产党员服务队上门服务。当余新明、陈炜等队员来到欧阳福老人家中,老人喜出望外。他们来不及过多的寒暄,迅速拿出工具,分工明确,动作利落,不到一个小时就排除了线路故障。

欧阳福老人拉着余新明和陈炜的手,感动地说,我还没打电话呢,你们的电话就来了,就像我的儿子一样亲啊。

当余新明为人父,也有了自己疼爱的孩子后,更能体会到烈士父母失去儿子有怎样深重的痛苦。他时常挂念着一位烈士父亲刘德和,一位当地群众敬重的老革命,一位解放战争中参加革命的功臣。

1947年，在解放战争最胶着最艰苦的岁月，刘德和毅然离开家乡，报名参加了华东野战军。他很快就掌握了军事技能，不畏强敌，冲锋在前，先后参加了攻克盐城、坚守涟水的战斗以及规模宏大的淮海战役，在枪林弹雨中负了伤，入了党，经后方医院治疗后又上了战场。新中国成立后，刘德和转业来到如东，平时工作低调勤谨，从来不提及自己的奖章与功绩。

忠贞报国的军魂，在刘德和的后人身上延续着。1982年10月，心爱的小儿子刘生华高中毕业，刘德和鼓励他报名参军，亲自把他送到人武部的集合点："儿子，到部队好好干，别给老刘家丢脸！"

刘生华也被分到驻扎杭州的某野战军一师一团。他是一个开朗阳光的小伙子，爱打篮球，爱踢足球，与同龄的如东老乡一见如故。1984年他随部队开往云南边陲，参加对越自卫反击战。他和如东老乡半开玩笑地说："到战场上比试比试，谁也不能当孬种！"1985年1月一个月夜，他用如东家乡话和战友拉呱，说："老山为证，我们永远是好兄弟！"不久的激战中，刘生华担任了火力队员，冒着雪片般的子弹，他沉着冷静，像一枚钢钉扎在最前沿，可惜，他不幸中弹牺牲，血洒战场。

儿子牺牲的消息传来，刘德和和老伴痛不欲生。但他并不后悔把儿子送往部队，送上战场。他说："打仗总有人牺牲，我不去他不去，谁去？和平的生活来之不易，需要军人的牺牲与付出。我儿子在战场上是好样的，无愧于部队的培养教育，也无愧于我们这个革命的家庭！"

英雄的父亲深明大义，造就了血性刚强的好男儿，不畏牺牲的好战士！这份大义感动了余新明和活下来的战友们。他们说，刘生华战友英勇捐躯，他用鲜血和生命实践了绝不后退的决心，为保卫祖国而战，是尽了忠。而儿行千里母担忧，养育之恩重如泰山，战场上战友之间有过承诺，帮战友报答父母之恩，是我们如东老山战友的天职，我们要替他们尽孝！

看望刘德和老人，成为余新明他们的"家事"。平时嘘寒问暖，有事需要帮忙，他们马上"回家"，像亲生儿子样忙里忙外。余新明记住刘德和老人的生日，和战友商量要给他庆贺。之前一个月，用专车从县城接来裁缝，为刘德和老人定做了一套衣服，红绸布绣满团寿图案，很喜庆。

那天上午，老兵们约好时间，一起来到刘德和老人的家里。老兵们送上贺礼，为老人换上了红绸的新衣，大家围坐在刘德和老人身边，亲切地聊家常，我们都是您的儿子，祝老人家身体康健，寿比南山！

听着一句句问候，刘德和老人露出欣慰的笑容。这些不是儿子却如同儿子的亲人，让他感受到了暖暖的幸福。

刘德和老人家的用电线路老化，只要出现跳闸，共产党员服务队就派人上门维修，解决燃眉之急。但是，有时还会跳闸断电。刘跃平考虑，不能头疼医头，脚疼医脚，而要做一次大手术。于是，他带着7位队员，来到刘德和老人家，为这套老旧的住宅更换了电路，彻底解决了隐患。

每年逢年过节的时候，是烈士父母最容易伤感的时候，余新明、陈炜和刘跃平商议，共产党员服务队除了值班之外，安排老兵们一家一家探望，陪老人们说说话，哪怕只是嘘寒问暖，哪怕只是聊聊家常。老兵们送上一点过节的礼物，送上如同儿女一样的问候和关爱……

余新明和陈炜他们到烈士家探望，就像走近牺牲战友的身边。每次扫墓，都会使自己灵魂受到一次洗礼。烈士生前的照片，摆在每一家最显要的位置，他们虔诚地献上一束鲜花，把酒杯斟满浓烈的白酒，战友的音容笑貌仿佛就在眼前，看到老人伤感，余新明都会止不住地流泪。他对刘跃平说："那时会默默想着，假如战场上牺牲的人是我，照片上烈士就是我了，兄弟啊，你也会来看我的，对不对？"

这些老兵每次登门探望，烈士父母们都流泪不止。余新明和战友探讨，每次相聚老人们悲喜交加，大家走了以后又闷闷不乐，我们能否换一种形式为老人多做点事呢？余新明想到有些老人说，一辈子还从来没有出去旅游过。他的心怦然一动。是啊，现在人们生活水平提高了，一家人外出旅游很是平常，他们的儿子不在了，老人的愿望我们来帮他们实现。

老人们年纪越来越大，事不宜迟，说干就干。当时供电公司正忙，其他人走不开，就选余新明作代表，请了个朋友协助，安排旅游的行程。他们最后确定，带老人去湖南张家界，那里山好水好风景好，老爸老妈们肯定喜欢！战友们非常赞成，大家主动掏腰包，集资为此行助力。

2016年9月5日，余新明和朋友一起，陪着烈士父母7人，踏上了去湖南张家界的行程。其实，余新明之前去过张家界，正因为去过，对沿途情况与景点、吃住都比较了解，更主要的是，苏通大桥拉近了南通与苏州的距离，他们可以开车到苏州，再从苏州坐动车到张家界。

一行人在苏州坐上发往湖南的动车。初次出远门的老爸老妈们显得格外开心，一路上指着车窗外的风景，兴奋地跟余新明说个不停。整个车厢的旅客，带着奇怪的眼光看着余新明和身边的老人们。

当时余新明54岁，他跑前跑后，一会儿喊衣着宽松的胖奶奶妈妈，一会儿喊穿红衣服的苗条奶奶妈妈，一会儿叫那个谢顶的老爷子爸爸，一会儿又亲切地称呼瘦高个白发老人爸爸。

余新明叫得自然，老人们应得爽快，旁边的旅客们就弄不懂了，为什么一个五十多岁的汉子，会有7个爸爸妈妈？

安顿好7个老人，余新明回到自己的座位，翻开一个绿皮面的笔记本。出行前，余新明对每个老人的身体情况，详细了解并作了记录，老爸老妈的身体怎么样，有哪些慢性病，他都心中有数，并分别为他们买足配齐了药品。他还花了好几个晚上，专门研究了老人突发病症的应急处置方法。

前后来回9天时间，这7位老人去张家界看了风景，感受了世界非物质文化遗产的奇峰绝峦；他们还参观了毛泽东故居、刘少奇故居。9月10日，余新明陪7个爸妈从苏州下了动车，登上回如东的大巴车。老人们高兴得像孩子，第一次离开如东，第一次出省旅游，他们对余新明说："新明，谢谢啊，我儿子都没带我来过这么好的地方……"

余新明说："应该的，我就是你们的儿子！"

白发苍苍的徐奶奶说："去张家界是我的梦想。其实，一路上我的心是悬着的，因为我尿频，害怕找不到卫生间忍不住，尿到身上出洋相。新明很体贴，不断提醒我，这里有卫生间要不要去？"

胖胖的孙奶奶说:"我的腰不好,偏偏在下坡的台阶上鞋带散了,生怕把自己绊跌下。我弯下腰很困难,只好停下来,想叫新明帮忙,没想到,他已经看到了,赶过来,半蹲半跪我的脚前,为我系好鞋带,那时我什么都没有说,因为我的喉咙已经哽咽、泪水快要淌下来了。"

戴着褐色镜框眼镜的何爸爸,语气激动地说:"在刚才的动车上,我粗略写下了这次旅游的感想,我念给大家听听:我们有儿余新明／他的心胸如海天／十八家庭能安放／昔年哀痛早抚平／此次出游心难宁／天下孝子无此境／身体心灵无不至／他的小家谁惜怜……"

余新明有欣慰,也有遗憾。

他说:"有的爸妈腰腿不太利索,张家界有缆车,上山的行程还算平缓,带着他们慢慢玩,陪着他们慢慢走,搀着他们慢慢看,只要满足了出门看世界的心愿,开心就好。原计划12个爸妈一起去的,可惜有的老人身体吃不消,最终出行只有7位,只好下一次再找机会了。"

余新明、陈炜等老山老兵的事迹披露后,如东供电公司领导和员工都深受感动,在社会上也广受赞扬。他们都是供电共产党员服务队的成员,为这个先进集体增添了一份荣誉。每逢春节、中秋节、清明节,供电公司出车、出人、出资金,帮助老兵们继续为烈士家属服务,照顾老人们的幸福晚年。

时间长了,刘跃平和老山老兵一样,对每个烈士家庭了如指掌,自己也和队员常去探望。刘跃平说:"国家有难时英勇捐躯的烈士,是我们这个时代最可爱的人,没有他们就没有我们今天的安宁和平。虽然政府对烈属的抚恤力度在增加，但是，关爱烈士家庭，给他们带去情感上的温暖，也是我们共产党员服务队的职责，我们为有余新明、陈炜等老队员感到自豪，我们愿意和老山老兵一起，把这份给烈士父母当儿子的责任扛起来！"

第三章 向右看齐

立正，向右看齐！每天清晨，按照老队长定下的规矩，队员们斗志昂扬地列队站在鲜红的旗帜下，开始一天的交接班。无形之中，给了新队长和队员们巨大的动力，提醒他们：这样的精气神不能丢。

1........ 党员应该优秀

2012年冬，80后的顾海峰，这个毕业于省城名校的大学生，接替60后的刘跃平，担任了共产党员服务队第三任队长。如东供电公司领导之所以放心让顾海峰接任，还有一个有力的支撑，那就是第一任队长缪恒生、第二任队长刘跃平。两位老兵虽然到了班组长任职年限，但仍然留在服务队，他们能把新队长扶上马，送一程，让军人的作风继续得以传承下去。

出生于1982年的顾海峰，从小就有很深的英雄情结。像许多向往上战场立功的男孩那样，在顾海峰心里，能穿上一身军装扛抢当兵，是一种莫大的光荣。他说小的时候走在路上，看到气宇轩昂的军人，或者看到有人斜挎仿制的墨绿军用书包和军用水壶，都觉得特别神气，特别羡慕。

对军人有着如此的迷恋，与顾海峰家族中的军人基因分不开。顾海峰的父母没当过兵，但他的大伯和表叔都曾当过兵，在部队时还参加过抢险救灾重大行动。顾海峰记得，每次与这两位长辈接触，都能察觉到那种军人身上独有的硬汉气息，让孩童时的顾海峰着迷。顾海峰说，他喜欢跟在大伯父和表叔的后面，缠着他们讲当兵的故事。那些与艰难困苦死磕的英雄情节，使一个乡村少年热血沸腾，激动不已。

顾海峰的高考志愿，首先想到是报考军校，穿上军装报效祖国。可惜，由于眼睛高度近视，他只能报考地方高校，从军梦遗憾落空。不过，久藏于心的军人情怀未曾退减，他平时关注国内外军事动态，对于军事题材文学作品的兴趣尤为浓厚，比如《士兵突击》这部电视剧他看了不下三遍，"不抛弃、不放弃"的钢七连精神，让顾海峰记忆犹新。

那天采访顾海峰，感觉他眉目疏朗，性格内敛，乍一接触，他似乎不善言辞，而打开话匣，他又娓娓道来，有条有理。我说："你像个学文科的。"果然，他笑道："我大学是学理科的，但中学是学文科的。有文科情结，我大学学理工科，却爱看文学书籍，有空喜欢动动笔，锻炼文字能力。军校不能考，也想过当律师。那时电视剧《法不容情》风靡一时，向往在法庭上唇枪舌剑，潇洒辩论。可后来发现，我太内向，口才欠佳，只好老老实实学理科了。"

顾海峰是独生子女。在一般人看来，吃苦耐劳的标签，属于出生于20世纪的50后和60后，而80后是独生子女一代，集万千宠爱于一身，甚至或褒或贬地被称作"小皇帝"，根本不知道啥是苦。说起对80后的负面评价，顾海峰认为，不能一概而论，80后这一代并非"温室里的花朵"。

顾海峰说："我跟我的妻子都是家里的独苗，没有兄弟姐妹。我们虽然没经历过'文革'和'上山下乡',但我们的学习压力大呀。我家在如东县环桥村,懂事起就知道,只有考上大学人生才有出路,可我们那里高中也是很难考上的。我没日没夜地学习,中考时录取线593分,我考了604分,刚巧过了分数线,考上如东县高级中学。"

2004年,顾海峰毕业于河海大学电子信息工程专业,像他这样的省城一本大学生,在当时炙手可热。同学劝他留在南京,他却选择回到家乡,来到如东供电公司工作。刚开始,他被分到供电公司的继保班,负责变电所里所有的控制和保护工作,这可是电力系统专业性非常强的岗位。

供电公司领导固然对顾海峰寄予厚望,他也自信满满。没想到,继保班非同小可,从班长到员工都是实战高手,虽然顶着名牌大学的光环,顾海峰面对着需要操作的保护设备和复杂的线路图纸,仿佛回到了刚上大学的时候,一向在考场不犯怵的他也突然间手足无措起来。

继保班的班长江海,顾海峰工作后的第一个班长,是一个颇有资历的技术骨干,平日里几乎没什么爱好,唯一的爱好就是钻业务。因为工作严谨且刻板,大家都觉得他不太好接近,尤其是刚来的大学生,更是有些怕他。无论是对工作的要求,还是对新人的要求,他都严苛得很。

顾海峰记得,他不懂操作又不好意思问,就被江班长当头棒喝:"你出门都跟人家说你是供电公司的,但我们公司有关电的东西你们真的懂吗?别看我们是个县级供电公司,但毫不客气地说,现在我们要做的操作技术，是你们这些大学毕业的学生根本做不了的。不要小看任何一个工作环节，你在工作中任何一点小小的失误，都有可能导致大麻烦！"

江海班长带徒弟很有一套，他信奉"严师出高徒"，只要在他手下，无论哪个学校毕业的学生，一律按照学徒工来教。江海说："在继电保护这一块，至少学徒三年，要想达到业务精通要学八年！"

江海要求大学生们跟着他打下手，熟悉各种电力工具，又逐渐要求他们单独拆电机，了解电机的结构，锻炼动手能力。顾海峰忘不了第一次跟电"亲密接触"，就是江海强迫他们"触电"的。在一次现场授课的时候，江海竟然要求学员们现场摸电！学员们都不敢摸，包括平时胆子大的顾海峰也不太敢。江海说："放心，36伏以下的电死不了人！你们不来摸一下，感受感受电的力量，怎么能在电力作业中对安全规则重视起来呢？"

带电作业？没开玩笑吧？在学员们疑惑的目光里，江海带头摸了摸电路，然后学员们上前摸。轮到了顾海峰，他也硬着头皮上前摸了一下。顿时，一股电流直冲手心，感觉手立刻酥麻了。那一刻，他对电有了最直观的认识，对自己的工作也有了深刻的敬畏之心。他暗自下定决心，一定要加紧学习，别人能做的，自己也一定要能做，并且还要做得更好。

顾海峰的第一个师傅钱国平，是一个短发圆脸的大姐。别看她人到中年，却风风火火，有一股子钻劲，说话简明扼要，办事细致周到。内行人把继电保护形容为供电设备的大脑，是电力企业的核心专业。没想到，钱国平"巾帼不让须眉"，理论和实践的经验都很厉害。

也许是女性特有的敏感，钱国平看出了顾海峰的不适。她告诉他，"其实江海班长的严格就是爱护，因为你们要从最基本的学起，掌握安全作业规范。你们不要抱有一点侥幸心理，所有人上岗都要带电作业。我们这个班就不是坐办公室的团队，需要天天与危险的电打交道。你有安全意识，电就是你的朋友，你没有安全意识，电就是最可怕的敌人！"

钱国平师傅也极其严格，只不过，她的态度与方式更柔和。顾海峰抛开了大学生的虚荣心，树立起学习的目标，自然有了前行的动力。在电力设备的操作现场，原先不愿开口的顾海峰，有什么不懂的地方就虚心地向师傅请教，与同事们探讨解决问题的方法。他还借来大量专业书籍，如饥似渴地"充电"。白天在现场遇到的那些没完全弄懂的问题，晚上回家及时查阅资料，不弄清楚决不罢休。他明白，不懂就是不懂，怕的是不懂装懂。

就这样，日复一日，顾海峰的专业知识不断积累，与班长以前的徒弟相比，他算是提前出师的。平时极少赞扬学生的江海班长对他有极高的评价："到底是大学生，脑子好使，善于总结，是一个好苗子！"

顾海峰佩服江海班长，也佩服钱国平师傅。别的师傅解决不了的技术难题，一到钱国平的手里，准给解决了。她还参加了全省的电力技术竞赛，与高手过招无所畏惧，照样拿了奖状回来。

顾海峰向钱国平师傅请教，她是如何让自己做到这么优秀的。钱师傅笑着说："我是一个共产党员啊，能不努力优秀吗？"

看顾海峰似懂非懂，钱师傅又说，你知道咱们公司有个共产党员服务队吧？别看大家工作在一线，个个都是优秀的！

不久，顾海峰就能作为工作负责人，完成一些较为复杂的保护、安装和调试工作了。2010年，如东境内一条220千伏线路发生A相瞬时接地故障，经过抢修，虽然故障排除了，但是保护设备上的复位灯却无法熄灭。善于钻研的顾海峰，通过对保护装置试验，以及试验数据的细致分析，判断该保护装置动作逻辑有问题，出人意料地向设备厂方的专家提出了质疑。顾海峰有理有据的分析折服了厂方，确认后对软件做了修改，同时进行产品升级，消除了电网中同类设备的安全隐患。专家对年轻的顾海峰大为赞叹。

2011年，在继电保护班工作七年的顾海峰，光荣地加入了党组织，他所在部门也成立党员服务队的时候，他成为其中一员。在顾海峰的眼里，师傅们就是共产党员的具体形象，是他做人的榜样。

顾海峰接替刘跃平担任第三任队长，自然会觉得如履薄冰。这个有着光荣传统而又口碑极佳的团队，这些共产党员退役军人，他早有耳闻，心向往之，没想到，他跟共产党员服务队有这么深的缘分。

刘跃平是顾海峰尊敬的老队长，他毫无保留，与其说交接，不如说交心。顾海峰告诉刘跃平，压力是明摆着的，经验不足，责任重大，他有些忐忑不安。刘跃平鼓励他："你只管做，我还在服务队，继续当一个老兵，有什么任务就交给我，一起把共产党员服务队这面旗帜扛下去。"

此时，缪恒生还有两年退休，而刘跃平仍在队里工作，顾海峰可以随时向这两位老队长请教。不过，缪恒生和刘跃平有言在先：

"顾海峰，你当了队长，就得大胆管理，行使队长的权力，别缩手缩脚啊！我们现在就是两个普通队员，这么多共产党员退役军人都会支持你的！"

真正加入了这个队伍之后，顾海峰才深刻体会到了这支队伍的特别之处。他还记得，当初走进如东供电共产党员服务队的办公区域，第一眼看到队员的值班环境，就让他震惊了。这里的一切都整齐到苛刻的程度，抢修日志和学习台账堆放得像整齐的砖块，工具间的备用件摆放得有序规范，红马甲和安全帽在墙上挂成一溜，就像一排如火的红花。在队员们的工作状态与行事风格中，他感受到了一种久违的精气神，这应该就是军人之魂吧。

而现在，顾海峰不再是参观者，而是第三任队长，也是这支共产党员服务队中的一个成员。每天清晨，按照老队长定下的规矩，队员们斗志昂扬地列队站在鲜红的旗帜下，开始一天的交接班。渗透着训练有素的集体氛围。无形之中，给了顾海峰心灵的冲击。他默默地提醒自己：这样的优良传统，这样的精细管理，这样的精气神，绝对不能在我手里丢失。

2013年春节，是顾海峰担任队长后的第一个春节。大年三十晚上是他和另一个队员值班，他安排其他同志回家过节了。可是，他吃过晚饭来到值班室，就发现有人已经在他之前到了。原来，服务队的第一任队长缪恒生和第二任队长刘跃平都到了办公室。顾海峰十分惊讶，好奇地问："老缪，老刘，今天不是你们值班吧，你们为什么不回家过年啊？"

缪恒生说："据我们往年经验来看，除夕夜抢修电话特别多，因为阖家团圆，家里电器开得足足的，容易发生超负荷的故障。"

刘跃平补充道:"而且,大过年的停电,用户心里比较急,要更快地赶到现场处理。我们都习惯了,除夕夜过来加个班。"

顾海峰内心升腾起滚滚的热浪。两位退伍老兵大年三十陪新队长值班,是用自己的行动言传身教。他知道,这也是共产党员服务队的一个传统,当队长就要吃苦在前,享受在后,尤其在群众团圆的时刻,就得牺牲个人的小家,在背后起到保障作用。老队长给顾海峰带了一个头,以至于在顾海峰接任队长的这么多年里,每年的除夕夜都是在工作岗位上度过的。

当兵的应该什么样子?与缪恒生和刘跃平相处,顾海峰感受到了坚韧、顽强与自律。穿上红马甲,如同穿上军装,要有责任担当。同事说他有军人的样子,也许是说他延续了服务队的军人气质吧。

晨出暮归,风雨无阻。工作繁忙的顾海峰并不满足于"吃老本":怎么让共产党员服务队更好、更强、更出色?

前任队长的军事化日常管理,固然需要继承下来。顾海峰在琢磨,为什么对抢修出发时间有要求?他听缪恒生老队长讲过一个故事。当年他们曾经接到报修电话,赶往城区老街排除故障,只是位置偏僻一时耽搁了,有位老人摸黑找蜡烛绊倒,摔伤了头。如果更快地到达现场抢修,就可以避免类似的事情再发生。从缪恒生到刘跃平,他们都把军事化管理方式应用在党员服务队里,力争以最快的速度赶到抢修现场,这给顾海峰很大的启发。

顾海峰调研后提出,共产党员服务队还可以压缩时间,从接到报修电话到抵达现场,由原先的平均 20 分钟缩短到 18 分钟以内。2分钟看似很短,却可以抢出时间,抢出效率,甚至抢出生命。

顾海峰吃了豹子胆吗？要知道，前任队长的工作经验是摸索出来的，怎么可以随意提出异议？也太书呆子气了吧？

有人担心，老队长会不会不高兴呢？

恰恰是缪恒生和刘跃平，成为顾海峰的坚强后盾。他们鼓励顾海峰这个新队长，大胆试，大胆闯。亲切的话语里，蕴含着共产党员的高风亮节。这正是他们所希望看到的，长江后浪推前浪，而不是墨守成规，要使共产党员服务队的优良传统能够发扬光大，永远激荡着浩然正气。

按照一线班组长的任职年限，缪恒生和刘跃平退居二线后，本来他们可以松口气，安安稳稳等到正式退休。不用管这么多的事，谁也不会说什么。然而，他们丝毫没有放松对自己的要求，不是队长了，还是共产党员，还是共产党员服务队的一分子。2013年底，年满60岁的缪恒生正式退休。而刘跃平53岁，仍然还在班组里上班，甘当顾海峰的顾问。

社会在进步，电网在发展，前任队长的服务承诺有待完善。时间就是光明，时间就是生命，我们怎么能够更快些呢？

缩短抢修抵达时间，党员服务队多年来摸索出成功的经验。顾海峰在已有经验的基础上，组织大家着眼于细微之处再改进。比如，将备品备件规范化摆放，随身工器具要按定位，整齐地摆放在抢修车辆上，以便随取随补；比如，抢修车辆的车头一律向外，以免车辆调头浪费时间；再比如，将报修受理单随车存放，途中填写，缩短了出车的响应时间。就是这些容易忽视的规范管理，使服务队应急反应能力增强，能在最短的时间内出发。

无论是顾海峰的办公室还是他的家里，都放了许多供电专业书籍。一有空，他就捧起来，看得津津有味。已经当了队长，又不用考试，顾海峰还像个学生似的看书，他说，那些已经读过的书本知识，经过实际的操作运用，会有新的理解与感悟，而且他会把他的心得与大家分享。

这天，顾海峰兴奋地告诉大家，"电力企业实时数据库应用系统"这个新的查找故障的模式，能给我们装上"第三只眼"。

原来，这个第三任队长一直在琢磨：如果引用电力企业实时数据库应用系统，对已有的抢修资料进行存储与分析，再提供给我们抢修人员参考，这样不就能提高工作效率了吗？

队员黄建新听了，对顾海峰的想象力很认可，禁不住还是笑他："抢修时间一再缩短了，你难道还想'未卜先知'？"

"对啊，真能'未卜先知'就好了。"

一个雪花纷飞的冬日，天寒地冷，家住掘港镇浅水湾临湖苑小区的汪女士家中停电，当时她家里有刚从医院接回来的老人，停电后不能使用空调取暖，很是着急。接到抢修电话，顾海峰一边通知值班队员，一边打开电脑，立即利用大数据分析，初步判断停电的原因是熔丝问题。

果不其然，白峰等队员到现场检查线路，发现故障的原因，确实是因为熔丝熔断造成的。他们取出早已准备好的熔丝，马上进行更换，短短几分钟内就送上了电。汪女士说，在大冬天，顶风冒雪出门，共产党员服务队的兄弟像解决自家的事一样，这么快就赶来抢修，太感谢了！

你们怎么知道是熔丝熔断？汪女士觉得，抢修队到我们家找到故障原因，这么快，而且这么准，简直不可思议。其实，这对于抢修队员也是一次新的尝试，因为以往遇到这种情况时，抢修队员需要对线路和用电设备一一进行排查，才能确定故障原因，整个过程至少需要半个小时。

回到供电公司的值班室，顾海峰和队员白峰围在空调旁，一边让暖气吹干潮湿的外套，一边开心地说笑。他们开心的原因，就是这次抢修事故预判的成功。之前，顾海峰在电脑里建立了数据库，把抢修数据录入数据库，能很快判断出每个台区的基本情况，分析常见故障的发生概率。实践证明，依靠大数据分析，提前预判故障点，能大大压缩现场检修的时间。

当然，顾海峰他们开心的同时，也是冷静的。他清醒地意识到，抢修的故障各有不同，并非一成不变，依靠大数据分析的故障预断，也是有概率的，要和抢修现场经验相结合，更不能代替抢修人员的操作技能。

一次抢修，引出一个新的话题。

有突破，就有发自内心的喜悦。

在党员服务队的备品仓库里，有一台被精心擦拭得锃亮的移动发电机，它被称之为屡建"战功"的"爱心电源"。

2016年11月27日8时许，共产党员服务队值班室接到如东县曹埠镇的求助电话，按照电网的通知，10千伏跨南线计划停电，能不能想个法子，临时拉一路电源，保证垃圾压缩中转站的用电？

顾海峰了解到，镇上垃圾中转站，当天要负责收集30吨的居民生活垃圾，如果停电了，垃圾不能得到压缩处理和及时清运，将严重影响当地居民的生活质量，也会影响到全县的文明创建验收工作。

临时拉电源？整条线路停电了，显然不可能。用发电机？联系了一下，供电公司已有预案，按进程，发电机今天送到。供电公司正在办理，作为共产党员服务队，如实回复，工作可以到此为止了。

顾海峰心里却不踏实。30吨的居民生活垃圾需要处理，时间不等人，有没有其他办法？他找值班人员商量。队员建议，问问仓库，有没有能用的发电机？恰好，仓库里真有一台30千瓦的发电机。顾海峰马上找领导汇报，以最快速度办好相关手续，将发电机调往曹埠镇。

8时45分，发电机被送到曹埠垃圾压缩中转站，队员从车上轻轻卸下发电机。尽管是早晨，气温却达到30度以上，看着一车车垃圾快速倾覆而下，他们不顾阵阵溢出的垃圾腐臭味，忙碌地接线、调试，然后检查发电机的电压输出等状况，直到垃圾压缩机械运转起来。

带头干活的，是曹埠供电所退役军人共产党员郁宏明。由于家住在城区，距离工作地点曹埠镇有15公里的距离，郁宏明驱车将近40分钟才能到达。遇上农配网改造，要准时赶上6点的施工，5点就要起床了。此时，郁宏明忙着发电机运转的保障，毫不在意周围的阵阵恶臭。

太阳渐渐升高，火辣辣的阳光晒得地面腾起热浪，成群的苍蝇在眼前萦绕。发电机工作了，中途会不会出故障？郁宏明和同事商议，轮流守候在一旁，发现问题随时处置，而郁宏明守的时间最长。就这样，他们一直守到下午3点钟线路恢复送电，才离开垃圾站现场。

2018年4月3日上午10点，共产党员服务队接到文峰大世界旁一点点奶茶店的报修电话，打电话的是售货员小李，奶茶店到了营业时间，正为停电卷闸门打不开而犯愁，更麻烦的是，奶茶店刚进了一批价值3万多元的速冻食品，要是再不来电，就会导致食品融化。

其实，就在7天前（计划停电提前7天公告），供电部门在沿线商场和小区门口贴出停电通告：对10千伏浦元线10#杆电缆线路维修。醒目的通告，偏偏奶茶店经理没留意。反正供电公司尽了告知义务，一个小小的奶茶店，即使有些损失，似乎也怪不到党员服务队头上。可是，顾海峰想到的，不光是这事跟服务队有没有关系，而是人家是不是有难处。考虑到客户情况特殊，他赶紧与仓库联系，把那台30千瓦的发电机运到了现场。

当奶茶店员工焦急无措的时候，顾海峰协调的这台移动发电机，经白峰等队员在文峰大世界旁配电间简装，通上临时"爱心电源"，卷闸门缓缓卷起，奶茶店的灯亮了，冰箱也启动了。经理刚才急得一头汗，此时又热泪盈眶，夸赞共产党员服务队帮人所需，名不虚传。

还有一次，顾海峰接到城区一户居民的报修电话：家里正为孩子办满月酒，亲朋好友坐下来，却遭遇小区停电。

顾海峰知道，这虽然是当地的民俗，却寄托着长辈的希望。"我们要尽量满足客户提出的需求！"顾海峰当机立断，联系办理借调手续，和白峰等队员一起，将30千瓦发电机再次搬上抢修车。

时间长了，帮扶次数多了，这个"爱心电源"带着共产党员服务队的真诚，点亮了如东的许多人家，也成为共产党员服务群众的一个亮点。当人们已经对"事不关己，高高挂起""多一事不如少一事"的行为逻辑见怪不怪的时候,这些共产党员,却践行着入党誓言,表现出了"急人所急,想人所想"的优秀品质。

　　你是共产党员,你就应该优秀,或者,应该变得更加优秀。在顾海峰看来,像老队长和老队员那样,乐于助人,永无止境,是服务队抢修时应有的工作标准,也是所有共产党员应该追求的精神境界。

2. 好说话与难说话

一个队长的风格，是一支队伍的缩影。

顾海峰是一个好说话的人，还是一个难说话的人？

这个似乎矛盾的问题，要在顾海峰身上找答案，其实他延续着第一任队长缪恒生、第二任队长刘跃平的共同特征。又好说话，又难说话。碰到群众求助，很好说话。碰到原则问题，很难说话。

有一段时间，如东城区居民的用电故障特别多，报修电话一个接一个。顾海峰和队员用最快的时间，奔走在各小区，从配电房到楼道线路，忙着排查故障，解决停电的问题。用户不管那么多，只是要求供电部门赶紧把电送过来，党员服务队的工作态度收获了许多感谢的话。

带队"出击"之后，顾海峰在思考。

作为队长，他想得更多，为什么会发生这么多故障？

在进行了大量统计与推断后，顾海峰得出了一个结论：2010年前，很多开发商施工不规范，有的老小区一味节省成本，变压器和电柜、表箱等配置都用最低标准，能用便宜的，肯定用最便宜的。当时看不出来，等几年之后，隐患问题就逐步浮出表面，故障率相应就高了。

如何解决这个难题？一种是只管抢修，就像看病的医生，把病灶去除，任务就完成了。另一种是从长计议，不只是头痛医头、脚痛医脚，而是透过现象，挖掉"病根"。显然，后者的难度更大。

当顾海峰梳理出头绪的时候，会找刘跃平倾诉，听听老队长的分析，用相互碰撞的思想火花，寻求最佳解决之道。正巧，省电力公司汇集各方意见，不久提出了整改方案。即定制统一标准，督促开发商更换老旧小区电力设备，由省电力公司统一招标，以降低故障率，保障用电安全。

于是，在如东老旧小区电力设备改造时，如东供电共产党员服务队挑起了监督的重担。工作出发点很好，操作并不顺利。因为这是典型的工程管理，涉及各方利益，要与多家开发商协调。

顾海峰不善言谈，可要推进工程落实，就要检查与规划，还要和老板面对面讲道理，磨破嘴皮子，劝说他们真心配合电力电网的改造。其间的辛苦和烦琐，以及费心劳神，刘跃平看在眼里，他帮着顾海峰分析工作难点，有时和顾海峰一起找开发商理论，不达标只能返工。

到了施工阶段，虽然施工单位是电力系统招标过来的，施工质量有保证，但具体的施工细节和步骤，如委托设计、审查、上报物资、验收、施工质量等等，都要顾海峰和他的同事把控。至于需要开发商配合的基础设施，更要顾海峰他们倾尽全力，毫不马虎地督促与检查。

顾海峰说:"推进老旧小区的电力设施改造工程,有的开发商表面上是听从并执行的,实际上有自己的小算盘,具体施工时能偷懒就偷懒,能应付就应付。比如我们去检查电缆井质量,有的井尺寸偏小,导致供电设备很难放进去,还有的用砖垒砌的,这个问题就大了,按规定必须用水泥现浇,因为电缆井里铺设电缆,砖头砌的电缆井经不起电缆拖拽,在我们作业过程中,机动车一动,网格井可能就塌了,所以电缆井质量必须符合要求。"

刘跃平说:"为什么符合要求这么难?为什么要盯着?一个字,钱。标准的电缆井成本比较高,水泥现浇的井和砖砌的井,成本相差两万元,为了省下这笔钱,开发商经常跟我们玩猫捉老鼠的游戏。在地面上我们比较容易发现的电缆井,就用水泥现浇,偏僻一点的地方就用砖砌。为了检查电缆井合格不合格,我们把辖区内所有小区的犄角旮旯,全都转遍了。"

"做得对,坚持就是胜利!"

刘跃平老队长和几位党员退役军人,在不同场合鼓励顾海峰。他们知道,顾海峰就像攻占一个阵地,没有退路。

邵小俊当时是顾海峰的下属,他也是党员退役军人,对检查小区电力设备施工的日子印象极深:"那时我们出去工作时,是不分领导和下属的。顾海峰当了队长,按理也可以指挥指挥,谁也不会说什么,但他也跟我们一样,扛着七八十厘米长的大剪刀,去剪电缆、装电柜。"

运检四班班长石磊说:"我们得按照电缆图,先把老旧的电柜拆下来，再把新的柜子安装上去，还要上开关位，经常三根电缆都要做几个小时。一个小区做下来的话，做五六个小时还做不完。我们怕影响小区居民用电，都是选择凌晨，天没亮就开始干，一干就从白天干到晚上，晚上再干一夜，直到凌晨五六点钟，苦是真苦啊，顾海峰都坚持在现场！"

一个普通电缆工的辛劳，顾海峰有亲身感受，他不止一次想过，这与他想象中的电力员工差别太大了。在大学时，他感觉电力系统是十分高大上的行业，做一个电力工程师更是体面又光鲜的！而眼下的工作，除了技术方面比普通人强以外，工作性质似乎与农民工并没有什么不同，要没日没夜与泥水做伴，耗尽体力去完成一个又一个改造工程……

至于和开发商据理力争，顾海峰绝不退让，有时不得不做"恶人"，情绪难免烦躁。一旦他投入供电设备的安排，和队员汗水流在一起，身子是劳累的，心情却是愉悦的。眼看一个又一个小区供电改造工程的推进，这不正是电力劳动者价值的体现吗？没有大家起早贪黑的劳动，哪有万家灯火照亮的祥和幸福？一日接一日的辛劳，是苦日子，也是好时光。

说起顾海峰的个性，感觉他是一个做事比说话多的人，每次他发现了问题，不解决掉就心里难受。他在共产党员服务队越干越起劲，虽然年轻，却年少老成，有时会给人刻板的印象。了解顾海峰的人对我说，不爱讲话，不代表不会工作，更不代表不善于管理，顾海峰的开拓能力是自有公论的，别的不讲，在他当队长期间，共产党员服务队被评为省电力公司的五星文明班组，这让这支服务队的声誉更高了，管理也进了一大步。

顾海峰担当第三任队长时，供电公司早已不是"电老虎"，全国的国企和政府部门都把服务放在第一位了。怎么样把服务做好？这是所有服务行业亟须研究的课题。那时，国家电网对先进班组评选的最高等级是五星，达标的杠杠极其严格：班组建设管理体系完善，班组机制运行顺畅，管理网络运转高效，各类制度、办法、标准、台账等记录健全等多项必须合格。虽然如东供电共产党员服务队口碑甚好，荣誉甚多，但一直与五星班组无缘。

阅读现代管理类的书籍时，顾海峰联想到共产党员服务队，这支曾以退役军人为主体的团队在如东有口皆碑，前两任队长埋头苦干评上三星班组，有这么坚实的基础，为什么不冲刺五星班组呢？

听了顾海峰的设想，刘跃平老队长非常赞同。说是冲刺，其实是参评。五星班组有一套具体的工作标准，争取用实力达标，不仅仅是一种集体荣誉，更是一种整体完善，能使共产党员服务队更有说服力，在公司也会起到模范带头作用。顾海峰拿定主意，成为五星班组就是我们冲刺的目标！

以自身的知识优势垫底，顾海峰很快积累了班组评级资料。他认为，五星级班组创建应该从班组精益化管理入手，确立"以人为本、民主管理、创新引领、和谐发展"的班组建设总体思路，发动班组每个成员开动脑筋，集思广益：如何优化班组建设管理流程，创新班组建设管理模式？如何构建班组精益化管理体系，持续提升班组建设的质量和效益？

这个题目说大也大，说小也小，因为出发点与落脚点，都要落在实处。顾海峰不止一次与老队长和队员探讨。

刘跃平说："共产党员服务队作为一个抢修班组，是供电公司对外服务的一个窗口，最重要的是解决老百姓最关注的问题。我们就要响亮地提出，让老百姓的灯尽快亮起来！盯着这个目标，检查党员服务队的行动力，说到底，环环相扣，哪个环节都不松，在精细化上下功夫。"

白峰说："刘队长讲得好，我补充一点。我们强调要'快'，在时间压缩的同时，还要狠抓队员的技术能力的提升。最短时间到客户家，接着就看你能不能修好？判断故障有了大数据，但遇到特殊情况咋办？处理不了，不是浪费时间吗？准确判断，正确维修，才能做到真正的快。"

石磊说："我提个建议啊，比如说哪个员工在现场无法解决问题，可以拍视频传过来，技术骨干在办公室就能指导他们操作了。"

王辉说："如果视频指导实在不行的话，再派人到现场去，这也是节省时间、提高效率的一种方式……"

大家的讨论热火朝天。顾海峰一一记录下来，他听从大家意见，把服务维修的每一个流程认真做了梳理，形成了一个共识：除了缩短出动时间，还有一个关键，就是磨炼抢修时的"火眼金睛"。

仗怎么打，兵就怎么练。刘跃平传授的部队经验被顾海峰用上了。班组的培训，相当于扎实有用的"练兵"。对照标准化作业，剖析全部工作环节，将所有的故障类型细化分类，归纳整理出不同类型的处理标准。此外，新业务的培训也不能缺位。此一时，彼一时，现在的供电线路，不再是传统的杆、线、变的组合，开闭所、环网柜等新型设备的应用广泛，线路抢修工不但要熟悉线路上的操作，对于变电操作、二次保护装置也要悉心掌握。

研究出成果。顾海峰要求所有队员视抢修任务为命令,不论严寒酷暑、白天黑夜,只要一个电话,就必须用最快的时间赶到现场,进入抢修状态。归纳出"一个报修、一张工单、一支队伍、一次抵达、一次完成"的"五个一"抢修要领,将故障类型细化分类,整理不同类型的处理标准流程。抢修记录汇集案例库,有效指导故障处理,推动工作模式的改进。

共产党员服务队有一个传统做法,从第一任队长缪恒生、第二任队长刘跃平,到第三任队长顾海峰,一直没有间断,就是让队员们每周一评,来给抢修工作找差,看看有哪些不足,当然也评优,表扬好的个人。找差实际上是"找茬",尤其在表扬声中找差距,是一种激励与警示。

对于每周五的班组学习,顾海峰觉得,形式非常好,只是内容要与时俱进,应该更具操作性,避免泛泛而谈。可以评讲案例,由队员举例说明。"登杆作业安全带的悬挂位置是否合理""当用户故障属于内部资产,如何跟用户做好解释工作"等等,这样的案例是当事人经历的,会有许多深切的体会,再由其他人帮着分析,一起完善总结出最佳的解决方案。

在一次周五学习会上,大家讨论本周的抢修案例,邵小俊提出,这种"纸上谈兵"的学习方式是不是能改一改?

顾海峰一愣:"怎么,学习疲劳了?"

"是啊,不如抢修时拍条视频,这样就直观了,大家讨论起来才有对象嘛!"

一句话仿佛一个火花,点亮了顾海峰的思路。他说:"有道理啊!干脆,我们不如就借鉴公安执法时用的'现场记录仪',对抢修现场进行抢修摄录，把抢修现场搬到我们的学习会上来？"

大家都说好。视频一目了然。

随着智能手机的普及，拍条视频并不稀罕了，人人可以是摄影师。更主要的，视频不同于文字，本来还要说半天的，一看现场的真实还原，全都交代得明明白白，当普通观众都有身临其境的感觉。

在周五的业务学习会上，顾海峰请刘跃平点评。一边观看抢修录像，刘跃平一边点评，讲到关键点，视频就暂停。

"大家看，本周二在三元社区抢修时的录像。在处理接户线氧化问题时，不能简单采取绝缘胶布缠绕的方式。"

"彻底解决，必须更换进户线！"

有的放矢。队员们集体观摩、讨论，提高现场抢修的规范度、效率和水平，视频点评成为每周五下午固定的学习会上，除了安全生产、优质服务等常规学习内容之外，队员们最喜闻乐见的一种学习方式。

"对我们从事抢修服务的队员来说，学以致用，才是真本事！"顾海峰点出了这个创意的初衷所在。除了视频交流，共产党员服务队还借用了运检部的集训基地开展"练兵"，把某小区的配电间变成抢修"演习场"，请来配电设备生产企业的技术人员现场授课……

一次业务学习会，就是一次实战演练。

顾海峰说："我觉得一个班组要有活力，有一种积极向上的态势，主要在于凝聚人心，团结和谐。共产党员服务队有这样的传统，心往一块想，劲往一处使，形成积极向上的氛围，是一个学习型的班组。"

队长的思路在扩散。顾海峰本身就是一个热爱学习的高才生，他深知，学习能给人带来不竭的动能。共产党员服务队虽然工作繁忙，但是"触动心灵"的碰撞必不可少，员工定期写一篇心得体会，上台交流。开头有人觉得为难，刘跃平带头念自己的体会，大家豁然开朗，就是用文字说话，愿意写什么，就写什么。可以写工作甘苦，也可以写待人处事。可以写喜悦，也可以写困惑。不必刻意拔高，只是有感而发，把个人感悟给众人分享。

做一个有心人，哪里都是课堂。

磨刀不误砍柴工。共产党员服务队发生了崭新的变化，当江苏省电力公司来如东考评的时候，看到了一个面貌一新的团队：健全的规章制度，常态化的工作机制，"临战"的精神状态。在党员服务队专门设立的管理资料陈列区域，队员可以随时翻阅学习，记录整理的登记汇集装订成册。服务理念已经固化为细微而具体的举动，在寻常的工作中闪光。

由此，共产党员服务队走上了一个新的台阶。这不仅巩固了服务队的荣誉，更为接下来的工作开了一个好头，五星班组是电网系统最高级别的班组，从此，这支队伍以行业最高标准要求自己，队伍里的每个成员，都会得到最纯净的淬炼，焕发出勃勃生机。

这是一支别开生面的共产党员服务队，既坚持原有的工作程序和工作经验，又增添技术含量与管理方法，团队凝聚力加强了，抢修质量过硬了，用户的服务满意度也提高了。辛勤的耕耘带来了丰硕的果实。2013年，如东供电公司给共产党员服务队颁发了QC创新荣誉称号和市公司优秀成果奖。2014年，这支服务队被江苏省电力公司评为五星级标准化班组。

创建五星级班组的目标，曾是顾海峰立下的一道"军令状"。五星级班组的晶莹奖杯就是完成任务的一声响亮的报告。共产党员服务队不仅以此为荣，而且视其为重新出发的起点。如果说，值班队员绷紧了神经，把抢修电话铃声当作"集结号"。那么，2013年至今，这"集结号"已吹响1万多次。在更加高效的准军事化管理下，红马甲士气高昂，毫不懈怠。

3........荣誉背后

我问顾海峰:"你带着大家拿了这么多荣誉,有什么感想?"顾海峰说了这样一句话:"荣誉的背后都是委屈。"外行听来似乎突兀,唯有电力抢修的同行,会对顾海峰的话产生共鸣。我在电力行业采访,知道顾海峰说的是实话,电力抢修最苦最累,也是最受委屈的一个工种。

缪恒生告诉顾海峰,当红马甲刚赢得社会尊重的时候,就夹杂着不和谐的杂音。曾经有人喝醉了酒就打电话报修,明明是他家电器有问题,还是拨打服务队电话,嚷嚷着要修。赶到他家说明情况,缪恒生耐心地解释,他不仅不听,反而把手指戳到了队员的脸上。缪恒生虽然和同事一样怒火中烧,但是忍了下去。等那个醉汉酒醒了,缪恒生继续跟他解释,弄得这个男子不好意思,赶紧向老缪道歉。

类似的事,似乎是专门考验队员们的耐心的。

顾海峰平时担心的就是天气不好。一个绝缘断裂，再加雨水浇灌，很可能出问题。遇到大的电力抢修，队员们在风雨中搏斗，本来就苦不堪言，有时连饭也吃不上，但旁边的居民并不领情，因为断电的烦躁情绪，他们对供电公司有意见，时常转嫁到抢修人员头上。而彼此心情烦躁，如同一堆干柴，随便扔一根火柴就会熊熊燃烧。

刘跃平当队长那会儿，曾经制定了一条铁律，绝对不能跟群众吵架拌嘴，有什么问题，都不能激化矛盾。为此，刘跃平铁面无私，执行规定不含糊，还处理过一个队员。说起来，那个小伙子是知道队里的规定的，可是受了气没忍住，针尖对麦芒，与用户干上了。事后，刘跃平批评了他：对不起，你犯规了，只得解除劳动合同。

顾海峰延续了这个不激化矛盾的做法。林子大了，什么鸟都有。共产党员服务队一次又一次外出抢修，在收获感谢的同时，也会遇到群众不理解的指责。他不能要求每一个市民，却可以要求每一个队员，或者就当没听见，或者耐心地解释，用热情服务化解老百姓的情绪。

2016年夏天，如东县城三元世纪城忽然停电，接到报修电话后，顾海峰带领队员穿上红马甲，及时赶到现场。里面商铺连着商铺，暑热蒸腾，白峰、石磊满头是汗地抓紧检查。初步断定，停电的原因是集中表箱内部烧坏了。烧坏的原因又是什么？顺着线路查找，终于查到一家火锅店用电负荷过大，造成线路发热烧坏，造成世纪城旁的用户家也停了电。

正当顾海峰和白峰、石磊分析故障原因，专心抢修的时候，现场有几个居民围观，怎么说也不肯散开。一个中年男子摇摇晃晃走了过来，嘴里骂骂咧咧："你们是干什么吃的，我们交税让你们拿工资，还不好好服务……"也不知是真醉还是假醉，口不择言，对着抢修队员指指点点，弄得大家一肚子气：本来我们是来帮你们解决困难的，谁欠你的？

顾海峰上前解释，可讲理也讲不通。

眼见这个中年男子是找碴的，世纪城旁原本就对火锅店的排烟和排污不满的用户，所积下的怨气不是一天两天了，你一言我一语，把怒气撒到了顾海峰和队员们身上。顾海峰知道，停电惹火了这些人，一时没办法让他们听进去，只好埋着头和大家一起排除故障、更换线路。

多说无益，也就不说什么。顾海峰带头，充耳不闻，和队员们一样选择了无视，一直骂不还口，只埋头做手上的事。

此时，有一位路人路过现场，看出顾海峰是个头，对他竖起大拇指，说："你们的涵养真好，不是一般的高啊！"

白峰说："顾海峰延续了前任队长制定的纪律，抢修时无论遇到什么样的情况，队员都要头脑冷静。能解释的，耐心解释；说不清的，也不激化矛盾，尽快地抢修送电，用行动安抚群众情绪。"

那天也是一个闷热的桑拿天，队员们身上的红马甲都湿透了。大家一身臭汗回到单位，顾海峰知道大家心里不痛快，就召集队员专门开了一个"情绪释放会"。他告诉大家，我们共产党员服务队有一个新的举措，在绩效考核里专设一个"委屈奖"，有精神奖励，还有物质奖励，鼓励和安慰在抢修现场受到不公正对待的队员。大家异口同声："好啊！"顾海峰的建议像一根针，一下子戳破了大家肚子里的气，队员们都乐了。

不过，队员们看重"委屈奖"，更看重的是顾海峰队长的这份心意，毕竟理解是最可贵的。在以后的抢修现场，遇到群众情绪激烈的情况并不算多，而且再遇到这种情况时，队员们一边及时做好解释，一边埋头抓紧干活，几个性格开朗的队员，还学会了和群众开玩笑，几句话就把气鼓鼓的群众逗笑了。反过来，将心比心，群众还会主动帮上一把。

2017年12月25日晚，靠海的如东县城迎来了一股很强的寒潮，伴随着呼啸而来的海风，气温骤然猛降。街道上残叶乱飞，下班的人们匆匆而行，仿佛感到四周的房屋在微微颤抖。

此时，那些楼房里的窗口透出的灯光，成了回家的人的热切向往。也就在此时，如东浅水湾阳光水岸小区有三栋楼突然停电了。空调罢工，取暖器熄灭，屋内一片漆黑。慌乱中，有几个人打开手机上的照明光，赶紧套上厚厚的羽绒服，将领口裹紧，匆匆下了楼，来到空地上。

"打电话给供电公司，报修吧。"

"还是找共产党员服务队吧，可靠！"

抢修电话打过去了。果然，共产党员服务队的抢修车一会儿就到了小区。有人认出来，带队的是当时的队长顾海峰。

后面又从楼上陆续出来了一些居民，他们看到前面有一丝光亮，顺着聚光的方向，隐约可见小区变电箱的位置，四周围了一群人。顾海峰和队员们架起照光灯，正在查找配电箱里的故障点。

家里停电，有人不说，有人唠叨。

"怎么回事，哪儿的线路坏啦？"

"整个小区只停我们三栋楼，活见鬼！"

当时气温降到零下 3 摄氏度，寒风一个劲地往脖子里钻，刀割似的，刺得皮肤生疼。有人见到身穿红马甲的电力抢修人员手持应急灯，蹲在一只电力环网柜前，仔细查找设备问题时，上前责问。

"师傅，一天跳闸四五回，什么原因呀？"

"正在排查，我们和你们一样着急。"

看着周边的人神色焦躁，顾海峰站起身，对居民们说："我们是如东供电共产党员服务队的，我是队长顾海峰，因为停电给大家带来了不便，我在这里向各位表示歉意！请相信，我们会尽快排除故障的。"

此时，顾海峰半蹲在低压开关箱前好久了。时间一分一秒地流逝，现场的所有目光都聚焦在小小的配电箱上。

"顾队长，到底今晚能不能来电，您痛快地说一下！"一位老大妈走过来，冷冷地说了一句，毫不客气。

"大妈，今晚能给你们送电！"

见到这么多居民陪着自己的队伍挨冻，可又不好劝他们回家，因为家里没电，而且又黑又冷，顾海峰心里真不是滋味。

"有了，问题肯定是出在这里！"

"故障就是低压开关保护失灵引起的！"

顾海峰与石磊等队员商讨方案，怎么样既解决问题，又方便操作，因为时间不等人。最终拍板，紧缩的眉头顿时舒展了。

"让大家久等了，马上就能送电了！"

顾海峰再次跟大家打招呼。

一起旁观的居民露出了开心的笑容。

"这个天真冷啊！"等的时间长了，就有居民觉得脚被冻僵了，狠狠地跺了跺脚。"抢修师傅也真不容易呀!"

"他们为了让老百姓用电,晚饭都没顾得上吃!"一位退休老人说了句公道话,激起了在场居民的同情心。

"师傅,连晚饭都没吃吧,我家还有面包!"

"冻死人的天气,你们共产党员服务队真不简单!"

有的邻居还拿出手机,打开灯光,帮助照亮抢修现场。就这样,大家在寒风中陪同抢修人员干活,直到现场恢复了供电。

采访时我得知,顾海峰在共产党员服务队设立的"委屈奖",后来也没有发过一分钱,即使顾海峰真的要发,领奖人也会拒绝。可是,大伙儿心里挺温暖,谁都知道,理解"委屈"就是在互相鼓励。

2018年7月,台风"安比"来袭,东部沿海风力瞬间达到七至九级。刹那间,狂风呼啸,摧屋拔树,台风所过之处,巨涛惊澜,人若浮萍。到了恶劣极致的大风天,单位放假,学校停课,家家户户关门闭窗,轻易不出门。然而对电力行业来说,越是灾难当头,越是需要冲锋,服务队值班电话铃声此起彼伏。共产党员服务队整装待发,准备与自然灾害造成的故障斗智斗勇。

天有不测风云,人有旦夕祸福。此时,如东苴镇敬老院东屏分院传出了阵阵哭声。原来,一位八旬老人在台风来临时不幸去世。丧事正在进行,电却忽地断了。老人的家属和朋友焦急万分。敬老院的院长说:"大家别急,我知道有个修电的队伍,叫如东供电共产党员服务队,队长叫刘跃平,以前经常到养老院做义务维修,我还有他们的电话呢。"

于是，院长拨通了服务队的电话。

"您好，我是如东供电党员服务队队长顾海峰，请问您有什么需要帮助的吗？"电话那头是一个年轻的声音。接电话的并不是刘跃平，这让与刘跃平熟悉的院长有些疑惑，他抱着试试看的态度讲明了求助的急切状况。不到20分钟，顾海峰和队员乘抢修车赶到了敬老院。

按规定，如果遇到大台风等自然灾害，电力抢修人员可以等雨停止，再进行清除树木、接电线、更换电箱等作业。但是，顾海峰看到敬老院丧事办到一半的窘境，看到老人们悲伤无助的眼神，他当机立断，特事特办："我们不等雨停了，马上顶风冒雨抢修，一刻也不耽搁。"

狂风疾雨中，队员们艰难地清除树枝，脸上的肌肉在用力地抽搐，头发在风中凌乱飘忽，流淌的汗水混入了雨水。

终于，顾海峰和队员在杂乱的树枝中，找到了那根10千伏高压线，它被刮倒的树枝压弯受阻，是敬老院供电中断的故障点。

风雨肆虐，但是，敬老院的灯亮了。屋里恢复了正常用电，老人们连连致谢。

院长感激地握着顾海峰的手说："以前我只认识刘队长，没想到他有了这么好的接班人。顾队长，你们太辛苦了！"

当晚回到家，已是后半夜了。顾海峰感觉手上湿湿的，在灯下一看，都是被树枝划伤的血痕。身上怎么也痛啊，妻子过来帮他脱下内衣，胳膊上和背上也都留下了道道血痕。妻子说："你怎么弄的，这么不当心！"顾海峰说："我们服务队的同事都一样，树枝堆里扒电线，谁想那么多！"

2018年7月的一个周末,那天异常闷热。下午4点左右,太阳西斜了,还是火辣辣的,中坤苑小区的居民楼突然停了电。住户打电话给供电公司的共产党员服务队,他们接到报修电话,很快就赶来了。检查后的结果是一个老旧箱式变压器的高压柜因为雨后受潮烧坏了。

当时报修的,是如东县中坤苑小区住户瞿先锋。他说,烧坏的高压柜无法维修,只有一个办法,就是进行更换。可是,小区的箱式配电房,在内环路的最里头,当时从门口到配电房的路上,停满了私家车。因此,新柜运来了,吊运的吊车却进不来,而停满路边的私家车,根本无法逐一找到车主,除非通过移车平台电话联系,可这么多车,电话要打到什么时候?

瞿先锋想想头都大了。

那时是傍晚五六点钟,瞿先锋和一些家中失电的住户,相约站在靠门口的过道上,焦急地等待着。看到供电公司的抢修车开到小区门前,而吊车也停在门旁边,带队的是共产党员服务队队长顾海峰。

怎么办,这么多车堵路?

顾海峰没有被吓住。他下了车,看了看停成一排的私家车,毫不犹豫地一挥手说:"不用等了,我们直接抬进去!"

抬进去?瞿先锋吓了一跳。

高压柜不是小物件,不是说抬就能轻而易举地抬过去的,而且吊车上的三台柜子离配电房都有一段距离。瞿先锋以为,顾海峰说出这样话,会遭到队员们的反对,毕竟难度可不小。没想到,7名队员听到他的话，没一个人提出异议。小区道路是水泥路面，两边种着树木，配电房立在稀疏的树丛后，四周都是泥质地面，雨水冲刷后显得特别松软。顾海峰和队员各自站位，齐心协力地抬起第一个齐肩高的柜子，艰难地向前挪着步子。

"注意脚步，一二，一二！"喊口令的是队员王翔，个头不高，却很结实。他也是一个退役老兵，什么脏活累活，他都会抢在前面。雨后的地面有些湿滑，前进中的柜子由于体形较长，一不小心就会碰到路边的树木，树叶儿在震动下倾洒残留的雨水，搬一个来回下来，顾海峰和王翔他们的鞋子上糊满了泥巴，雨衣被风掀起来，身上的衣服也都湿透了。

第二和第三个柜子没有那么高了，但是柜子的宽度增加了。看着顾海峰他们满脸通红的样子，看来重量也不轻。看他们抬得挺吃力的，瞿先锋赶紧喊上另外几个居民，上前去帮着他们一起抬。

柜子到位后，队员们立即投入抢修。先把旧的柜子移走，解下电缆头，再把新柜子移过来，两人一组，安装新的电缆头。

瞿先锋家的楼下住着一对老夫妻，两个人六点半吃好晚饭出去散步时，一边走一边高声埋怨家里没有电用，仿佛是在责备身着红马甲的顾海峰他们。等到两个人八点钟散步回来，发现队员们还在埋头苦干，连晚饭也没有顾得上吃，这对老夫妇感动了，急急跑回家拎来面包，一定要队员们吃了再继续干活。其他邻居也心疼地送来了纸杯、端来了开水……

安装高压柜时，由于做一个电缆头就要两个小时，顾海峰和队员们跟住户进行解释，让他们安心回家，保证会抓紧时间更换送电。瞿先锋对顾海峰说："别着急，刚才抬柜子的场面大家都看到了，你们拼尽全力了，要不是你们及时抬柜子，我们还不知什么时候才能用上电呢。"

临回家前，瞿先锋冲顾海峰他们竖起了大拇指："说实话，我真没想到，你们会果断出手抬柜子，我给你们点赞！"

毕竟绝大多数群众是懂得感恩的，带给队员们的是很多的感动，也带给这支队伍极大的动力。顾海峰告诫队员："你们要相信，群众心中有良知，他们给我们服务队这么多赞扬，你们的付出他们都知道。"

4……梦想与现实

顾海峰在而立之年，扛起了老队长交给他的共产党员服务队的旗帜，也就扛起了沉甸甸的责任。都说 80 后的个性更洒脱，更自我，是多种选择的一代。就婚恋而言，他们相信缘分，珍惜感觉，是向往浪漫的一代。而顾海峰的职责使他无法分身，对他的家庭生活无疑也是一种挑战。

顾海峰和妻子赵文君，都是 80 后的独生子女，相识于南京的大学校园。两个人性格互补，顾海峰内向而稳重，不爱出头露面，赵文君外向而开朗，身边不乏追求者。他们是同班同学，在聚会时聊得开心，彼此有了好感。一起在图书馆看书，一起在操场跑道上漫步，憧憬着美好未来。浪漫而单纯的校园恋情，有许多对情侣曾爱得如醉如痴，却中止于毕业典礼，而顾海峰和赵文君信守爱情的誓言，毕业后没有分手，有情人最终走在了一起。

2004 年大学毕业后，名牌大学的学历给他们铺就了不错的就业前景。顾海峰回到家乡如东，在供电公司任职，因为当时一本高校毕业生还是稀罕的，单位对他寄予了厚望。而赵文君则应聘去了无锡夏普公司，著名日企的待遇非常吸引人，两个人很快进入角色，熟悉了各自的工作领域。一年后，由于工作能力突出，赵文君被公司提拔为业务主管。公司准备派她到日本本部进修一年，条件是进修回来必须继续效力夏普，由她负责一个部门。

原本，顾海峰和赵文君有约在先，相互鼓励，婚后不影响工作。他们年轻时觉得所有的问题，在爱情面前都不是事儿。可是，分居两地，一来一去的车票，厚厚一摞。一边是苏南的无锡，太湖之滨的经济发达地区，一边是苏中的如东，虽然近年来发展很快，但与苏锡常相比，还是差了一截。向哪边靠拢？现实把他们拖入了拉锯战。

顾海峰想请赵文君向他靠拢，把他们的家安在如东。赵文君父母在泰州，女儿是他们的掌上明珠，既然能考上一本，他们希望她能在苏南发展。人往高处走，赵文君也明白这个道理，况且夏普公司的橄榄枝放在面前，下一步就是中层骨干，即使以后跳槽，也会是一份含金量很高的职场经历。反复沟通，顾海峰离不开如东供电，而赵文君放不下这份感情，她最终还是做出了艰难的抉择，辞职来到如东。

和顾海峰团聚，赵文君是做出了牺牲的。她应聘如东县广电局，虽然被录用，工资待遇却不足无锡夏普的一半，而且提职提薪的前途也中断了。在县级广电系统，她先是担任客户服务部主任，改革后成立文化广电传媒中心，她又出任中层主管，工作能力得到了认可，只是由于地区差，收入跟原先不能比。唯一让她安慰的，就是夫妇团聚，不再奔波。

赵文君心想：定居如东小城，能过上朝九晚五的小日子，与心爱的人朝暮相对，早上迎着朝阳吃油条豆浆，晚上披着晚霞在石板路上散步，周末带着礼物一起探望父母，带孩子到郊外踏青游玩……

初到如东设想的这一切，不过是平凡的小城时光，但在顾海峰成为共产党员服务队队长后，也成了奢望。

一辈子对你好，陪伴你到永远，顾海峰的表白感动过校园里的赵文君。只是，现实中顾海峰"爽约"了。一直呵护她的丈夫变得分身无暇，恋爱的幸福，婚后的委屈，反差太大，让赵文君一时难以适应。

赵文君"恼火"的事太多，比如说看病。那年春节过后，赵文君的手指关节肿得厉害，也越来越疼。赵文君很想让顾海峰哪怕挤出半个小时，陪她去如东县人民医院做个检查。这要求并不过分，医院就与供电公司一墙之隔。"明明只要他半个小时，就好像要他的命。"赵文君打电话过去，要么是在开会，要么就是在抢修现场……

尽管顾海峰一口答应下来，态度特别好，可没过多久，又抛之脑后，陪妻子去医院检查的事儿一拖再拖。

三个月后，赵文君连弯手指也感到钻心痛，索性不指望他了，自己去了医院，排队挂号、登记抽血、等待报告……

望着排成长龙的就诊队伍，赵文君倍感孤单。人群中挤来挤去的滋味不好受，肿痛的手指碰一下就刺疼不已。

"估计是痛风引起的,你要当心!"

医生一边在诊断报告中写着病情,一边告诉赵文君,痛风可能延至脚部,需要尽快治疗。医生责问她怎么一个人来,丈夫上哪儿去了?

赵文君心里委屈,泪水在眼眶里打转。

赵文君是结婚后来如东的,亲戚朋友都在老家泰州,她看重的是顾海峰的呵护,此时当然气不打一处来,恨不能跟丈夫大吵一架。后来她了解到,顾海峰那天带队去抢修现场,忙得中饭都没按时吃,加上顾海峰下班回家一再道歉,她的气也就消了,毕竟对顾海峰她是了解的。

在赵文君的印象中,顾海峰和同事工作起来,总是没日没夜。哪个小区发生停电故障,哪户居民家里遇到用电难题,或是哪个贫困户需要帮扶资助,他总有忙不完的事。不过,外头他是大忙人,家里的事跟他沾不上边,他的脑海里有一张供电服务的活地图,说起哪个小区和哪条街巷头头是道,可在家里的事却稀里糊涂,是生活中的"马大哈"!

有一次,赵文君发现家里一盏灯忽闪忽闪,快不行了,想到家里有个现成的"电工",赶紧把任务交给顾海峰。

修电灯?小菜一碟。

顾海峰一口答应,改日修一下。

最后却被种种原因被搁置下来。

两年后的夏天,刮大风,暴雨如注。顾海峰在现场指挥抢修,赵文君见雨势较大,想到家里有漏水的隐患,趁大雨时紧时缓的间隙,赶紧回家看看。没想到,推开门就傻了眼,家里到处是积水。

赵文君赶紧打电话给顾海峰，没想到，电话那头乱糟糟的杂音中传来丈夫的回复："我还在现场抢修呢，你先找物业帮忙解决一下吧！"

很快，电话被挂断了。

其实，家里漏水也不是一天两天的事了。前段时间，家里也因渗漏导致几处墙壁发霉，他们商量过，等天晴了，就重新把墙缝补一下。但在顾海峰眼里，这些家里的事都成了小事，被他一拖再拖。

家里"水漫金山"，赵文君恼火极了，看来还是要靠自己，等暴雨一过，赵文君自己拿主意花钱找来装修队，补墙缝，粉刷，一拖快两年的灯，在这时才修好，看来家里的"电工"是指望不上了。

当面也揶揄，并没有真生气。

因为她知道，顾海峰的担子不轻。

赵文君的工作文案写得漂亮，作为共产党员服务队的家属，她用文字记下了内心感慨：

> 自从海峰做了服务队队长，我们夫妻间的交流少了，回到家就是和同事或客户开电话会，先是坐在沙发上说，接着在饭桌上说，本来我还要和他商量一下女儿的学习，聊聊父母的身体，结果完全插不进话，再看到他有时累得疲惫不堪的样子，又不忍心责怪他……
>
> 记得女儿幼儿园大班时得了小儿疝气，需要住院手术，可是就在手术的前夜，如东城区遭受雷暴天气袭击，县城多处小

区出现用电故障，急需抢修，海峰几乎哽咽着打电话给我说，你让笑笑坚强点，就说爸爸忙完手头的工作就来，给她买最喜爱的芭比娃娃……

尽管嘴上埋怨几句，但心底却一直很仰慕着他，他是如东共产党员服务队的一员，为了守护万家光明，甘愿舍弃小家。他说过一句最暖心的话是："总感觉这辈子对我和孩子亏欠得太多！"

那么，孩子对爸爸的印象如何？

阳光、帅气，有活力，他是孩子心中的英雄。

顾海峰女儿笑笑写了一篇题目叫作《我眼中的"好"爸爸、"坏"爸爸》的作文，文中这样写道：

爸爸，你是我眼中的"坏"爸爸，我小的时候，每次开家长会都是妈妈去，每个周末都是妈妈陪我玩，每当我想和你说说我班级里的趣事时，你都基本上不在家，看到下雨天人家爸爸来送伞，看到公园里其他孩子身边都是爸爸妈妈一起陪伴，我想问妈妈，爸爸呢？

妈妈总是说：爸爸忙，爸爸是电力超人，在拯救光明。我现在上四年级了，渐渐懂事了，当你特别苦、特别累的时候，你就想想我吧，我会很乖很乖，好好学习，不让你操心。我还要叫你一声：好爸爸……

赵文君在女儿笑笑面前，总是维护爸爸的形象，这是赵文君的爱的智慧。

顾海峰不善言辞，说到妻子和女儿，都是粗线条的。看我真的想了解，他打开微信，把妻子和女儿的文章转发给我。

当我读到这些文字时，仿佛也读到了顾海峰的内心。他把妻儿的知心话存在手机上，这些话语存着一个男人怎样的柔情啊！

在赵文君的眼里，顾海峰是个很实诚的人，很少对妻子说一些"喜欢"或"爱"之类的煽情话，结婚这么多年了，要说有什么遗憾的，就是因为各种原因，他没有特别留意过她的生日，这件事让她耿耿于怀。

记得一个大年三十的晚上，赵文君和顾海峰各自坚守岗位，有过电话直播的"约会"。当晚县城用电负荷猛然上增，导致一些小区跳闸停电，如东县广电局客户服务部主任赵文君值班，接连接到电视故障呼叫中心的报修电话。肯定有一部分故障是停电而导致的，于是，赵文君通过联络电话，与如东供电共产党员服务队联系，队长顾海峰在电话里回复。

通话的内容之所以直播，是要公布停电信息和供电故障报修相关的反馈情况。同时，了解供电维修的第一手信息，更能准确地为客服中心反馈信息，引导电视信号故障报修，及时解除客户的疑虑。

赵文君代表广电局客户服务部，而顾海峰代表供电共产党员服务队，公事公办的口吻，毫不掺杂其他因素。

大年三十晚上，听到丈夫的声音，赵文君倍感亲切，他们都在自己的岗位上，有一种特殊的情愫紧紧地牵连着。不过，在丈夫挂断电话那一刻，赵文君心里未免有点失落。

赵文君是家里的独生女，父母自然疼爱有加，结婚前，父母每年要为她过两次生日，除了大年三十晚上一次，还要办一次生日Patty，请她的小伙伴一起庆祝。嫁给顾海峰，他当初答应要像在家一样给她过生日，还幽默地说："全国人民都在为你过生日，你该感到很幸福啊。"是啊，大年三十是许多人家团聚的时候，除旧迎新，欢乐祥和。赵文君这一天生日，本该是分享快乐的好日子啊！

偏偏顾海峰要守在自己的岗位上，"共产党员服务队的队长，我不值班谁值班"，他振振有词，赵文君也没招了。

赵文君的生日怎么办？她和顾海峰有一个约定，就是将团圆饭定在大年三十的下午四点。为了遵守彼此的约定，他与同事协商，趁抢修不算繁忙之机，替换一个半小时的班，把海峰的父母也请过来，赶回去吃一顿团圆饭，既是为赵文君祝贺生日，也是提前开吃年夜饭。

只是，对于自己父母，嫁到如东的赵文君有一份愧疚。老爸老妈只有她这么一个女儿。赵文君和顾海峰商量，想在如东再买套房子，就近照顾双亲，也可以尽些孝心。可是，父母的亲友都在泰州老家，住到如东不习惯。看女儿女婿太忙，他们还是决定回泰州生活。随着父母年龄增大，赵文君总是不放心。平时大家都很忙碌，要等到春节放假才能回家团聚。

"好几年没有帮父母贴春联了！"

回想生日这一天，赵文君总有点遗憾。

没办法，赵文君已经习惯了，顾海峰举着手机进门，或是突然接到抢修电话，拿着手机奔出门去。不管当时是在吃饭，还是在睡梦中，电话铃声就像一道命令，叫他去哪就去哪，比老婆的话管用多了。

深秋的一个夜晚，正是睡眠最香的时候，放在床头的手机突然铃声大作，赵文君吓了一跳。没想到，这次却不是喊顾海峰去抢修的，一直保持警觉的他把手机递给妻子："是你的电话，爸爸打来的！"

赵文君一骨碌爬起来。她有一种不好的预感：在老家泰州的父母身体渐渐不如以前那么硬朗，时常会去医院，好在都是慢性病并无大碍。这个时间节点打电话来，难道是家中出了什么大事？

赵文君哆哆嗦嗦接通电话，电话里传来老爸慌张的声音："快回来，你妈不行了……"旁边的顾海峰一听，立马爬起身："赶快，我们走！"他们喊女儿起床，顾海峰奔下楼发动车子。夜色中，顾海峰带着赵文君和女儿开车直奔泰州。后来赵文君才知道，那天夜里妈妈旧病复发，爸爸手机没电了，光着脚跑出去，敲开邻居的门，请邻居帮忙打的120电话。

想到这些，赵文君泪如雨下。

这些年，两位老人为了让小两口安心工作，从来报喜不报忧，家里有点小事也不告诉他们。这一次，是老爸看老妈病重慌了神，情急之下，才给独生女儿打了电话。

陪着父亲，赵文君和顾海峰忙里忙外。上天还是眷顾好人的，万幸的是妈妈挺过了这一关！赵文君是个懂事理的妻子，知道顾海峰手头还有抢修工作，共产党员服务队的事离不开他，让他先回如东上班。而她请假在医院照顾妈妈，直到妈妈安然出院回家，她悬着的心才放了下来。

从此，赵文君落下了容易惊醒的毛病，晚上睡觉时一听到电话铃响，心脏就怦怦乱跳。对顾海峰来说，铃声就是命令，怎么能关掉电话铃声呢？万一没有听到电话铃响，耽搁抢修就会误事。

顾海峰心疼妻子。遇上天气不好或者用电负荷高的时段，顾海峰就会主动搬到另外一个房间去睡，尽量不影响赵文君休息，还把她的手机也开了铃声放在他的枕边，替她关心着家里老人的音讯。

幸好，这一切都被年幼的女儿笑笑看在眼里。放寒假了，笑笑索性早早回泰州外公外婆家，陪伴在老人的身旁。就在大年三十晚上，赵文君生日那天，赵文君收到女儿发来的微信，祝亲爱的妈妈生日快乐！因为女儿长高了，个头快接近赵文君了，女儿也能帮爷爷奶奶贴对联了。

女儿贴春联的这张照片，赵文君发给顾海峰看，让抢修现场的顾海峰感到了莫大的欣慰。除夕之夜，一家人不在一块，女儿代替父母给外公外婆贴春联，天真的神态给三代人带来笑声。彼此再次相约，等到初一晚上一起回泰州，这样全家人团聚在一起多开心。

一年又一年，赵文君也释然了。过不过生日倒无所谓，更多的是对彼此的一份牵挂，每当新年的钟声敲响之际，赵文君会出现在他身旁，用视频送上新年的祝福。平安就是福，牵挂也是一种甜蜜。

不过，赵文君偶尔会发点女人的牢骚。结婚至今，我们连个蜜月都没有，更别提带孩子出去旅游了。听妻子对朋友讲述这些话，开玩笑似的，顾海峰虽然表面只是淡淡一笑，可是心里却涌动起万千波澜。想到赵文君放弃大好前程，默默在如东这么多年，给了自己一个家，却没有好好陪过她，顾海峰嘴上不说什么，愧意悄然而生。

顾海峰说赵文君是个大度的妻子,赵文君却说:"我也吃醋啊。"吃谁的醋?当然是"第三者",让她恨不起来的"第三者"。

来家做客的朋友都觉得奇怪:"赵文君,你家的书柜怎么有一半都是电力专业书籍?难道有人要考电力研究生?"赵文君酸溜溜地说:"都是顾海峰的书,他不考研究生,却比考研究生认真一百倍,每天回来跟书待在一起的时间可比跟我待在一起的时间多多了!"

这些专业书就是她说的"第三者"。

2016年,顾海峰担任共产党员服务队第三任队长的第四年,共产党员服务队被评为省电力公司五星级班组也已经两年了,大家齐心协力,各项工作走上了正轨,顾海峰便对妻子和女儿立下了口头保证:"我今年不是有10天的年假时间吗?我带你们娘俩出去旅游,圆你们一个海边度假梦!"

妻子半信半疑,女儿欢呼雀跃。不管怎么说,顾海峰的表态诚意满满,赵文君对女儿说:"要不,相信你爸一回?"

笑笑说:"对,爸爸不许骗人!"

顾海峰答应了,面对妻子女儿,大丈夫一言既出,驷马难追。在共产党员服务队里,顾海峰一向讲诚信,也要求所有成员有诚信。接到的抢修任务单,就是立下了一张"军令状",不管再艰难再麻烦,不管付出多大代价,都要坚决完成。在困难面前,没有谁后退,更没有谁放弃。

可是,当暑假真正到来时,顾海峰才知道,他在妻子女儿面前立的"军令状"有点轻率了。当年夏季进入用电高峰,迎峰度夏的保障任务,繁复多变而无法回避,正是供电抢修人员的"大忙"时节。用电负荷随着气温上升不断增加,共产党员服务队每个成员都绷紧了弦,时刻准备出发,在这个时间节点队长请假外出,怎么能张得开嘴呢?

"对不起啊。"顾海峰只能食言了。

寒来暑往,很快便到了2018年。

过了两年,顾海峰承诺的度假旅行一直没能成行。虽然家人没有责备他,但他能感觉到,一再"毁约"带给女儿的不满情绪,毕竟女儿一天天长大,也许有一天,女儿都不需要爸妈陪着旅游了。看着女儿撅着小嘴的模样,还有妻子期望又不忍责怪的眼神,顾海峰想好了,无论如何都要完成她俩的心愿。怕自己在最后关头犹豫,他早早订好了行程,出发日期就定在2018年7月15日。

顾海峰又失算了。没想到,碰上如东60年来最热的夏天,加上台风"云雀""温比亚"接连光顾,强降雨持续,用电负荷急增,故障频发。7月14日晚9点多钟,又是一阵雷阵雨,顾海峰正在家整理行装,突然接到抢修电话,忙和队员赶到万华紫金花苑,冒雨将10千伏宾万线4号箱变的故障隔离。刚修好,10千伏宾坤1号线又有故障,他们连续作战,好不容易在蚊虫叮咬中查找到故障并迅速隔离,小区灯亮了,总算松了口气。

第二天就是7月15日了,顾海峰还没来得及和队友庆祝抢修成功,并交代一下工作,令人意想不到的情况就发生了。15日凌晨,宾坤1号线跳闸,重合失败……抢修结束,顾海峰又接到通知:碧霞小区变压器低压总开关发生故障,急需抢修。这是一场与时间进行的赛跑,早一点送上电,就能早一分钟让群众用上电。一直忙到快天亮,仍然有新的报修电话。

他狠狠心,一边安排值夜班的队员打个盹,一边忙着联系上早班的队员分头出发。拎起工具箱登上抢修车，想到妻子早已收拾好的行李箱，他知道此刻她和女儿正在家中翘首期待，可他别无选择。

此刻，他只能再说，对不起。

也许，和前任队长一样，顾海峰想当一个好队长，注定有一个无法完成的"军令状"。好在妻子女儿都能体谅他。

在赵文君眼中，共产党员服务队讲奉献，每个成员妻子都是好样的，尤其是缪恒生老队长爱人徐秀琴，使她由衷地佩服。因为顾海峰的缘故，赵文君知道了服务队的许多故事，有些人在见面之前，名字就熟记于心了。在一次家属联谊会上，赵文君与徐秀琴一见如故，虽然年龄差了很多，但是有聊不完的话。徐秀琴对老缪有过埋怨，后来慢慢释怀，赵文君和当年徐秀琴有相似的体会，她能理解徐秀琴操持家务付出的辛苦。

徐秀琴是柔弱的，却又是坚强的。赵文君在心里给自己定了个目标，做一个像徐秀琴大姐那样合格的家属。

赵文君手机上有一张截图。她说，记不清是哪一天，顾海峰没回来吃午饭，晚饭也没有回来，等到夜里十一点多，我实在太困了，把饭菜温在锅里，给他发了一条询问的微信，就迷迷糊糊睡着了。早上醒来，发现他在凌晨五点左右回了一条微信和同事拍的照片：抢修到现在，太困了，和大家一起在值班室眯一会儿，早上还有一处故障要处理，就不回来了。

赵文君又感动又心疼，把这条微信发在了朋友圈，而那张截图保存在她的手机相册里，一直舍不得删去。

5........ 默默地付出

采访中我发现，在如东供电共产党员服务队，每一位看似平常的队员背后，都有着许多不平常的故事。顾海峰给我讲述了老队员陈志华的事迹，一个退役老兵，尽己所能帮扶贫困学生，默默地坚持着。要不是被资助的学生告诉媒体，同事根本不知道，这些陷于困境的学生与陈志华素不相识，他却像对待自己孩子那样关心他们。事情报道后，他这才成了受表彰的"助学之星"。

初识陈志华，只见他国字脸，宽眉额，眼睛大而有神。与原先听说的一样，憨厚纯朴，诚实可靠。陈志华不是大款，也不求出名，当初资助贫困学生是悄悄做的。陈志华说，我只是遵从内心，这些事不值得宣传。

我说："能说说你是怎么想的？"

他说："很多人问我，你有没有光环。我说有啊，我是共产党员，我是转业军人，我是共产党员服务队的一员嘛。"

陈志华1962年5月生于如东县一个农民家庭，读书刻苦，成绩很好，但因家庭经济拮据，他16岁时曾上街拉过板车。强烈的求知欲望，无奈的失学痛苦，像一根刺扎痛他的心。当时他想：如果自己长大以后有了能力，遇到那些和自己一样的贫困学生，一定要伸出手拉一把。

少年陈志华向往当兵，扛枪保家卫国。1979年11月，陈志华体检合格，成为一名水陆两栖侦察兵，在广东湛江某基地服役。碧海蓝天成了他锤炼意志的疆场。那时的陈志华年轻又单纯，浑身有使不完的劲儿。最重要的课目是海水游泳，一游就是一万米，潜水要下沉60米。

当时代理排长刘永红，是湖南郴州人，比陈志华大3岁。他高中没毕业就下乡插队了，有感于农村的落后，帮助老乡改善农作物种植，群众对他评价特别高，他在下乡期间就入了党。老兵刘永红主持排里工作，给陈志华的感觉是他非常成熟，军事技术过硬，处理问题善解人意。他们所在的排有9个人，刘永红对所有成员都很关照，不仅像领导，而且像一位兄长。

那天刘永红带着全排进行游泳负重训练。这种训练方式进行过多次，对体力和耐力都是极大的考验。排里有个新兵叫乔继兵，也是湖南人，游泳技巧掌握差点火候。在海水中训练，刘永红总是单独教他游泳技巧，特别耐心。当游泳负重训练行程过半时，小乔又落后战友一大截，刘永红赶紧向小乔游去。这时小乔明显体力不支，刘永红就推着他游，不仅自己负重前行，还尽量托起小乔的身体。眼看就要游到岸边，小乔努力向终点冲刺了，刘永红却累得透支了，身上的负重仿佛山石压胸那么沉，死死地把他往水里拖。

"排长！排长！"游到岸边的战士们纷纷喊着，一个接一个往海水里跳，拼命地游啊游，想把排长救出来。可是一切都晚了！15分钟过后，刘永红被救上岸时，没有了呼吸，永远闭上了眼睛。

痛失兄长，陈志华和战友们热泪长流。只要想到刘永红这个名字，陈志华的眼前就会浮现他的音容笑貌。他跟刘永红住在一个房间，对面的单人床上所有的物品，豆腐块被子、军帽、笔记本等等，都井然有序地摆在原位，然而他敬重的好大哥啊，却再也回不来了！就在刘永红牺牲的第二天，他所在的海军某部两栖侦察大队收到了刘永红的提干命令……

刘永红的牺牲给陈志华极大震撼。刘永红是一个年轻的共产党员，用生命给他上了一堂党课！为了拯救别人，不惜牺牲自己，刘永红把一份永远不会冷却的温暖，留给了他生前的战友。陈志华立志以刘永红为榜样，递交了入党申请书。当他被批准加入党组织的时候，他的理想，就是成为像刘永红那样的共产党员，做一个纯粹的人，一个高尚的人。不在意收获了多少，而在乎付出了多少，让自己的生命之光，照亮更多人的人生之路。

1989年，陈志华退役后被分到如东供电公司，先后做过供电局的材料核算员、物资管理员，2012年加入如东供电共产党员服务队，人们对他的评价是踏实肯干。县域变电所迎峰度夏维修改造，陈志华负责主要线路施工，部分变电所离公司较远，上下班来回不方便，他和施工人员吃住在现场。扁桃体发炎，腮帮子肿了，连喝水吃饭都困难，他吃几片消炎药压一压，凭着退伍兵的韧劲儿，使全县变电所维修工作比原计划工期提前了半个月。

陈志华转入如东电力行业，在工作中实现人生价值，但他并不满足。在部队时刘永红老排长给他的深刻影响，以及共产党员服务队的理念，使他少年时捐资助学的愿望又在心里萌动起来。

那是一个夏日的夜晚，平时看电视漫不经心的陈志华，猛然间被一条新闻牢牢吸引住了。一个考入如东中学的孩子，家住如东掘港镇九总村的周管建，因为家庭贫困面临辍学，可这是一所当地所有孩子都梦寐以求的高级中学啊。陈志华盯着电视屏幕，孩子那双渴望又无助的眼睛也正直勾勾地望着他，他心一下子就酸了：我要帮他，要为他做点什么……

陈志华把想扶帮这个贫困生的打算，告诉了爱人管萍。管萍个性开朗，也十分乐于助人。她出生于1963年，父母亲都是部队转业干部，之前在文化馆工作，后来转到了新华书店。她传承了军人家庭的严谨踏实，更有一种恬静的书卷气质，和陈志华心心相印，都有悲天悯人之心。

那一晚陈志华彻夜未眠。第二天正是周末，一早他和管萍赶到九总村，敲开了周管建的家门。眼前的景象让他们吃了一惊。靠墙摆着一个旧木箱，上面杂乱地堆着药瓶药盒，小建妈妈斜躺在床上，因为饱受病魔折磨骨瘦如柴。她告诉陈志华，早在儿子一岁时，丈夫便弃家出走，是她含辛茹苦把孩子拉扯大的。小建很争气，好不容易考上高中，她却患了癌症，母子俩仅靠低保和邻里的接济勉强度日，对于小建的求学路不敢奢望。

望着这对命运多舛的母子，陈志华恳切地说："小建要好好读书，我们来帮他。"妻子拉着小建母亲的手："放心吧，大姐，从今天起小建就是我们的儿子。"陈志华说的不是客气话，他知道，自己提供的帮助是有限的，但他期盼，这是一道微弱的光，能为他们点亮未来的希望。

从此，陈志华承担了小建的学杂费和生活费。小建正是长身体的时候，每个周末，陈志华都骑摩托车，把小建接到自己家改善伙食，有时候带他到饭店点两个菜，有时候爱人烧些鸡鸭鱼肉给他吃。

高考的日子眼看要到了，早就把小建当成自己孩子的陈志华，也和别的家长一样，想方设法地为他做好后勤。陈志华经常给班主任打电话，了解小建的学习状态，开导他，帮助他。最终，高考成绩出来，小建过了一本线！

陈志华建议小建报考上海海关大学，小建如愿被录取了，圆了他的大学梦。考虑到大学生涯是人生的转折点，也是生理上的成长期，陈志华包揽了小建4年的学习和生活费用。孩子成人了，也越发重感情了，第一次离"家"这么远，陈志华夫妇对小建很是挂念，和他保持书信来往，还隔三岔五地往返上海去看望他。女儿开玩笑说，老爸对他比自己的女儿还关心。陈志华教诲女儿说："没父母的孩子比有父母的孩子更需要爱！"

大学毕业后，通过公务员考试，小建被一个地级市海关录取，在海关办公室上班，有了一份正式的工作。陈志华记得，小建工作不久，他到外地参加培训，顺便到那个地级市去探望小建，和他谈谈心，正好碰到了海关的关长。关长对小建说："你父亲怎么这么年轻啊？"

资助小建完成学业，使他成为社会的有用之才，陈志华很欣慰。更欣慰的是，小建深知寒门学子困境，也和陈志华一样，资助了云南丽江宁蒗县烂泥箐乡大拉坝小学的一名贫困生，善良和爱心在小建的身上延续……

之后，陈志华还资助了如东县中的另一个贫困学生，名叫杨培培，是1987年生的女孩子，如东栟茶浒澪人。

2003年，杨培培刚考上高中，对县中的一切感到陌生，毕竟，从小学到初中她都是在乡镇读书的。这天，曹校长通过班主任喊她去办公室，把她介绍给亲切和蔼的陈志华。杨培培有礼貌地问好，她说："见到陈伯伯，感觉他眼睛炯炯有神，眼睛很大，一直微笑着。曹校长拿了一瓶牛奶给我喝，那是我第一次喝牛奶，记得很清楚，是伊利牌的软包装牛奶。"

杨培培不知道校长喊她来做什么，校长没说，陈志华先发话了："这姑娘，跟我女儿差不多大，但个子高很多。以后我也把你当女儿看，你就好好学习，不要有任何后顾之忧。"校长随后介绍了陈志华的助学初衷，杨培培很感动，眼前的陈伯伯将是她人生的一个"幸运星"。

成绩拔尖的小杨原本有一个幸福的家庭。她爸爸曾是一个身材壮实的渔民，也是家里的顶梁柱。在小杨印象中，无论风吹日晒，还是刮风下雨，爸爸总是随渔船出海打鱼，十分辛苦。平时在家的时候，爸爸很爱看书看杂志，读到《读者》的好文章就和杨培培分享。杨培培也曾跟爸爸上过渔船，海浪翻滚的颠簸，海风侵蚀的凛冽，让小杨不适，十分心悸，她不喜欢上渔船。所以，她更加心疼自己的爸爸。

也许因为长年的体力透支，加上在海上几乎吃不到新鲜水果蔬菜，午饭晚饭都是用咸菜咸鱼就饭，杨培培爸爸肠胃时常生病。有一次出海回来，杨爸爸感觉胸口疼得要命，他怕去医院花钱，就吃了些止疼药，还是不管用，只能去了医院，检查之后才知道，已经是肝癌晚期了。

杨家的"顶梁柱"倒了。爸爸病故的时候，杨培培在读初三下学期，面临中考了。她的成绩在班里名列前茅，还有一个姐姐也在念书，可家里全靠妈妈种三亩薄田支撑生计，一年只有几千块钱收入。亲朋好友劝杨妈妈："大姐啊，你一个人咋供两个女娃上学嘛？还是让她们打工吧，到了年纪就嫁出去。"杨培培妈妈虽然没什么文化，只认得几个字，但是一个不服输、不认命的劳动妇女，她对女儿们说："只要你们学习学得好，一个都不许退学，天无绝人之路，妈妈就是砸锅卖铁，也一定要供你们上学！"

妈妈瘦弱的肩膀担起了姐妹俩的生计，姐妹俩也非常懂事孝顺，在家的时候都帮着妈妈做农活，杨培培什么活都会干，但妈妈看到她们干活却总是催她们去学习。得知了杨培培的经历，陈志华十分感慨，他说："培培啊，你这个名字很好，杨培培，估计你的爸爸妈妈都十分希望把你培养成才，放心吧，伯伯会帮助你们的。伯伯当过海军，小时候也是过过苦日子的，苦难不会打垮你，只会让人变得更加坚强。你从今以后好好学习，不用担心生活上的顾虑。将来有个好前途，才能更好地孝顺妈妈。"

陈志华帮扶杨培培，离不开爱人管萍的支持。家里有一个女儿，再赞助一个孩子是一笔不小的额外支出，管萍却从未抱怨过。陈志华之前赞助周管建，管萍觉得是好事。这次帮扶杨培培，管萍二话不说就同意了。她还经常对陈志华说："你有空就把孩子带回来吃饭啊，我给她做好吃的！"在陈志华没时间的时候，管萍还代替陈志华去学校探望杨培培。

对杨培培十分牵挂的人，还有陈志华的女儿陈雁翎。小陈也是1987年生，与杨培培同龄，但高一届，同在一个学校上学。开学没多久就到中秋了，陈雁翎特意拿了一盒月饼到学校送给杨培培。虽然一个生在县城，一个生在乡下，但是两个女孩子相互了解，感情越来越好。她们暑假在同一个房间学习、睡觉，交流学习经验，相互倾诉一些小秘密，有些不方便跟陈志华说的话，杨培培都愿意说给小陈听。用杨培培自己的话来说，陈雁翎就有那种自信洒脱的个性，站出来就像一棵笔挺独立的白杨树，是她的知心姐姐和学习榜样。

不负陈志华所望，杨培培那年高考成绩627分，考上了华北电力大学。这个学校是陈志华帮他选的，也是杨培培自己的心中所愿，她说，我从小到大，接触到最有正能量的人就是陈伯伯他们这些电力人，我希望将来能做一个像陈伯伯一样，受人尊敬的电力人！相互鼓励激发了学习热情，陈雁翎也同样过了一本线，考上了警官学院，后来成了一名人民警察。

杨培培大学毕业后，陈志华为她的工作问题操碎了心。当时杨培培希望回到江苏工作，距离老家如东近一点，方便照顾妈妈，但那一年，江苏电力系统没有招人计划。陈志华打听到浙江电力要招人，他有个战友在宁波供电公司，就向战友询问招人条件，杨培培这个应届毕业生是符合的。他强调："事先说好啊，我来找你也不是走后门，我只是向你推荐人才。小杨是我一直帮扶的孩子，她的能力、努力和奋斗精神，我这么多年来都看在眼里，如果你们有岗位，请严格考核,希望能给这些贫困学子一个机会!"

杨培培经过层层考核,以优异成绩被桐庐供电公司录取,成为一名纪检干部,有了一份让妈妈安心的稳定工作。杨培培的亲姐姐也考上了师范大学,毕业后成为一名老师。没几年,杨培培收获了一份美好的爱情,在本单位与一位电力技术骨干相恋,两人珠联璧合,喜结良缘。

杨培培结婚那天,陈志华带着夫人和女儿,驱车十几个小时从如东赶到杨培培的婆家舟山参加婚礼。亲眼看着杨培培身着洁白的婚纱,简直像童话里的公主,幸福和甜蜜汇成美丽的笑容洋溢在她脸上,那一刻,陈志华真的有送自己女儿出嫁的感觉,眼泪忍不住流了下来。

杨培培与陈志华一家感情深厚,每个春节她都会带着老公和孩子到陈志华家拜访,再回自己家陪伴母亲。每次都大包小包地带礼物,管萍说来看看就行,不用破费,杨培培就特意给管萍亲手织了一条围巾。那拳拳报恩之心,都融在那一针一线中了。杨培培的母亲,终于看到了自己的女儿们有了幸福的生活,如今她经常去杭州和桐庐,帮女儿们带带孩子,晚年生活平静而幸福。相信,杨爸爸在天之灵也一定会感到安慰的吧。

杨培培并不是陈志华帮扶的终点。随着生活越过越好,他帮扶的人就更多了。2010年4月14日,青海省玉树藏族自治州玉树市突发6次地震,最高震级7.1级,造成了2698人遇难。玉树这片苦难的土地,呈现在了广大电视观众的面前。玉树位于西南青藏高原腹地的三江源头,陈志华曾到青海去旅游,牧草茂盛,野花成簇,是一个令人神往的美丽的地方。电视上的灾后玉树满目疮痍,孩子哭泣的脸和大人悲伤的泪，陈志华看了好难受。

然而，就在电视新闻里，陈志华看到了让人振奋的灾后重建情景。尤其是他看到，许多学校已经搭起了帐篷，建起了临时的教室，孩子们能够坐在教室里大声朗读，这就是希望啊！陈志华觉得，只要书声还在，地震带来的伤痕一定会慢慢平复，生机和信心将重新生根发芽。

怎么才能帮助玉树灾区的孩子呢？陈志华多方打听，一个做公益的朋友告诉他，可以通过一个慈善组织帮扶玉树地区孩子，从小学到高中，一个孩子一年300块。陈志华说那好，我先认领十个孩子吧。

玉树地区公益组织工作人员转达后，给他寄来了孩子们的亲笔信："尊敬的如东电力陈志华叔叔：您好！收到您的爱心资助，我们全家都非常激动，只能以此方式感激您的善良和爱心。感谢您在我们最需要帮助的时候施以援手，祝福您一生平安，好人有好报。我们一定不负叔叔阿姨们热情的期望，更加好好学习，努力成才，尽最大能力回报社会……"

陈志华看电视，最喜欢看孩子们认真读书的画面，书声中不仅有知识的温暖，更有对未来的向往。爸爸的所作所为，女儿陈雁翎看在眼里，10岁那一年，她拿着父母给的压岁钱，捐给发洪水的灾区。对一个小孩子来说，真是一笔巨款了！如今，已经成人的陈雁翎也帮扶了四川的两个贫困孩子，在老家如东帮扶了一个贫困学子。陈雁翎成为一个年轻的共产党员，向爸爸学着共产党员服务队的乐善好施的精神，把陈家的家风传承下来。

新任队长郭鹏为陈志华的爱心所感动，倡议如东供电共产党员服务队设立了助学基金,帮助更多的贫困学生完成学业。陈志华说:"钱财乃身外之物,有钱还要有德,捐资助学很有意义,我乐意做。"他还说:"我做的都是一些小事,真的不值得宣扬,助人为乐就是共产党员服务队的传统啊!"

第四章 永不褪色

时代在进步，电网在变革。共产党员服务队新成员接过的，不只是荣誉，更是共产党员退役军人不忘初心、一心为民的责任。他们用行动表明，当今社会尽管有敷衍与冷漠，但也有无私的真情。

1. 老兵的后代

2018年8月，如东供电公司共产党员服务队举行了一个交接仪式。首任队长缪恒生、第二任队长刘跃平、第三任队长顾海峰都到场，缪恒生高擎鲜红的共产党员服务队旗帜，交给了第四任队长郭鹏。

在前任队长见证的任职仪式上，四名队员展开并按住共产党员服务队旗帜的四角，新队长郭鹏举起右拳，面对旗帜说出了心里话："我宣誓，我自愿加入共产党员服务队。秉承共产党员服务队为人民服务的宗旨，发扬敢于奉献、冲锋在前的军人精神，我将尽我所能，服务群众。"

说起郭鹏的年龄，同事喜欢叫他"准90后"，因为郭鹏出生于1989年2月，是20世纪80年代的最后一年，和90后就差了几个月。郭鹏是如东供电公司的高学历新生代，他从南通大学自动化专业本科毕业后，又考研成为中国矿业大学电气自动化专业硕士。说起郭鹏工作的敬业和能力，三位前任队长都竖大拇指：为人忠厚，做事扎实，郭鹏这小伙子接棒我们很放心！

30岁的郭鹏出现在我的面前，他身着红马甲，敦实的身材，圆圆的脸盘，双颊有被风霜催过的高原红，眼角也有细纹了，看上去比他真实年龄老成许多。郭鹏说，在西藏高原上待过，就像老了七八岁似的，不过我们干工程的，长年在野外，怎么也不可能保养得多好嘛。

2014年，郭鹏取得硕士文凭后，应聘到了如东县供电公司运维检修部，做电压合格率专职。这项工作，郭鹏很快就得心应手了，每天检测所负责区域的电压，对不正常的大负荷用电提前预警，对不合适的线路提出整改方案，保证居民的正常用电。两年后，郭鹏被调入如东供电共产党员服务队，当时他递交了入党申请书，成为党员发展对象。

此时的郭鹏是一个技术骨干，想在技术领域闯一片天地，是他跨入电力行业的一种期许。也许是独生子女的通病，郭鹏与同龄人一样习惯于长辈的呵护，似乎将自我价值看得很重。而在共产党员服务队的氛围中，郭鹏感受到了不一样的理想境界。从老队长和老队员身上，他看到的是这样平凡的共产党员，对工作很有热情，对客户不厌其烦，无私地服务人民群众，绝非标语口号，甘于平凡却并不甘于平庸。

校园里驰骋题海的郭鹏，在共产党员服务队找到了新的定位。少时的郭鹏总想去远方，回到如东的他有过不甘心。听了共产党员服务队的故事，他重新理解了平凡。

是的，平凡有着多重解读。平凡地工作，平凡地生活，同样可以做出成绩。郭鹏遵从父母的意愿，同意相亲，爱上了一个本地姑娘。成家立业，使年轻的他像一叶小舟，远行归来，泊舟岸边。

偶尔，郭鹏与好友小聚，说起曾经的梦想，也会感慨一番。似乎那个追梦少年，已将所有的梦夹入了记忆的缝隙。

是啊，谁没有过自己的梦想？

就像郭鹏的名字，大鹏展翅，意在辽远。

世界屋脊的西藏，带着某种神往，出现在郭鹏的梦想里。冥冥之中，西藏与郭鹏似乎有了约定。在学校放假期间，郭鹏和同学都有外出的安排，除了回老家看父母，或者周边游，就是埋头看书复习功课，这也是郭鹏的成绩一直保持前列的秘诀。郭鹏规划自己的人生，去西藏并不那么紧迫，不如放在以后，反正日子还长，不如暂时保存着赴藏的愿望。

2016年10月，一个去西藏的机会来了。国家电网下达通知，国家东西帮扶工作组即将成立，要在西藏施行农电网改造工程，造福雪域高原的民众。江苏省电力公司接受了援藏帮扶任务，鼓励符合身体条件的系统内员工自愿报名参加。这次与以往不同的是，网上报名，接受遴选。

这个征集援藏帮扶技术人员的通知，对郭鹏来说，如同一份和平年代的"英雄帖"，敢于揭下这个帖子的，要有经验、有本领，还要有体力。要知道，西藏是世界上海拔最高的地方，空气稀薄，对于生长在内地的人来说，无疑是人生的巨大挑战。不是英雄是什么？

透过字里行间，郭鹏听到了来自遥远西藏的崇高事业的召唤。在西藏修建电网工程，是国家电力事业在雪山高原的延伸，更是造福边陲群众的善举。他仿佛看到了耸峙群峰、纵岭横云，雨泽碧草、白雪皑皑。西藏高原的辽阔与壮美，改造电网的迫切与艰难，最通俗地解读着为人民谋福利的共产党人的理念，他有机会置身其中，只觉得浑身的血液在燃烧。

毕竟是去西藏，不是旅游而是工作，许多员工也有过报名的想法，或因为工作需要离不开，或因为家庭或身体的原因没法成行。郭鹏思考的时间很短，没有跟家里人商量，毅然决然地报了名。他觉得，既然国家电网有号召，而他又是共产党员服务队的年轻队员，就应该响应。

填好表格，郭鹏按了键盘上的发送键，一气呵成。当他告诉朋友时，人家吓了一跳，赶紧说："小郭兄弟，你好好想想，这仓促了吧？"郭鹏不在意："刚报了名，批不批还不知道呢。"友人劝他："别忘了，回去征求你父母和家人的意见，长时间待在西藏，高原反应很危险的！"

郭鹏当然知道，由于西藏地理上的特殊性，高原反应的危险明摆着，西藏建电网的难度也明摆着，又涉及家人是否同意的因素，这也是上级电力主管部门发通知，没有硬性下派任务，而采取自愿报名方式的原因所在。想想看，要冒着危险到高原工作。哪个家长不攥着一把汗？

何况郭鹏也是独生子女。家里的独苗，父母肯定呵护有加啊。郭鹏却说："援藏这事儿对我爸来说，绝对不算啥，他可是个老兵，从枪林弹雨的战场上爬出来的，什么危险没见过，什么苦没吃过呀。"

确实，郭鹏是听着父亲的传奇长大的。郭鹏的父亲倪国旗，

1963年生，1981年11月应征入伍，成为原济南军区某部炮营汽车排的战士。后来当了班长，1985年1月加入中国共产党。不久，老山自卫还击战打响，部队抽调一批战斗骨干，22岁的他作为共产党员，报名写了参战血书，被抽调到新组建的收容连，奉命上了前线，负责运送烈士遗体。

倪国旗说："那时我们阵地在山这边，敌人在对面那座山，直线距离只有800米。战斗一打响，对方炮火把我们阵地覆盖了，震耳欲聋，战友纷纷在身边倒下，我们拼命地打，把炮弹都快打完了。每个老兵带一个新兵，我的帮扶对象叫王剑波，刚入伍不到三个月。我拍着他肩头使劲安慰他，别怕，你跟着我，我保护你。哪知道，第二天他踩上地雷，牺牲了！

"我心疼得难受，恨不得替王剑波去死！我们运输兵负责抬烈士，送弹药，送炮弹，我背着两发82迫击炮弹，有1米多高呢，还背两箱压缩饼干，有时候真的背不动了，就咬着牙，硬背上去。

"我送了一批又一批烈士到云南省西畴县烈士火葬场。在那期间，真的就看透了生与死，看透了名与利。当我们活着回国的时候，开战场总结会，我们共产党员带头，把所有立功受奖的名额，都让给了牺牲的烈士。我们这些活下来的，没有哪一个会去跟烈士争这些荣誉。拿出仅有的津贴费为烈士捐款，大家都说，我们要记着这些烈士，勇敢顽强地活下去！"

倪国旗说着，眼睛红了，眼角挂满了泪水。退役后的倪国旗回到如东，当时并没有特别的优待政策，他和许多老兵一样，又回到了普通人的生活状态。他和妻子都在乡镇一家国营缫丝厂工作，后来工厂倒闭了。有的战友劝他找政府，他不去，说想想牺牲的烈士，想想自己是共产党员，不给政府找麻烦。他弄了一辆旧车，帮人跑运输拉货，维系一家人生活。

作为一个有31年党龄的共产党员，倪国旗知道援藏项目是电力系统的大事，对郭鹏参加援藏工程举双手赞成。像所有的父母一样，倪国旗对儿子有期许。也许，有的家长在意孩子能挣大钱，有的家长希望孩子踏上仕途。而倪国旗自己甘做普通人，以共产党员的标准要求自己，儿子报名去西藏，倪国旗只有一个要求：你要努力，早日成为一名共产党员！

郭鹏对于共产党员的认知，最初来自听父亲讲的战场浴血往事，父亲和他的战友或者是共产党员，或者战后成为共产党员，当时都是与郭鹏现在年纪相仿的如东小伙子。那些牺牲在战场的战斗英雄，那些经历战火考验至今激励人生的退役前辈，给了少年郭鹏最初的灵魂震撼。从小就有的英雄情结，一直深埋在他的内心深处，一下子被一个通知唤醒了。

国家电网东西帮扶工作组成立，江苏电力援藏人员名单公布，郭鹏赫然在册。2017年2月12日，春节刚过，郭鹏就以工作组成员的身份，与江苏同事前往西藏，与西藏方面接洽。援藏电力帮扶工程，由国家电网牵头，东部发达地区一个省帮扶西藏电网改造一个项目。江苏电力负责拉萨新一轮农网改造升级工程。

出发赴藏前，如东供电公司领导和郭鹏谈话，问他，家里有什么困难？父母同意吗？女朋友同意吗？郭鹏说："我家人都支持，没什么困难，有困难也能克服。"总经理叮嘱道："小郭啊，那边是藏民聚居区，文化氛围、生活方式、传统习俗都是与我们汉族人不同的，你做工作不只是单纯地解决技术问题，头脑中还要有根弦，要和同事一起，讲方法，顾大局，要把我们江苏电力的工作方法和工作作风带过去，把乐于奉献、不怕吃苦的援藏精神带回来。"

郭鹏说："明白，我一定不给江苏电力丢人！"

党委书记语重心长："小郭，你是共产党员服务队一员，已经是入党培养对象，希望你继续努力，我们会继续考核的。"

郭鹏说："谢谢组织关心，我要接受考验。去西藏工作，是我的一个志愿，而加入党组织，是我一生的向往。"

一到拉萨机场，郭鹏踏上高原的土地，眼前不由得一亮。天高云淡，空气清冷，周边群山峻岭，顶着皑皑白雪。烈日下的紫外线照射，所有的景观都特别明亮。终于来到世界上最高的地方，他兴奋地想唱歌，耳边仿佛响起天籁般的旋律。然而，兴奋过后一阵头晕，氧气稀薄引发的高原反应，毫不客气地猝然而至，像戴上一个紧箍咒，他昏头昏脑，难受至极。

毕竟年轻力壮，稍事休息又缓过劲来。郭鹏意识到，来之前别人的忠告是有道理的，内地人到西藏要有一个适应过程，但他仍直接地感受到了高原的磅礴之美，那天空就像平铺的蓝色海洋，火热的阳光似乎能把冰川点亮，如云的牛羊撒遍草地，飞翔的雄鹰箭一般搏击在风中。这一切都是他梦中的天堂啊，可新鲜劲一过，进入实际的工作，压力似潮水般涌来。

江苏在西藏承担的电力建设任务，是拉萨新一轮农网改造升级工程，对于低海拔的江苏电力人来说，现代供电设施在高海拔的配置与运用，无疑是一个严峻的挑战。江苏电力公司好中选优，抽调了10名业务骨干，组成了一个冲锋在前的战斗团队。与其他同事的资历相比，郭鹏是其中最年轻的一位，可"一个萝卜顶一个坑"，所有的工作分工到位，他受领的工作同样也是硬骨头，当了堆龙德庆区的项目经理，还兼任工程的物资专职。

刚去西藏时逢冬季，路旁低矮的荆棘灌木掉光了叶子，山上更没有任何植被，都是一片光秃秃的硬土。刚开始郭鹏和同事每个人床头都有一个氧气罐，平时实在头晕，甚至头痛，就吸几口氧气。地无三尺平，郭鹏要跑施工现场，爬上山坡呼吸就急促起来。不到万不得已，尽量少吸氧，坚持在工地上。下雪了，天寒地冻，在白茫茫的雪地里，深一脚浅一脚……

郭鹏想到了父亲，一个退役老兵的嘱托：儿子，我们当兵的时候，上了前线就只有勇往直前，不怕牺牲，不当逃兵。这次你奉命入藏，西藏高原就是你的前线，有困难也要克服，别给你爸丢脸！

郭鹏沿着拉萨河走过，看着雪山流下来的潺潺河水，卷着冰冷而清澈的浪花。在拉萨河北岸，耸立着一座高高的碑石，这就是青藏公路和川藏公路纪念碑。读着碑文，一字一句，像石刻刀凿般铮铮作响："世界屋脊，地域辽阔，高寒缺氧，雪山阻隔。川藏、青藏两路，跨怒江攀横断，渡通天越昆仑，江河湍急，峰岳险峻。十一万藏汉军民筑路员工，含辛茹苦，餐风卧雪，齐心协力征服重重天险。挖填土石三千多万立方，造桥四百余座。五易寒暑，艰苦卓绝。三千志士英勇捐躯，一代业绩永垂青史……"

曾经为西藏筑路的老兵，那些穿着黄布军装的前辈军人，他们用铁锤、钢钎、铁锹和镐头、劈开了悬崖峭壁，用炸药炸开了盘山崎岖的危险之途，形成了最初的公路线。郭鹏不知道他们的名字，却知道他们当年的舍命拼搏，向死而生，是怎样的慷慨悲壮，又是怎样的荡气回肠！

在这座耸立着的纪念碑旁边，是车流与人流喧嚣的公路。这条用数千名解放军官兵的生命换来的高原之路，一头连着昨天，一头连着未来，让郭鹏更加懂得了父亲所说的老兵精神，就是在雪域绝地上与死神拼搏的英雄气概，他仿佛也是那些风餐露宿的筑路大军的追随者。

没有抱怨，说干就干。

郭鹏刚进入工程现场时，项目只招了一个标，电力工程队伍是全国各单位招来的。他了解到，因为邻近西藏，地理环境的制约，技术工人主要来自四川和重庆一带，需要工程经理加强督导。眼下，工程只有一个框架，所有的设想还是蓝图，人员、物资、设备都没有进场。

是原地坐等，还是先干起来？江苏供电援藏团队决定，想方设法地推进工程展开。尤其是郭鹏负责的物资专职，要保证物资供应。从领受任务之初，到一支又一支施工队伍陆续进场之后，他天天盯在物资部，找货源，打电话，联系电力设备，制订工作流程。管物资的人奇怪，公家的事，慢慢来呗，这么火急火燎？郭鹏说，这就是我的事，怎么能不急？

兵马未动，粮草先行。

无论怎样的队伍做供电工程，首先要物资到位，否则，只能是纸上谈兵。西藏的物资管理和内地不一样，没有电脑管理系统，郭鹏要自己做详尽的表格，列出一条条物资细目，哪个厂家提供，什么种类物资，数量要多少，供哪个工程使用，还要分出前后次序和轻重缓急。

在"江苏电力援藏日记"的公众号上，我读到了郭鹏当初工作的真实记录，其中一篇5月2日的日记写道：

"我们觉得自己仿佛变成了一个小老头，每天在为物资愁！之前就和各位看官介绍了，供应商所有的物资，都先送到拉萨物资中心站，然后由中心站往各县材料站分拨，没个把星期，根本不可能到手。

"每年四月都是拉萨物资量最大的时候，偏偏工程期也赶在了这个节点。按照投产计划，6月计划投产4项，9月要全部完工。可是这物资运不到，工人们只能在工地上耗着。急死我们了！

"商讨了下，绝对不能这样下去，我和惠哥、周宪齐出动，跑去物资中心站，颇有誓不罢休的气势。我说了，我们就是去看看自家'娃娃'，晓之以理动之以情，感动'地主家'，赶快给物资大军放行。

"我捧着笔记本查数据，惠哥和周宪在现场转悠着找'自家娃'，不一会就全找到了！中心站的工作人员说了，知道我们着急，每天都能看见我们，他们也看'烦'了！承诺我们会尽快发货的！

"别提多开心了，爬山都有劲了！"

2018年初，郭鹏加入了中国共产党。作为新党员，郭鹏参加了江苏援藏项目部临时党支部的组织生活。"我们在工作之余，去敬老院看望老人，从工资中取钱做好事，捐善款、捐青稞粉、捐食用油、捐牛奶，和老人们聊天拉家常。共产党员起带头作用，尽微薄之力帮助别人，我感觉非常有意义，也非常满足。"

在西藏高原，江苏海边长大的郭鹏，经常感到心脏不适。医生说，这是人到高原多数都有的症状，西藏的氧气稀薄，你为了多吸氧气，心跳每分钟130次左右，而原来一般每分钟只有60—70次。

郭鹏在千里之外，家里人总有些担心，叮嘱他小心点。郭鹏没往心里去。身为年轻的共产党员，他不讲条件，毫无怨言地忙碌着。他说："像我爸爸说的那样，西藏就是我的前线，而我喜欢挑战性的工作。"至于在西藏的生活，郭鹏和同事不约而同，有一个报喜不报忧的习惯。

郭鹏宿舍放着一纸箱方便面，从施工现场回来，随手弄一包煮熟，同事给他起了外号"泡面大王"。高原反应无处可逃，时时会袭来，泡面虽然简单快捷，味道并不好受。而他用平静的语言描述这一切，难以下咽的方便面，也因为乐观的情绪而有了味道。

按照国家电网的要求，江苏援藏供电改造项目定下了"930"目标，也就是2017年9月30日前完成。任务重，工期紧，到了最后关头，郭鹏索性直接搬到了施工项目部。一块三合板压在四只木箱上，垫一条被子，盖一条被子，郭鹏在自搭的"床"上凑合，随时解决工程难题，住了将近50天。每当高原反应与他纠缠，他都会想到牺牲在青藏公路上的老兵们……

2018年7月，完成工程审计后的郭鹏回来了。他离开西藏的那天，送他的越野车路过青藏川藏公路纪念碑，他默默地向老前辈告别。这些穿军装的英雄来自祖国各地，在雪域高原留下了艰难前行的背影，献出了年轻的生命。郭鹏在西藏听到了英雄的召唤，感受着不屈的意志。

送郭鹏去机场的汽车驶上蜿蜒山路，路边不时闪过骑行边地的驴友。郭鹏特意叫司机慢行，沿着堆龙德庆区 109 国道转了一遍。路边是他负责的工程区域，一根根电线杆像士兵一样伫立在高原，仿佛对着他行注目礼。那些电线载着所有的情义，把光明送往皑皑雪山之上。

　　正是因为郭鹏像父亲，也像青藏老兵那样，有一股子拼劲，这一点也感染着他的同事们，大家一起把不可能变成了可能。郭鹏所在的堆龙德庆区项目部是第一个上报升级竣工的。在高原艳丽的阳光下，郭鹏流泪了。"这次援藏比旅行更有意义，在西藏给国家给社会做了实事，这一辈子都值了。"

2....... 有爱同行

缘分这个东西很奇妙。冥冥之中，似乎有个人在等你，而你并不知道。哪一天，某个场面你们见面了，两个陌生人走到了一起，丘比特之箭穿透于心，即使是亲朋好友介绍的，也觉得前世有缘，千里姻缘一线牵。郭鹏跟妻子潘铨玉的相识，就颇有戏剧性，只能用缘分解读。

郭鹏硕士毕业后回到如东，结束了校园生活，一头扎进了电力知识的海洋。他是一个快乐潇洒的单身汉，对成家这事没那么上心。郭鹏父母着急，快三十了，同学中结婚早的都有孩子了，准备单到什么时候？郭鹏不以为然地说，大丈夫何患无妻啊？日子一天天过去了，看郭鹏迟迟不谈女朋友，父母着急了，他们商量着，亲自帮儿子物色人选。

这一天，郭鹏父亲和老战友通电话，就聊起了这个不省心的儿子："还不领个媳妇回来，愁啊！"老战友马上接过了话头："我闺女跟你儿子一样，大学毕业了还没男朋友，啥时候能把她嫁出去，也愁啊。"咦？两个父亲几乎同时想到，为何不让两个孩子见见面呢？

在父辈的撮合下，郭鹏答应去见面。现在年轻人不同于长辈，如果谈得来，能成恋人最好，不行的话，交个朋友也可以，没有那么多顾虑。父辈是老战友，可是他们的孩子都在外地读大学，虽然毕业后相继回到如东，也许刚进入职场忙于工作，各有各的朋友圈，并没有来往。

两个年轻人见面了。小伙子说："我叫郭鹏，1989年出生的。"姑娘说："我叫潘铨玉，1988年底出生，比你大几个月呢！"郭鹏说："潘铨玉？我初中有个男同学叫潘铨军，是我的哥们儿！别说，你们俩长得还真有点像！"潘铨玉扑哧一下笑了："那是我哥！我们俩龙凤胎……"

气氛顿时变得轻松起来。

世界真大，郭鹏和潘铨玉都考上外地的大学，一南一北，似乎两条毫不相干的平行线。世界又真小，如东是他们的出生地，又让他们在这里相识，而且，她居然是他哥们儿的龙凤胎妹妹！

对上眼了，两个年轻人感情升温很快，小潘是南财会计专业毕业的，在县开发区财政局工作，朝九晚五；小郭那时晚上加班，她也会去陪同，彼此加深了解。节假日，他们经历了所有热恋中的浪漫，夜晚携手在星空下散步，开车去远方旅行，还跑到南京和苏州看明星的演唱会，与万人一起挥舞着荧光棒，齐声合唱《爱你一万年》，让年轻的激情尽情释放！

时间就这样到了2016年，当郭鹏报名援藏的批复下来，正是他与女友感情浓烈之时。那个郭鹏曾经魂牵梦绕的西藏，此时因为有了深爱的人而变得越发遥远而孤寒。郭鹏对小潘说："可能就去三个月，你等等我吧，很快就过去了。"小潘说："三个月不见面，那也很久了吧……"

但是，小潘很快就调整了情绪："一个小伙子有事业心，是你的优点嘛。年轻时应该出去闯一闯，我等你，你放心！"

当2016年10月郭鹏参加江苏电网援藏工作组，到西藏进行工程前期调研之后，才发现他跟小潘说得太轻率了。他要负责的工程量，岂是三个月能完成的？最少一年，甚至两年也不是不可能！

潘铨玉知道后，当场泪如雨下。

这一年多的分离，又是这么远的距离，会给两个人未来的人生前景带来什么样的影响？郭鹏父母对他说："你去援藏要一年多，人家女孩子总不能在家里白白等你吧。既然双方都挺满意，不如咱们男方提议，先给你俩订婚，把结婚证领了，这样给女方一个交代，不就踏实了！"

于是，2016年11月，郭鹏和小潘订了婚，领了证，从法律上说，他们已是正式夫妻了。只是，郭鹏出发在即，筹办婚礼来不及了。因为郭鹏出发前，还有好些资料要准备，他们相约，郭鹏先去西藏报到，等那边工作有头绪了，再回来补办婚礼。订酒店、买喜糖、布置新房，这些事都得靠小潘了。筹备婚礼本来是一辈子最幸福的时光，小潘干事利索，并不怵这些杂活儿，只是一想到订婚后丈夫就要离开，小潘心里还是有些落寞。

2017年2月，郭鹏踏上了进藏的旅程。此时的他，不再是一个人，他带着对新婚妻子的爱，还有深切的牵挂。

披上洁白的婚纱，是每一个少女的梦想。郭鹏答应过，给小潘一个正式的婚礼。2017年5月，郭鹏请了10天假，回如东把婚礼办了。

每天的工作着实辛苦，西藏高原的寒冷、日照、缺氧，郭鹏都可以忍受，但每每夜深人静、繁星满天的时候，对妻子的思念就像旷野里的大风，总是一波一波地涌向脑海，让他忍不住想流泪。

2017年3月，初春的一天，郭鹏忽然接到了妻子的电话，小潘在电话另一端告诉他："你要当爸爸了！"小潘怀孕了！要有孩子了！郭鹏喜不自胜，一边焦急一边又身不由己，老婆怀孕期间，自己肯定没办法陪伴她了。他负责的工程才刚开了一个头，什么时候才能回去看看爱人呢？

郭鹏清楚地记得，那是他进藏的第35天。听到妻子怀孕了，惊喜之后，他望着挂在墙上的全国地图，西藏，江苏，他与妻子相隔万里，百般滋味涌上心头。一边嘱咐着妻子要注意身体，一边又想到手头上的工作，虽然他的纠结并没有表露出来，聪明的妻子察觉到了他的担心。

"我没问题，有两边爸爸妈妈照顾呢！"小潘还安慰郭鹏，"你安心在西藏工作就行了，不要担心我。你不是说过，你是共产党员服务队的一员，要干出成绩吗？"

妻子这份理解与包容，仿佛一颗定心丸，让郭鹏更好地在西藏贡献自己的力量。但是想到孩子的月份大了之后，小潘自己到医院去产检，看到人家孕妇都是丈夫陪着去，丈夫负责跑上跑下，而她却要一个人挺着大肚子奔走，郭鹏还是不忍心。

又过了大半年，江苏援藏的配农网改造工程进展顺利，其中，郭鹏负责的堆龙德庆项目，他克服重重困难，顽强地把项目向前推进。高高的输电塔和长长的输电线路在蓝天下延伸起来，当地的供电可靠性越来越高，私拉电表的现象越来越少，随着电网延伸越来越密，已经看到了胜利的曙光。

正当郭鹏像平常一样与妻子分享工作喜悦的时候，却发现小潘紧锁眉头，隔着屏幕似乎能看见隐藏在眼睛里的泪水。

"嘿，老婆，怎么啦？"

"我今天……差点出事，一个急刹车，方向盘撞到了肚子，我明明这么小心……明明……"小潘终于没忍住，眼泪流了出来。"我今天上午开车去产检的路上，前面的车急刹车，我也跟着急刹，肚子重重地碰到了方向盘上面……我们的孩子，会不会有事啊？我心里好怕……"

他想伸出手抱抱老婆，却被冰冷的屏幕打回了现实，无力感伴着酸涩涌上心头。关爱鞭长莫及，歉意扑面而来。

郭鹏能感受到小潘从没有过的紧张，他自己内心也是十分担忧，他忙说："你别担心，我马上回去和我们领导请假，回去陪你两天。"小潘没说什么，还沉浸在忧伤里，在视频画面那头抹眼泪。

郭鹏与小潘通完电话，就找领导当面说了家里情况，想请几天假赶回去一下。他的领导很通情达理，批了他的假。

郭鹏赶紧在网上查询机场航班信息，看看最快回家的时间。当他打电话告诉妻子的时候，小潘情绪已经平复下来了。她说："你还是好好把工程忙完了再回来吧，不要担心我，以后我会开车慢点的。"郭鹏说："我不放心，跟领导请过假了。"小潘说："领导的关心，我心领了。你回来了只能待几天，帮不了太大的忙。"郭鹏说：

"我查过航班了，飞去再飞回来，看一眼也好啊。"小潘说："来回折腾对你身体不好。而且走的时候我反而会更伤心的。"

放下电话，郭鹏感慨自己真是娶了一个好老婆。同样的年龄段，小潘比他更成熟坚强，考虑问题更全面。郭鹏这才意识到，自己只关注援藏工作的难度，而把对妻子独自怀孕在家的辛苦想得太简单了。

随后，在堆龙德庆工作的每一天，他都会抽空与妻子视频通话，分享各自生活中的开心事，排解彼此工作上的压力。

"别伤心啦，你看，我加班加点为西藏的电网出力，这叫啥？做好事，攒人品。咱们家定能平平安安、好运连连。"

不管多累，郭鹏总是笑对妻子。

他相信，笑声是可以感染的。

"哈哈，这你也能扯得上！"

小潘虽然笑了，郭鹏心里却不是滋味。

10月，孩子出生前一周，领导批准郭鹏请假回家，陪妻子待产。

在这段不足一个月的时间里，郭鹏体会到了为人父母的艰辛。尤其是到了月子里，自己一夜要醒好几次给儿子换尿不湿、喂奶。自己要去西藏了，真正辛苦的还是妻子。

说也奇怪，郭鹏在西藏，时常牵挂着如东的小家。而回到了如东，他又牵挂着西藏的工程。他算好预产期，陪伴妻子半个月，迎来了儿子的出生。西藏堆龙德庆的电网施工仍在继续，他用微信关注项目的进度，时不时地留意信息，以防因为不能及时回复而影响了工作。

"你啊，回来了还不定心！"小潘抱怨道。

"不好意思，我马上设定静音，不看手机了。"郭鹏嘴上回应着妻子，可是心里放不下，忍不住时不时看看手机。

"说不看了，你还看！"

"好了好了，我真不看了。"

小潘跟郭鹏开玩笑，望着他说："没关系，我知道你不放心，那边有事就先过去，等你把项目完成了再回来陪我吧。"

"回西藏，我会天天对着屏幕说爱你。"

孩子出生还没满月，郭鹏就告别了妻儿，又回到了遥远的西藏。临行前的晚上，郭鹏替还在坐月子的妻子和襁褓中的儿子拍了张合照，这张保存在手机相册里的照片，弥足珍贵，他怎么看也看不够。

高原之夜，郭鹏没有睡意，想到妻子和儿子就特别有劲，仿佛他们的眼睛就长在他的背上，走到哪里就跟到哪里。他把对家庭的小爱化作了对社会的大爱，投入到紧张繁忙的供电网络建设之中。

江苏电力援藏工程工作组是一个凝聚力很强的团队。党支部负责人陆斌，是常熟供电公司总工程师，他像老大哥一样，和郭鹏这些年轻同事亲密无间，帮他们排解心中的牵挂与不安。他和儿子视频聊天，会把郭鹏叫在身边，让小郭叔叔说几句。郭鹏和他儿子聊自己的学习经历，两人很聊得来，聊得很开心。

陆斌的儿子刚考上高中，正是人生的叛逆期，他妻子本来就工作忙，加上男孩子犟，她管得费劲，而他鞭长莫及，也颇为苦恼。

从陆斌身上，郭鹏看到了一个共产党员的担当，舍小家为大家，在西藏绝不是一句空洞的口号，支撑它的是太多人的辛勤付出，伴随着汗水与泪水。

由此，郭鹏体会到了陆斌的苦心。陆斌没讲什么大道理，却让郭鹏感受到，面对家庭矛盾和困难，应该有怎样的心态。

一年过去了，等西藏工程验收结束，郭鹏终于兑现了对家人的承诺，回家了。此时儿子小慕安已经11个月了，在小潘不厌其烦的指导下，已经能挥舞着小手喊"爸爸"了。

现在，郭鹏每天下班都感觉有期盼。回家掏出钥匙开门，就听到孩子在门那边喊"爸爸，爸爸"，他心里就特别温暖，特别踏实。

平时工作忙，他就周末学着做菜做饭给家人吃。

他是独子，上学时，家里油瓶倒了都不扶。现在已经会做红烧肉、清蒸鱼、可乐鸡翅等许多特色菜了。

妻子说："再这样下去，我还怎么减肥？"

郭鹏"嘿嘿"直乐。

可是，一到节假日，本来是家人团聚的日子，却是共产党员服务队最忙的时候，郭鹏必须和队员一起值班，一起抢修。

"唉，嫁给了一个不回家的人"。潘铨玉少不了有些埋怨。她的父亲也曾参军，在部队提干一直当到营长，母亲成为随军家属。所以，她母亲对于女儿的不满，一点也不同情。可是，潘铨玉觉得老妈太老土，现在的年轻人重视生活质量，不顾家当然影响感情！

郭鹏值班回家，告诉她，刘跃平老队长也到单位值班了。潘铨玉觉得奇怪，刘跃平老队长过年也不休息，他老伴没意见？碰到刘跃平爱人胥芳大嫂，她直率地当面问。胥芳笑笑说："原先老刘在部队，我就忙里忙外。老刘从当队长到现在，还是不着家，我都习惯啦。"潘铨玉说："你不委屈吗？"胥芳说："只要老刘还像个军人，我这个军嫂就得当下去。"什么是军嫂？潘铨玉豁然开朗，她告诫自己，也要有"军嫂"的担当。

3....... 担当大任

  郭鹏结束援藏工作回到如东,重新回到了供电共产党员服务队。2018年8月,在那个郭鹏终生难忘的日子,如东供电公司党委决定,经过了援藏考验的郭鹏,接替顾海峰担任共产党员服务队队长。时年29岁的郭鹏成为如东供电共产党员服务队第四任队长,也是最年轻的队长。

  郭鹏深知,前面的路还很长。前三任队长一直奋战在电力抢修一线,获得过许多荣誉,使服务队声名远扬。新任队长接过的,就是这样一面飘扬在人们心头的旗帜,他要重新学习才能重新出发。

  按郭鹏的年龄,应该是一个"少帅",要带领一支身经百战的先进团队,要说没有任何的彷徨,并不符合现实。他感到庆幸的是,前任队长仍然关心着党员服务队的进步,尤其是党员服务队第二任队长刘跃平,卸任后退居二线,留在服务队里当一个老队员,如同一枚"定海神针"。他曾经帮扶过顾海峰,对于郭鹏这个新任队长,他还是一如既往，真心地帮扶。

前任队长把一摞摞工作日记交给了郭鹏，郭鹏激动之余也有点忐忑。看似流水账的工作日记，真实记录了如东供电共产党员服务队几代人的不懈努力，也显现着他们一点一滴、日积月累的前行足迹。

郭鹏说："我要对得起这些荣誉。"

刘跃平说："再多荣誉也只能说明过去，我们支持你，希望你能面对未来，把共产党员服务队的精神传承下去。"

郭鹏说："我理解，我们这支队伍之所以有凝聚力，就是靠退伍老兵的言行举止，体现了共产党员为人民服务的宗旨。"

在援藏的日子里加入党组织的郭鹏，逐渐树立起一个坚定信念，就是把群众当亲人，为老百姓办实事。这源于共产党人不忘初心、一心为民的神圣使命，与共产党章程里阐述的初衷是相吻合的。

老兵刘跃平很欣慰。年轻的郭鹏应该了解的，不只有工作流程和技术指标，还有共产党员服务队的立身之本。

郭鹏从刘跃平的眼中看到了信任。他满怀激情地投入了工作。这样的激情来自对于共产党员服务队的理解，对于几代老队员的奉献的认可。他觉得，像参与援藏任务一样，把自己交出去，在帮助别人中得到快乐，这是共产党员服务队精神的传承，也是一种人生价值的体现。

提起如东县供电公司共产党员服务队，很多人竖起大拇指，道一声："真能吃苦！"郭鹏告诉我，在这支共产党员服务队里，吃苦是必须的，到服务队报到的时候，老队长就说，所有队员的基本素质，就是不怕苦！不过，光能吃苦还不够，老队长强调，不光要有吃苦精神，还要有科学态度、有技术高招，这也是我们共产党员服务队的老传统。

在前三任队长任内，共产党员服务队聚集着一批技术骨干，不仅精通业务，而且敢于创新，是有勇有谋的"多面手"。

2019春节，如东县城一片祥和，街头张灯结彩，人们访亲拜友，闹市区的商店热闹非凡。与之相比，供电公司95598报修平台却比以往冷清多了，县城50多个居民小区都没出现停电故障，也就没了催促的电话。抢修人员难得这么"悠闲"，这在如东供电史上实为罕见。

电少停一分钟，人花费不少功。

当天，郭鹏队长和石磊值班，刘跃平老队长也过来助阵，共产党员服务队仍然严阵以待，万一突发意外，也有抢修预案，一旦有抢修任务，队伍马上能拉得出去。维修四班班长石磊，作为共产党员服务队老队员，思路很清晰：只有配电设备平时维护到位，才能降低故障发生的频率。

无论是跑现场做检测设备，还是在办公室协调运维工作，石磊都习惯性地勤于动笔，在白纸上写写画画着与技术部门对接的要点：哪些设备需要更换，哪些薄弱点需要引起重视，哪些项目需要立项解决……

郭鹏与石磊梳理多年积累的实践经验，分析判断小区停电的原因，十有八九是因为电缆插件或是避雷器的绝缘老化而引起的。在春节前，他专门带队，深入县城50多个小区，按照设备的投运期，分3年之内、3~5年、5~8年和8年以上4个等级，对包括箱变的高压开关、避雷器和电缆插件等设备进行系统"体检",及时更换了47套电缆插件。

"在对供电问题的消除中,我们通过环网柜手牵手供电的方式,根本不需要在居民小区进行停电的传统做法……"怕大家听不懂,石磊从桌上抽出一张纸,刷刷地画起草图,佐证或解读他的观点。无论多么深奥的理论,石磊都能用通俗易懂的方式,准确地传达给他的同事。

石磊是个老员工,爬过烈日晒得滚烫的台架,钻过潮湿闷热的电缆沟,甚至坐镇指挥在寒冬里坚守整夜……他深知抢修人员很辛苦,固然需要鼓舞士气,发扬不怕苦、不怕累的战斗精神,但他更相信技术优势,常常引导班组成员思考,多做一些利于故障消除的"聪明工作"。

在郭鹏的印象中,石磊这个班长,对每一起抢修工作都把控很严。他除了让参与抢修的人员分析故障原因,详细了解现场设备状况,还当面反诘:参与后续的解决方案是不是最佳?措施有没有真正到位?类似于故障的薄弱点还有多少?……在他看来,抢修并非"一修了事",而要给予足够的重视,系统性地思考彻底解决问题的路径。他提出,细想一下,假如从客户角度出发,正在焦急地等待用电,你对抢修的容忍度又是多少呢?

减轻高负荷供电引起跳闸带来的抢修压力,石磊对身边同事讲,既然参加了共产党员服务队,就要对得起这份信任,扛得起肩上的责任:我的设备我做主,我的隐患我消除,我的设计我把关……

尽量减少设备故障停电率,石磊建议,作为使用单位的员工,要从源头把关。只要每次引进供电设备，他总要参与到货验收，仔细查看设备有无缺陷和隐患，典型设计是否与现场安装条件相符。他觉得，"挑刺"越早，隐患和其他问题暴露越早，对设备的健康运维越有利。

强化共产党员服务队的技术含量，郭鹏深知肩上的责任重大。他说："我们共产党员服务队队员，要跟上能源革命潮流，也要学会换位思考，站在如何减少停电频次和真心解决客户难题的视角考虑问题，我们的服务水准还会大幅提高，我们的品牌才会在老百姓心中真正扎下根。"

在共产党员服务队的前行方阵中，还有一个大名鼎鼎的老队员，他就是郭鹏特别佩服的"发明家"孙德斌。别看他常年坚守电力一线岗位，却能对抢修时的"疑难杂症"发力，拥有一大堆国家专利。

郭鹏刚到供电公司那会儿，虽然不乏研究生的理论功底，但仍是一个有点青涩和茫然的新员工。在新员工入职的座谈会上，单位请来了孙德斌，与大家推心置腹地交流。孙德斌结合个人经历，谈业务提升，谈科技创新，给年轻人极大的激励。

曾任运检部党总支书记的孙德斌，在服务队里是"救火队长"，哪个抢修现场需要"会诊"，孙德斌一喊就到，马上投入工作。共产党员服务队的照片栏里，有一张孙德斌的照片，观者无不为之惊讶：

画面上，在一个电力抢修现场，共产党员服务队的抢修车旁，队员们正在排查故障点。只见大家腾出一块空地，孙德斌右腿绑着厚厚的石膏，一只手架着一副拐杖，另一只手操作着一个仪器，"接地故障查找仪"，这是他的发明专利。孙德斌全神贯注，仿佛忘了周围的一切。

原来，当时地下线路老旧，判断故障在哪一段较为困难，为了迅速排除故障，让抢修人员尽快展开工作，队员给孙德斌打了电话。谁也不知道，孙德斌当时摔跤骨折在家养伤，接到电话他也没多解释，放下电话就出门，叫了出租车直奔抢修现场，争取第一时间找到故障源头。

"孙书记，不知道您带着伤啊！"

"轻伤不下火线嘛，这也是共产党员服务队的传统啊。"

孙德斌发明的"接地故障查找仪"，看上去也很普通，甚至有些粗糙。这样一台小小的仪器，有多大的神奇功能？

过去，一条线路发生接地故障，巡线人员要逐根电杆仔细查看设备，判断故障的准确位置，费时费力。2012年，孙德斌利用UPS电源装置、逆变器、灯泡和钳形电流表等装置，发明制作了第一台仪器，可利用"电流寻结法"查明接地故障点。也就是说，在地面上操作仪器，就能找到地下的故障点。一向低调的孙德武谈到这项发明，并不掩饰它的强大功能，而且特别实用："人家24小时都查不到，我到现场45分钟，准能找到故障！"

从"接地故障查找仪"的第一代装置问世，再到第二代、第三代，直到第四代装置，孙德斌整整花了6年多时间。只有在一线岗位上干过，才会像孙德斌这样，知道一线员工最需要什么。从发明到改进，孙德斌走的是前人没走过的路，难度可想而知，但他一直不放弃。设备变得越来越精致，电池寿命越来越长。如今，接地故障查找仪设备由原来一台60多斤变得能够随身携带，仪器对低压接地故障的精准判断也达到了99.5%以上……

2012年10月，"接地故障查找仪"获得国家发明专利。孙德斌特别爱捣鼓些小发明，他的微信名就是"单片机迷"。在老孙的微信里，珍藏着许多设计原理图，连集成电路板都是自己画出来的。

"去年一年我就搞了四项发明！"孙德斌透露着自豪。早在共产党员服务队里，孙德斌的"拿手好戏"就时不时给人带来惊喜。他发明的"多方向调节刀板的电动高枝锯"，作为平时抢修队员的树障清理工具，使用时能任意转换方向，锯断树木时能控制树枝的倒落点，在公司系统内得到广泛应用。孙德斌的这个"绝活"解除了树木疯长碰线的"顽症"，有助于保护电力线路，是一项烧脑的新发明。随后，这项成果获得了国家实用新型专利。

孙德斌的发明为共产党员服务队插上了翅膀。在他的影响下，整个共产党员服务队钻研业务蔚然成风，队员不仅埋头苦干，而且琢磨技术革新，在供电技术创新方面，拿出了一线员工急需的发明创新。

这一次又一次的"头脑风暴"，将抢修中的难题作为"对手"，仔细地寻找可行性的解决方案，促进了一项项应用专利的诞生：无须停电便可完成安装的"磁力固定式驱鸟器"，解决了因鸟筑巢造成线路故障的问题，引得同行纷纷前来学习，获得"江苏省技术创新奖"；针对居民区使用的户外箱柜锁容易生锈的问题，服务队员还发明了户外箱柜电磁防锈锁……

"快让用户的灯都亮起来，是我们共产党员服务队的服务理念，我们鼓励所有创新的出发点，都是为了更好地服务用户。"孙德斌坦言，这些实用技术创新成果来自一线，又应用于一线，不仅全部转化为先进的生产力，促进了公司安全生产水平的提升，而且带来了实实在在的经济价值。据不完全估算，这些技术创新项目每年能为公司节约成本30余万元。

郭鹏说："我们服务队现在外出抢修，还经常请孙德斌到现场，用他的'接地故障查找仪'查故障。一来二去，我和孙德斌书记熟悉了，他的想法和成果，对我们这一茬的队员，特别有启发。大家尊称他孙书记，他说，我是共产党员服务队的老孙，以前是，现在也是。"

随着时代的进步，电网在更新。拥有硕士学位的郭鹏，敏锐地感觉到了抢修人员对于技术创新的渴望。他着手提高共产党员服务队的科技含金量，比如，以前检修需要停电，并没有成套的做法，他负责编制变电站全停检修方案，力求安全而稳定；比如，党员服务队在城区抢修要地图做参考，以当年的手绘地图和制作表卡作为基础，他用电脑分析大数据，越来越实用……

我采访时，郭鹏正在做手机微信小程序，以便电力报修直接上网点击。他说："虽然我在电力系统有几年工作经历了，但感觉自己还像个小学生，扛起共产党员服务队的大旗，如同再次创业、再次上路啊。"

"系统有尚未处理的故障信息，请及时处理……"

2018年9月13日，语音警报响起。

当时临近中午，如东供电共产党员服务队值班室接到了这条报修信息，家住掘港镇青园村的报修人唐敏，通过"如东共产党员服务队抢修"微信应用小程序反映，家中突然断电了，申请报修处理。

百姓用电无小事。借助这款最新研发的微信小程序自带的定位功能，队长郭鹏确定了报修人的小区位置，马上派单。

不到 10 分钟，背着工具箱的三位红马甲就赶到了唐敏家。看到迅速到来的抢修人员，唐敏既意外又惊喜。

"我们知道，你家的开关已经烧坏了，你上传的故障照片很及时，我们带了同型号的新开关，立马给你换上。"

很快，红马甲在唐敏家进行开关更换，并对供电线路作了检测。抢修完成后，队员把修复的故障点拍照上传，在网上填写好处理情况，申报人签字，最终完成了工单。

刘跃平是看好新队长的。刚到而立之年的郭鹏，经验不足是弱项，但他也有强项，就是脑筋活络，创意点子多，对新事物充满热情。这个微信小程序的创新研发，就是郭鹏"灵光乍现"的结果："网络时代了，人人都在用手机，我们的服务怎么与时俱进？"

郭鹏琢磨着，以往遇到电力故障，居民都会想到拨打电话，向供电公司报修，很多时候用户并不了解抢修进展，就会心情焦虑进而重复报修。而抢修人员也不了解对方的详情，跑到现场才知道需要带什么。

凡事爱琢磨的郭鹏，开始琢磨着，抢修服务要不要与时俱进，能不能利用互联网升级换代。"现在我们点个外卖，都能实时在手机上看，快递员到了哪儿，还有几分钟到。我们的抢修能不能做到？"

"自找苦吃"是共产党员服务队的传统。冬去春来，这款微信小程序成了郭鹏时常琢磨的事儿。他希望这款微信应用小程序，能实现线上受理和信息共享等功能，不仅缩短抢修时间，也提升用户满意度。为此，他和程序设计员进行了反复沟通，冥思苦想怎么改进、优化程序，一遍遍地测试。有时他躺在床上还要想哪里可以优化，想到了赶紧记下来。

又是一个秋天，到了收获的季节。

我随郭鹏来到值班室，他指着大屏幕，模拟派单的情形。"那个时候，我们可以看到，离这个报修点最近的共产党员服务队队员，是刚完成其他任务的刘跃平老队长，我就把这一张单就近派给了他。"

大屏幕就在值班人员身旁的墙上，投影的城区地图一目了然。郭鹏解释道，根据故障点的远近，这款抢修小程序能合理配置路径，提示抢修车避开拥堵道路，选择到达抢修现场的最快路径。

接单、定位、出发、到达、抢修、复电……

一系列抢修的流程，通过微信小程序全过程实时显示，让整个流程缩短到18分钟，缓解了用户焦急等待的情绪。

麻雀虽小，五脏俱全。最终与用户见面的微信小程序，除了报修功能，还包含安全用电、故障预警、节电常识等延伸服务。

郭鹏倡议成立了共产党员创新工作室，他坦言："要做好新时代的电力服务工作，创新驱动是大势所趋。在互联网思维的启发下，我们共产党员服务队要为用户不断地奉上金点子，解决新问题。"

4........ **尽忠与尽孝**

采访如东供电共产党员服务队时，我感受着退役军人的情感世界，山高水长，清澈无边。缪恒生和刘跃平都很重情义，他们说，从军经历是一辈子的记忆，挥之不去、刻骨铭心，忘不了穿军装的生死兄弟。

郭鹏告诉我："现在条件好了，烈属也都生活无忧，这些退伍老兵为什么还要去尽孝心？时间一长，我也懂了，他们一起在野战部队当兵，一起在战火中冲锋陷阵。一起退伍回到如东，一起分配到如东供电系统，又一起成为共产党员服务队队员，一起在这面旗帜下保持着军人的承诺。他们就要用亲子一般的爱，补上这些老人失去儿子的心理缺失！"

战场上的兄弟情谊，在新时代延续着。

又是一个清明，草密叶绿，细雨霏霏。如东烈士纪念墓园，走来了余新明、陈炜、姚锋、黄建新、吴达荣、陆建荣，这六个来自如东供电共产党员服务队的中年老兵，轻轻地在老山烈士墓前献上鲜花，然后排成一行，并拢五指，以退役军人的名义，敬一个肃穆庄重的军礼。

墓碑上的照片是牺牲的战友，戴着红帽徽、红领章，年轻而俊朗的脸庞，坦然而亲切的笑容，与他们久久地对视。

陈炜含泪告白："亲爱的战友，又过了一年！"

余新明说："我们来看你们了，你们好吗？"

姚锋说："你们的爸妈，就是我们的爸妈！"

黄建新说："好兄弟，你们放心吧！"

吴达荣、陆建荣说："你们放心吧！"

身着红马甲的他们不再年轻，有的头发稀疏，有的头发白了一半。而他们望着战友的眼睛，依然是深情而温暖。他们人到中年，上有老，下有小，但不管事情再多，都没有忘记肩头的另一份责任。

前面的章节写过余新明，其他老兵和他一样，从小就有一个梦想，好男儿当兵去，穿上那身男子汉引以为荣的绿军装。虽说父母大都舍不得，那时当兵是小伙子的志向，很受同龄人的追捧。他们分到同一个野战军建制师，驻地在西子湖畔。"上有天堂，下有苏杭。"他们持枪在营房门前站岗，面对着营区外的五光十色，他们觉得，自己就是和平年代的保卫者。

"平时多流汗，战时少流血。"这是他们在军营里听到最多的一句话。军人为战争而存在，时时刻刻准备打仗，是军人的职责所在。然而，在花好月圆的杭州，战争似乎还是一个遥远的话题吧。

1984年，他们所在的一师奉命调往老山前线，全副武装，等候一道进攻的命令。临行前的誓师大会上，所有指战员的搪瓷缸都倒上了白酒。满满的辛辣的壮行酒，年轻的士兵一饮而尽，眼眶都红了。毕竟战场不是演兵场，子弹不长眼睛，他们这一去，也许能回来，也许再也回不来了。面对自己的老乡，相互拜托一下，是许多人出发前要做的事情。如东兵也不例外，用家乡话嘱咐："兄弟，如果我光荣了，麻烦你去看一看我的家人！"

十八九岁的士兵，拍着胸脯答应战友。

如今的他们重温着当年的诺言。

一段枪林弹雨的经历，使如东籍老兵对牺牲战友魂牵梦萦，一种血浓于水的情感，镌刻在记忆的深处。余新明、陈炜、姚锋、黄建新、吴达荣、陆建荣等退役军人，这些共产党员服务队的老兵，时常聚在一起商量，怎样做才能对烈士家属有所帮助，做了什么，还能做什么。

任何语言都是苍白的，关键还是要行动。老兵们有一个共识，看看哪些事情是力所能及的，可以马上就做起来？

固然，这些年的物质扶助一直没有停过，他们约定，有什么费用开支，老兵们"凑份子"，这是一份心意。随着年龄的增长，老兵们更能体会到失去儿子的痛楚，老人们需要的更多是精神支撑！

去烈士的家里看望，和烈士父母拉呱，耐心地聆听长辈们的心里话，是老兵们轮流上门的"必修课"。烈士张建华父母回忆，当初让儿子去当兵，就是觉得，部队是一个大熔炉，儿子从小没吃过什么苦，希望儿子去锻炼锻炼，将来能在社会上立足。没想到，送儿子到部队，就是送儿子上战场，孩子就这样连句告别话都没有留，就牺牲在老山前线了。

张建华父母无数次地看儿子遗影，无数次地猜测，儿子紧抿的嘴唇似乎微微张开，他要跟老爸老妈说些什么？老人非常想到儿子生前的连队去，想找找儿子的影子，想看看孩子战斗过的这个集体。

张建华父母老泪纵横，老兵们的心在颤抖。张建华牺牲时只有20岁，在父母眼中，永远是离家前的模样，是一个有些调皮但很听话的孩子。如果能到儿子生前生活的军营看看，无疑能使他们得到最大的慰藉。那里有儿子生活过的气息，有儿子牺牲前的足迹，也有儿子留下的痕迹！可是，如今连队在哪里？能联系得上吗？或者说，时隔多年，连队还记得有过张建华这个兵吗？一年又一年，张建华父母只能把这个愿望深藏起来。

其实，张建华夫妇也知道，说起来好像简单，做起来并不容易，也许就是一个难以实现的梦幻。可是，老兵们听了，就当真了，他们要帮老人实现这样一个愿望。在他们看来，这比任何物质帮助更有意义。大家多方联系，找到了老部队八连的联系方式，长途电话打过去说，怕说不清，他们又写了一封长信，附上张建华的烈士证书。很快，八连回信来了。现任连长指导员相告，此事向团首长汇报了，上下都十分重视。张建华是八连的老兵，是八连的光荣，八连就是张建华烈士的家，欢迎张建华父母回家看看！

那是一个初春的上午，老兵们租车带着张建华父母来到部队驻地。走进哨兵站岗的大门，全连官兵整齐列队欢迎。

全体立正，向烈士父母敬礼！

以前在老兵的印象中，张建华父亲十分坚强，从来不曾流露哀伤。在张建华牺牲后的这些年里，老伴流泪，他都劝慰，正常劳作、生活，乐观向上地过日子。见到这些儿子的战友，都乐呵呵地说话。

那天，连队领导陪同张建华父母，参观了连队宿舍，这是儿子曾经睡过的床铺；参观了连史馆，这是记录着儿子战斗过的集体的英雄历史。在"烈士永生"的专版和展柜前，他们停住脚步，看到一件件烈士的信件和遗物，泪水濡湿了眼眶。

迎面是张建华烈士的照片，穿着军装微笑着的俊朗的小伙子，永远是这么年轻！还有张建华参战前的决心书，落款处有蘸血的手指印！张建华父母再也忍不住苦涩的泪水，号啕大哭，泣不成声。

老兵也陪着老人流泪，不知道该怎么安慰他们。好一阵子，张建华父亲喃喃道："儿子，我们为你骄傲，为你自豪！"

如一阵惊雷，在老兵心头炸响。

抹去眼泪，张建华父母内心涌动着感情的潮水，不是苍凉，而是悲壮。连队官兵告诉他们，老人家，张建华和所有参战烈士的遗像，永远在连史馆里高挂。张建华和所有参战烈士的名字，在连队庆典活动中会点名。仿佛他们没有远去，而和我们连队的官兵们日日相伴。为了祖国和平安宁，参战烈士牺牲了年轻的生命，他们的死重于泰山。他们英勇顽强、敢打硬拼的军人本色，仍然是今天连队魂魄所在，是一代代指战员的人生榜样！

"值得，我的儿子值得！"

老兵们促成的八连之行，给张建华父母的晚年注入了新的能量。两个老人觉得，儿子还活着，活在八连的连史馆里，活在八连官兵的心坎，也活在他们今后的生活里。他们听进了老兵的劝说，不能被失去儿子的阴影笼罩，而要健康地携手走下去。

这是严冬以来最寒冷的一天，刺骨的寒风刮过地面，夹杂着细密的雨丝，直往人的衣领脖子里钻。如东供电公司大门口，早早就停好了三辆工程车，准备开始今天特殊的工作。如东供电共产党员服务队的老兵，陈炜、余新明、姚锋、陆建荣、黄建新、吴达荣等队员，带着几位青年志愿者，迎着寒风中的冷雨，驱车来到老山烈士李华父母的家中。

那几天，老兵们正在实行一项计划周密的行动，为烈士遗属重新排查线路。在以前的老小区，外围的线路还不能全部更换，只能发现什么问题，解决什么问题。陈炜了解到，李华父母家里的线路有些隐患，平时可以凑合使用，插座只要一通电就会跳闸，日光灯管有的损坏了，年迈的老人不愿给别人添麻烦，能拖就拖，让老兵的心里总是放心不下。

烈士李华父母的家，是一栋宽敞明亮的大瓦房，靠供电退役老兵和战友的努力帮助，在2011年建成。当时是村里很像样的新房子，这些年，时常有供电老兵上门服务，但电路只能小修小补，白天屋里光线充足，晚间一旦电路有故障，年迈的老人就不方便了。陈炜他们进门问候了老人，来不及过多寒暄，就进入了工作状态。大家拿出工具，分工明确，在屋里屋外检查线路，多处隐患被彻底排除了。老兵们为屋子更换了老旧的电线，安上了新开关插座，损坏的日光灯管全部换成了现代LED灯管，房间里既明亮又节能。

志愿者们看到供电老兵的忙碌身影，也个个卷起了衣袖，扫地的，擦桌子的，整理房间的……电灯重新亮起来，家里焕然一新。屋外寒风依旧呼啸，但冬日里的暖流，却暖和了所有人的心。

在亮堂堂的屋子里，两位老人脸上露出了开心的笑容。老人家里用电问题解决了，陈炜的心事了却了一大半。紧接着，老兵们又从车上，拿出了带去的蛋糕、色拉油和一套床上用品。原来前天是李华烈士母亲八十岁生日，今天他们就借着这个机会一起给老人补过个生日。

"祝你生日快乐，祝你生日快乐……"这些不是儿子却胜似儿子的老兵们，连同年轻的志愿者，拍着巴掌唱响祝福的歌声。

随后，陈炜和老兵战友又继续他们的行程，一家一家拜访，探望这些日益衰老的父母。看到眼前像儿子一般大的老兵，老人家们如同看到自己的儿子，热泪怎么也止不住。此时什么语言都是多余的，陈炜他们倾听烈士父母的思念之苦，陪着老人一起流泪，含着泪也含着深情，告诉烈士父母，我们是你们儿子的兄弟，替他来照顾你们晚年！

这些话由年轻时的承诺，化为老兵们的肺腑之言，说了一遍又一遍。他们并不是一时的冲动，而是无悔的抉择。这些老兵换位思考，真心实意地把烈士父母当自己父母，哪位烈士父母生病了，他们请医拿药，送到床头；烈士父母住房要修缮，他们出钱出力；烈士父母生活遇到困难，他们主动帮忙解决；每逢过年过节，他们让老人也能享受团圆的欢乐。

老兵们说，崇尚英雄是现代社会的良知。我们代替牺牲的战友，把一份温馨送到烈士亲人家中，让老人悲苦的心感受到亲情的温暖。时间久了，这些烈士父母也把我们当成了自己的亲生儿子。

让18位烈士父母都有"儿子"，都有心灵的抚慰，需要老兵们付出很多的精力与时间。他们所在的如东供电共产党员服务队，是一个热心帮扶群众的得力团队。问老兵们为什么能坚持一年又一年，为什么能不知疲倦做下去，他们会说起共产党员的榜样，那些牺牲在老山前线的共产党员，是他们用青春和生命，诠释了共产党员的先人后己、无私奉献的精神风范。

老兵们十分忙碌，繁重的工作之余，没有闲暇娱乐。过年过节，几个老兵会和同事商量换班，缪恒生、刘跃平和顾海峰都知道，他们顾不上家人，是去帮助烈士家属了，总是给他们腾时间。有时服务队人手不够，队长就自己顶班。郭鹏接手第四任队长，也继承着这份理解与支持。老兵们说："共产党员服务队在我们身后，为烈士父母做好事更有底气了。"

正是与烈士家属的接触，这些老兵的情感也得到了宣泄与洗涤，他们的行为不仅仅是单纯的付出，在人生意义的层面上，也有了丰厚的收获。烈士的音容笑貌都在眼前，这是跟我们一样大的兄弟啊！仿佛他们就在我们身边，看着我们工作、学习与成长，我们也是替他们活着，我们怎么敢懈怠，怎么敢不努力？

老兵们退伍回如东那年20多岁，现在年过半百了，鬓角多了白发，身材逐渐发福，成了中年大叔。每当看到烈士生前的照片，仍然年轻、仍然帅气，仿佛跟自己不是同一时代的人。但他们的父母并没有与烈士一样生命定格，他们的年纪越来越大，身体越来越差，越来越需要陪伴和亲情。老兵们希望他们不被遗忘，愿意用火热滚烫的心，照顾好烈士的父母，就是陪伴长眠于冰冷土地之下的战友，让世人永远记住为祖国安宁献出年轻生命的烈士。

郭鹏鼓励老兵说："你们做的这些好事，就是我们共产党员服务队成员应该做的，你们做得对！"老兵们知道，共产党员服务队受到社会关注，接单抢修的频率很高，每个成员都在满负荷工作，而四任队长的理解与支持，使这些老兵的"私事"，变成了服务队的"公事"。

庚子新年正逢疫情横行，余新明、陈炜等老兵犯了难。以前逢年过节，尤其是春节长假，他们都要分工，到每个烈士家拜年。前任老队长知道后，也参与了对烈士家属的照顾。有什么事儿，老兵们跟时任队长说。约定俗成，不是老兵的约定，而是服务队的共同承诺。

可是，走家串户有感染风险，不去看望总不踏实。老兵们挨个打电话，问问老人身体好不好，家里有没有口罩。当如东出现确诊患者后，老兵们坐不住了，又打电话询问。余新明了解到，烈士卢德荣母亲宋秀兰住在乡镇，子女不在身边，买不到口罩、消毒水。郭鹏和刘跃平也牵挂烈士家属，听余新明说，宋妈妈不住城里，子女不在身边，特别容易被感染。

郭鹏、刘跃平、余新明、黄建新相约，带着准备好的口罩和洗手液，在做好自身防护的前提下，上门给老人们提个醒。这天风和日丽，他们驱车来到宋秀兰老妈妈家中。宋妈妈正坐在院子里晒太阳，他们为老人戴好口罩，叮嘱老人在疫情期间少出门，千万做好个人的防护。

"都说外面容易传染，你们何必跑一趟呢！"看着这些"儿子"，当年的小伙子也已经两鬓微白，宋妈妈心疼地责备道。

"我们来看看您，不然不放心！"

"给您捎点口罩和洗手液。"

"出门戴口罩，平时勤洗手！"

"您老千万要保重啊。"

亲切的问候，割不断的亲情。他们给宋妈妈检测了线路，更换了一个不亮的灯泡。临走时，老兵们嘱咐："宋妈妈，这些天外面不安全，您千万别出门，有什么要买的、要用的，就打电话给我们。"

"好，好，你们放心！"

有"儿子"真好，宋妈妈笑了。

在每个老兵的手机微信上面，都有一个"老山前线战友群"，他们互通信息，商量帮扶烈士亲属的"家务事"。春秋冬夏，苦乐年华，在如东供电共产党员服务队的旗帜下，老兵们用一腔热忱，实践着他们呵护烈士父母的誓言：这个"儿子"我们要一直当下去，无怨无悔。

"你们为国家尽忠，我们替你们尽孝！"

第五章 春风化雨

如有战,召必回。在祖国与人民需要的时候,义无反顾地站出来,永不退缩,绝不放弃。他们用共产党员退役军人的善良与坚韧,诠释了"中国好人"的深邃意义,铸就了军魂辉映的钢铁意志。

1........ **不曾离队**

在首任队长缪恒生看来，供电抢修是一个幕后工作，不用抛头露面，担当这个党员服务队的队长，对于不善于言辞、只愿埋头苦干的他，应该很对他的脾性。然而，当这支服务队名声大了，荣誉接踵而来，缪恒生毫无准备，却因为集体的荣誉，他不得不从幕后走到了台前。

2008年2月，中华全国总工会中国质量协会授予如东供电共产党员服务队"全国用户满意服务明星班组"称号。要补充的是，那次接到通知去北京领奖，是缪恒生第一次去北京，也是他退役回如东后第一次出远门。

天安门、长安街、故宫、八达岭，这些只见过照片的著名地标，谁不想走一走看一看？可是，缪恒生来去匆匆，根本无暇顾及。第一天一大早就从如东坐车到南通机场，这也是他第一次乘飞机，到了北京。第二天上台领了奖，当天晚上就坐上了返回如东的火车。

往返两天，没有腾出游览的时间。

缪恒生却很满足。颁奖大会地点在北京人民大会堂，坐汽车可以经过天安门广场，他亲眼见到这座气势雄伟的城楼。

走进人民大会堂，在讨论国家大事的庄严会场，缪恒生有些发怵。他对同行的卓如斌说，要不，你代表我们上台吧？卓如斌时任营销部党支部书记，他忙给缪恒生打气：你是队长，你上！

缪恒生走上了人民大会堂领奖台。

我问："为什么不在北京玩两天？"

老缪憨憨地说："不行，牵挂着单位的事呢。"

缪恒生还记得，2008年4月29日，如东县委、县政府举办"和谐的旋律"颁奖晚会。在那个县领导及全县各行各业代表共聚一堂的隆重时刻，如东供电共产党员服务队成了主角。

"用真情点亮万家灯火，这是广大老百姓对共产党员服务队的最高褒奖！不管是烈日下，还是在寒风中，哪里有线路故障，哪里的群众有用电困难，他们就出现在哪里！他们把艰苦留给自己，把欢乐送到千家万户，没有别的理由，不讲任何条件，只因为他们是共产党员！"

当时缪恒生身着红马甲，抬起手臂，敬了一个标准的军礼。作为退役老兵，缪恒生那一瞬间仍像在军人的行列中，腰杆挺得直直的。他觉得，老部队在看着他，这份荣誉也是他在向老部队的汇报！

2008年12月，缪恒生已到班组长的任职年限，不再担任共产党员服务队队长，但未到退休年龄，改任队员。他愉快地服从组织安排，继续在服务队工作。第二任队长刘跃平对他很尊重，而他也很乐意成为刘跃平的"高参",还要求不搞特殊,与别的队员一样排班出勤。

2008年大年三十,在南通市区安家的儿子邀请父母到他们那里过春节,顺便看望刚出生的孙子,公司领导也安排了老缪休假。可他实在丢不下服务队,硬是说服儿子媳妇带着孙子回来过年,而他自己,又到共产党员服务队值班室,安排年轻同事回家,和新队长刘跃平一起值班。

2012年底,顾海峰接任第三任队长。缪恒生还有两年就要正式退休了。好多老同事劝他,多年辛苦,像一根弦一样紧绷着,好不容易退居二线,也不闲着,现在老刘都退居二线了,年轻人当队长,可以彻底放松了。可是,缪恒生仍然像以往那样天天报到,没请一天假,保持着旺盛的工作状态。可以不当队长,还是要当共产党员服务队最得力的一员。而一旦外出执行抢修任务,他就是一个用户最信得过的抢修骨干。

一晃6年过去,2014年,缪恒生年满60岁,真的要退休了。也就是说,缪恒生办理手续,成为一名退休职工,不必每天到单位上班了。而在他看来,自己是共产党员服务队成员,还要发挥余热。

退休离岗的前一天清晨,队员们以为缪恒生不用起这么早,赶到单位上班了,可是,当大家集合的时候,看到缪恒生还像平常那样,穿上红马甲,列队站在服务队的旗帜下,开始了新一天的交接班……

"老缪,您办了退休手续,在家享享清福吧。"

"谢谢啦,我要对得起这身红马甲,既然选择了共产党员服务队,就选择了做事有始有终。"缪恒生习惯性地拿起了单位抢修日记，签上了名，然后和其他同事一起，整理准备出发的抢修工具。

很快，桌上电话铃声响了，缪恒生迅速提起电话听筒，像平常一样，详细地记录客户的故障位置、联系电话和故障情况。

"偏西巷一户居民家中突然断电！"

"老缪，您在家，我们去吧。"

"你们不是说，我是共产党员服务队里的'活地图'吗？那条巷子我比较熟悉，我应该站好最后一班岗！"

缪恒生向队里提出参与抢修的请求。他和其他队员一起，背起工具包，登上抢修车，向着抢修目的地进发。

刚到那户居民家，老缪就和户主老王打招呼，原来他们是老相识了。老王欣慰地说，老缪，你们来了，我就放心了。缪恒生发现其家中配电箱内的漏电保护器跳掉了，凭借多年的带队抢修经验，老缪马上就判断出室内有线路发生了漏电故障。

可是，漏电点在哪里呢？正当其他队员仔细对室内的线路逐一排查时，眼尖的缪恒生却看到，用户家其中一间房屋的墙壁角上有雨水的渗痕，顺着渗痕，老缪指给其他队员看，恰恰有一根线正紧贴着那里。他们凑上前一看，乖乖！这根老线的绝缘皮渗破了，要不漏电才怪呢。

按规定，居民家的内部线路不属于供电抢修范围。"我们共产党员服务队做的就是延伸服务，让光明照进老百姓的心中。"

缪恒生决定，帮这户居民家重新更换室内线路。

"老缪，这次真难为你了！"

"没事，老王，明天我就要退休了，不过，要是再有用电问题，还找我，找咱们党员服务队，我们为你们安全用电负责到底！"

缪恒生说着，感觉眼睛有点湿润了。

抢修干了大半辈子，怎么可能说放手就放手呢，对这里的每一条小巷、每一栋居民楼，老缪都怀着深深的眷恋之情。

就这样，当天缪恒生一连接了好几个居民打来的报修电话。刘跃平队长看他满头大汗，劝他在值班室歇着，让别的队员去。老缪说："我对这份工作有感情，今天就想多跑几家，苦些累些也痛快啊。"

从抢修现场回到班组，已是晚上8点多钟了。

"老缪，您又奔波了一天，太辛苦了！"

此刻，队员们给缪恒生送上了暖心的话，大家都知道，明天老缪就要离开工作岗位了，而他一直忙到这么晚，本身就给队员做出了榜样。老缪说没事，他环顾四周，眼前熟悉的一切，让他百感交集。

大约晚上9点，刚准备回家的缪恒生，又听到值班电话的铃声响起，掘港古池小区一户居民打来报修电话，说是接户线断了。老缪顿时精神抖擞，再次背上心爱的抢修包，和其他队员一起出发了。

繁星满天的夜晚，老缪忙到半夜……

13年军营生活的历练，在老缪身上打下深深的烙印。同样，13年共产党员服务队的生涯，使老缪仍像一名冲锋陷阵的战士，用打仗的标准执行好每一项任务。尽管电力抢修是个辛苦的活儿，但能用自己的真情点亮万家灯火，他觉得这辈子很幸福。

红马甲就如同老兵缪恒生的军装，缪恒生脱下、穿上、又脱下，最后，将它小心翼翼地折叠好，压在箱底。然而，虽然不穿红马甲了，红马甲代表的这份责任，老缪放在心里，从来也不曾忘记。

2013年11月缪恒生正式退休，至今已经七年了，他仍然是共产党员服务队的一个成员，欣然担任名誉队长。老缪懂电工技术，随便找家企业都能挣钱，可他继续发挥一技之长，为群众义务抢修。

随叫随到，是共产党员服务队的承诺，缪恒生从工作岗位上退下来，有些老客户仍然会找他，老缪啊，我家的灯又不亮了，能不能帮忙修修啊？缪恒生马上一口答应，骑着自行车就上门了，弄得老客户们都不好意思："这个老缪了不起，退休这么多年了，还是随叫随到！"

2019年3月10日，天刚蒙蒙亮，如东县苴镇街道蔡桥村25组的秦秀兰老人起床煮早饭，拉电灯开关，还是漆黑一片，发现家里停电了，到窗前一看，周围邻居家亮着灯，恐怕自家的线路出问题了。情急之下，她想不起报修电话号码了，只是想到退休的缪恒生，头一天还见过，告诉她有事可以找他，她的手机里存有缪恒生的电话号码，就赶紧拨了过去。

"老缪啊，我家没电啦！"

缪恒生再问，她也说不清。

老缪说："好吧，我马上来。"

放下电话，秦秀兰老人看到，窗外飘起了细雨，心里有些嘀咕。缪恒生又不在工作岗位上了，给他添麻烦，他会不会真的来呢？可是，老人想多了，缪恒生说话算话，冒雨带着工具，上门来了。

缪恒生告诉秦秀兰老人："放心，我会帮你修好的。"他检查发现，是雨水淋在进户线上，引起铜氧化，导致烧坏保险造成跳闸。三下五除二，当场排除了故障，家里的灯亮起来，煤气灶也点上了火。

秦秀兰老人连声道谢，缪恒生笑着说，不用谢，你还当我是共产党员服务队的，有什么问题，一个电话，随叫随到。

脱下红马甲的缪恒生，保持着工作时的劲头，诠释着共产党员服务队的精神品质。曾有人对他说，老缪，你干到今天得到了什么？最多不就多听几个表扬、多拿几个奖状？确实，可以算一笔账，自20世纪80年代他进供电公司至今，如果换一个实惠些的岗位，每年工资、奖金，至少多出上万元。他笑着摇头："钱买不到这份开心，够吃够用就行。党和人民培育了我，作为感恩，我要积极工作、多奉献，而奉献是不求什么物质回报的。"

老兵的奉献，感动着周边的群众。2019年7月，缪恒生入选江苏省道德模范候选人名单，荣获江苏省道德模范提名奖。在江苏大剧院的舞台上，65岁的缪恒生身披金色绶带，眼里闪着激动的泪光。此时，他没有穿红马甲，但红马甲的光亮，照亮着一个老兵晚年的人生。

2....... 岗位如战位

在如东供电共产党员服务队采访，与第二任队长刘跃平的接触中，我看到了一个老兵的坦荡与执着。当他毫无怨言地退居二线后，仍然留在共产党员服务队里，尽一个老队员的职责，他心里头委屈吗？

刘跃平显得很平静，他告诉我："我曾是一个军人，组织纪律性是军人的必修课，在哪个战位就干哪份工作。就像一个连队一样，共产党员服务队这个团队，也是一个整体，当兵的本来最讲资历，但是，就算资历浅当了领导，你如果是下级，就应该服从他的命令，不可以讨价还价。再说，共产党员服务队旗帜一代一代往下传，老队长就要当好二传手。"

带头执行制度，带头完成任务。刘跃平以满腔热忱，辅助了第三任队长顾海峰。当顾海峰另有任用，郭鹏担当了第四任队长，刘跃平比郭鹏大了一个辈分，他还像对待顾海峰一样，尽全力支持新队长，把共产党员服务队的事当作自己的事。郭鹏在单位，刘跃平就当好助手；郭鹏外出，委托刘跃平负责，他就承担起来，而且与郭鹏通气，非常尊重这个年轻的队长。

习惯成自然。无论是当队长，还是当队员，共产党员服务队的理念，早已融入刘跃平的生命。遇到事情的时候，他想的不是该管不该管，而是一个共产党员该做什么，怎么把温暖送给最需要的人。

2018年9月2日，一个秋日下午。如东丰利镇凹桥村一户农家的房子里突然冒出浓烟，一阵风刮起一片大火。当时这家人都不在屋里，有的外出看病，有的在田间劳作，直到隔壁邻居看到火苗乱窜，众人大声呼救并报警。最后，火势覆盖了整个院子，灭火过后的两层楼房只剩下了断壁残垣。

这个受灾农户的男主人名叫於晓兵，是如东供电公司聘用的线路维修工。他家遭遇严重火灾，当时上了如东县电视台的热点社会新闻。於晓兵接到家人的电话，匆匆赶回家时，灾后现场惨不忍睹。

"我的家没了，这可怎么办啊？"

於晓兵在如东供电公司工作多年，虽然由于文化程度有限，没能转正，但他多次与共产党员服务队配合过，刘跃平老队长和老队员、运检部配电三班班长戴军都熟悉他，知道他不仅勤奋好学，而且工作踏实、做事非常敬业。他们了解到，於晓兵刚借钱盖了两层楼房，这次火灾的直接损失达30余万元，家中有年迈多病的老人，还有身患恶性疾病的妻子，灾后几乎一贫如洗，使本来就困难的家庭雪上加霜，他的痛苦可想而知。

当天晚上，刘跃平和戴军商量，赶紧帮於晓兵一把。他们用微信转账给於晓兵捐款，让他应应急。想到靠一两个人力量有限，他们决定在群里发动爱心倡议，让服务队集体帮助这个受灾家庭渡过难关。

次日一大早，刘跃平和戴军联名，在如东县供电共产党员服务队的微信工作群公布於晓兵家遭受火灾的消息，发出了一则倡议书："人人献出一份爱心，助力同行重建家园。"爱在涌动，情在蔓延，从在单位的队员，到在南京培训的郭鹏队长，大家纷纷响应，一笔笔爱心捐款发进了微信工作群。不到两个小时，共产党员服务队捐款数额就达2万余元。

随后，刘跃平和戴军的捐款倡议书被多次转发，现任队长郭鹏鼎力相助，爱心从共产党员服务队扩散到了整个如东供电公司，捐款纷纷汇聚。很多人带来崭新的衣物、生活用品，托请党员服务队带给於晓兵一家，希望为这个受灾家庭尽一己之力。看到众人慷慨捐助的热情，初发倡议的刘跃平很感动："咱们党员服务队就是团结，咱们公司暖人心呢！"

截至9月5日上午，连同共产党员服务队全体队员在内，如东供电公司有463人进行了爱心捐款，总金额达110800元。当刘跃平和戴军作为代表，将这笔带着大家爱心的捐款送到於晓兵手中时，这个做事干练、遇事坚强的汉子，满眼涌出泪水，激动得一句话也说不出来。

2018年9月11日，一面"大火无情，人间有爱"的锦旗，送到了如东县供电公司共产党员服务队值班室。於晓兵握着刘跃平和戴军等老队员的手，哽咽着泪眼迷离。家里遇上这么大的火灾，是没想到的，更没想到，共产党员服务队不是亲人，却胜似亲人，他感慨万千！

於晓兵告诉我："刘跃平老队长到我家探望，正是全家人情绪最低潮的时候。老人和妻子都患病，看到受灾这么重，一直在哭。我也发傻，不知道怎么办。刘跃平送来了爱心捐款，还安慰我和我的家人，有什么困难大家都会帮你们，房子烧了还可以盖，你们自己也要有信心！"

於晓兵只是一个外协员工，并不是如东供电公司的正式员工，刘跃平他们并不见外，在危难之时送来及时雨，让他心潮澎湃：什么样的人是共产党员？共产党员服务队为什么温暖人心？

白发苍苍的顾明老人，时常和刘跃平通电话，他们不是父子，却如同父子，是一对情谊深厚的"忘年之交"。

原来，刘跃平在一次抢修中得知，顾明是一位战争年代出生入死的老革命，子女不在身边，有时候线路出点事，一拖再拖，不到万不得已，不会打电话求助。刘跃平就像对待自己的亲人那样，时常打电话问："顾老，你家里的电灯亮吗？家里电器的使用还正常吗？"一有问题，就上门帮助解决。

顾明说："我在抗日战争期间，与日本鬼子拼过几次刺刀，落下一身残疾，腿脚行走不便，只好住在这个大院的一楼，厨房是间平房，老婆子拉了几根接线板，用上了电饭锅、热水器、电风扇，但也经常短路。我挂个电话，老刘就骑着自行车马上赶来，帮我查故障，换电线。"

让顾明感动的是，刘跃平不当队长了，还是像以前那样，打个电话，就急着赶来。顾明过意不去，说不要急嘛，老刘说不急不行，家里不能没电啊！十多年间没断过，他们从陌生人变成了老朋友。

刘跃平说："顾老不愿意麻烦别人，一个电灯不亮了，可能几个月都不找人修。我告诉他，顾老，你家里有短路了，就像人生了病，要找医生检查，看看病在什么地方，不能拖的，要出危险的。"

顾明过意不去。刘跃平也不是小伙子了，以前骑自行车，后来骑电瓶车，顶着烈日来过，冒着风雨来过。知道刘跃平事情多，看他忙完了就走，顾明也不多留，只记得刘跃平说："顾老，有事来电话！"

顾明是一个老共产党员，曾经对社会上一些不良风气看不惯，可是，一提起如东供电共产党员服务队，他就竖大拇指，逢人便夸，这些当过兵的人真是好样的，这些共产党员是当代"活雷锋"。

一个洒满阳光的日子，老队长刘跃平陪同新队长郭鹏，到共产党员服务队帮扶对象蔡红辉家里探望，我正好和他们一同前往。在银河湾小区高层楼中的一个朝南单元里，我见到了坐在轮椅上的蔡红辉，黑发披肩，眉目含笑，爽朗地和来人打招呼。

郭鹏和刘跃平询问蔡红辉近况，不时给我介绍。我知道，蔡红辉高位截瘫，丈夫又病逝，儿子上大学遇到难题，是刘跃平帮助他们一家走出了困境。现在的蔡红辉眉目舒展，看上去挺自信。

原来，在共产党员服务队的热情鼓励下，一度颓丧的蔡红辉也渐渐振作起来。她不再悲观失望，又组建了幸福的小家庭，现任老公是QQ聊天认识的。她虽然身体残疾，但在共产党员服务队的开导下，变得乐观向上，彼此有了好感，越聊越投缘，最终走入了婚姻殿堂。她最疼爱的儿子陈少华大学毕业，已在南京工作，非常支持妈妈寻找幸福。

蔡红辉再婚后，和现任丈夫感情稳定，他们买了一套新房，家里窗明几净。她的个性要强，坐在轮椅上可以烧菜烧饭。刘跃平经常打电话询问情况。丈夫外出工作时，共产党员服务队会帮她买米买油送上门。她不愿吃闲饭，还自己上网学中医，在网上开了一个中药微店，日子越过越好。

说起共产党员服务队这些年的帮助，蔡红辉有无尽的感激。她说，最大的感激，不只是一个又一个具体的帮助，而是帮我树立了生活的信心，从根本上改变了我和我儿子的命运。刘跃平老队长他们这么忙，还帮了我这么多，后来交给顾队长，现在又交给年轻的郭队长。共产党员服务队是我的福星，我有幸遇到好人了，就像灰暗的心里照进了灿烂的阳光啊。

蔡红辉说话的时候，脸上带着微笑，这是不加掩饰的真诚的笑容。我理解，郭鹏从前任老队长那里接过的，是这样一种承诺。共产党员服务队帮扶过蔡红辉，还要继续帮下去。而带给她的，绝不只是物质关怀，更多的是精神支撑，使她相信，人世间虽然有困难，但也有真情。

我看着眼前的蔡红辉，她和刘跃平、郭鹏谈笑风生，打开手机上微店的页面，讲述她的经营经历。此时的蔡红辉让人很难想象她原先病恹恹的样子和曾经有过的绝望。对于蔡红辉来说，刘跃平的出手相助是她人生的转折点。我想，蔡红辉的高位截瘫，是一个医学无法攻克的难题。但是，刘跃平用了另一种"药"，他用共产党员服务队最真诚的心，让她"站"立了起来。

采访蔡红辉之后，我想采访她的儿子陈少华。回到南京约了见面地点，时间是一个周末，地点是闹市区一家星巴克咖啡厅。按照约定时间，我到这家咖啡厅里找到空位，因为他要转车，以为不会准时到。一会儿，电话打来了，原来他早早地就等在了咖啡厅门口，真守时啊。这个凭借努力拼搏出来的小伙子，留着短平头，戴着黑边眼镜，穿着灰色休闲的运动衣和运动鞋，有一种腼腆而斯文的帅气，看起来与省城的大学生别无二致。

陈少华告诉我，刚到大学时很不适应，尤其是第一次离开妈妈，和陌生同学过集体生活。这么多年他照顾妈妈，表面上他是妈妈生活的帮手，实际上，他在情感上又很依赖妈妈。他很少与其他同学独处，经济的困顿曾使他暗生自卑。他不想给妈妈添烦恼，就给刘跃平打电话。

刘叔叔，你当兵时想家吗？住集体宿舍习惯吗？我从小到大没离开我妈，说出来不好意思，现在睡觉都不踏实。

刘跃平对他像对自己的孩子一样坦诚。我离家时比你更年轻，当兵前没住过校，当了兵住大宿舍，一个排几十个人住，上下高低铺，打呼噜的，磨牙的，说梦话的，还有臭袜子的味道。朝夕相处，有事一块干，我发现，每个人都有优点，你帮人家，人家也会帮你，后来成了一辈子的兄弟。

刘叔叔，我太内向了，能改变这样的个性吗？

少华，愿意改变，就是改变的开始。怕是没用的，有用的是行动。你肯定能适应的，建议你多参加些集体活动。

刘叔叔，我想报名参加学生社团。

好啊，少华，要学会和不同的人打交道。

在人生成长中的关口，陈少华一吐为快，心头敞亮许多。刘跃平年轻时独自离家，融入一个穿军装的集体，能体会陈少华内心的孤独。60后叔叔刘跃平和90后小字辈陈少华成了无话不谈的忘年之交。

陈少华没有辜负刘跃平的希望。他凭借自己的优异成绩，入选了学校的优才实验班。在学校里报名参加了学生社团，鼓足勇气走上台，大声地说出自己的想法。当陈少华遇到学习瓶颈和人际烦恼时，他会向刘跃平讨教。刘跃平以过来人的视角给他以启示。大一到大四，在内心深处，陈少华不仅把刘跃平当成了一位恩人，更把他当成了一个可以倾吐心事的亲人。

陈少华心地阳光了，越发自信了。他从南理工大电气自动化专业毕业，在考虑就业出路时，刘跃平很上心，留意本公司招聘信息，以便他能找到一份稳定的工作。陈少华婉拒了，应聘了南京一家电气自动化公司，很快被录用。这是一个年轻人创业的团队，给了他独当一面的平台。他想靠自己的能力工作，让母亲过上好日子，回报刘跃平叔叔的厚爱。

90后的陈少华属于新生代，崇尚自我而不愿多管闲事，对刘跃平和共产党员服务队，他曾将信将疑，有这么愿意管闲事的好人吗？刘跃平用点点滴滴的温暖，拯救了蔡红辉一家，赢得了陈少华的信任。陈少华说，从前任刘队长到现任郭队长，改变的不只是我家人，也改变了我的人生观。我会带着他们的无私的爱，走上社会，对待他人，永远心怀善意。

刘跃平一如既往地忙碌在一线。

采访时我了解到，老朋友都劝刘跃平别忙了。他的一双儿女有出息，不但不啃老，还给刘跃平夫妇策划了丰富的晚年生活。女儿在南京买了房子，越换越大，要老爸老妈到省城安度晚年。儿子舀到第一桶金后，创业的勇气更足了，拥有了几家互联网公司，赚取的财富也一涨再涨。儿子给老爸老妈买了机票，带他们出国旅游，还给他们在希腊买了海景别墅，动员他们长住。刘跃平并不动心，他珍惜共产党员服务队的荣誉，放不下自己的工作。

2019年7月，刘跃平当选如东县"最美退役军人"并当选南通市"最美退役军人"。在南通市纪念中国人民解放军建军92周年"八一"双拥晚会上，背景屏幕的主题词是"沐浴荣光再出发"。

刘跃平发表获奖感言："我以老兵的名义承诺：初心不忘，兵心不改，用真情点亮万家灯火，用奉献为党旗增辉！"

3........ **爱心的接力**

  2019 年，我采访共产党员服务队第三任队长顾海峰时，他到新单位上任一年多了，但他说起在城区抢修班组的那些日日夜夜，仍然恋恋不舍，因为当过兵的两任老队长，无私无悔地奉献，毫不保留地支持，把特有的军人气质传给了顾海峰。

  2018 年 8 月 8 日，一纸调令，顾海峰离开了共产党员服务队。当时正是盛夏，天气变幻不定，雷电、暴雨与狂风时有发生。那天傍晚，一家人正在吃饭，窗外突然电闪雷鸣，大雨滂沱。顾海峰心里惴惴不安，放下还没吃完的饭碗，抓起桌上的手机，拿起车钥匙就往外奔。

  妻子急了："海峰，你干什么去？"

  顾海峰说："我得马上赶去单位啊。"

  妻子说："你还不老，就糊涂啦，你现在已经不在党员服务队了，有你什么事吗？就不能安安心心地吃顿饭吗？"

顾海峰一愣。

他边穿鞋子边说:"来不及了,我得去看看。"

妻子赶紧找件雨衣给他披上。

他带着歉意说:"你知道的,天不好,故障多啊。"

声音还在楼道回响,顾海峰已经拉开门,头也不回地冲下楼了。这下子,愣住的是妻子,无奈的她知道,拦不住的。

当天的雷雨造成的破坏非常严重,多处电力设施遭到雷击,多条线路跳闸失电。匆匆来到单位后,车子刚停稳,顾海峰就冲进值班室。服务队的队员一个都不在,他知道,他们准是赶往各个抢修现场了。他没有停下脚步,这个时候好像有一只大手在指引着他,直奔供电调度控制中心。

果不其然,调度中心正忙成一片。电话铃声此起彼伏。不断有用户打电话来,或者是申请报修,或者问什么时候送电。打电话到现场,因为抢修正在进行,班组的负责人根本没有时间接电话。值班员两头受气,急得满脸通红,还得好言好语地回话。此刻,公司领导也在等待着现场抢修和恢复供电的情况汇报。

顾海峰在共产党员服务队任职多年,对抢修现场的分工了如指掌。他知道,在这种情况下队长时常忙得没时间接电话,他告诉值班员别急,与负责材料和安全监督的队员联系,绕个弯与队长取得联系。很快,各个抢修现场的困难与进展就汇总上来了,值班员对用户也可以做明确的答复了。渐渐地,电话铃声由乱响到稀落,大家不约而同地长舒了一口气。

一场危机化解了,顾海峰心里踏实了。

顾海峰调到如东三新供电服务公司当党委书记。这是如东供电公司下属的一个重要部门，原先叫农电公司，服务对象是乡镇的农电用户。岗位调整了，思考并没停止。当如东供电共产党员服务队得到群众认可的时候，三新公司下辖的乡镇供电所也成立了共产党员服务队分队。顾海峰到任后，就开始完善农电系统党员服务队的管理，提升了分队的战斗力。

"快让老百姓的灯亮起来！"这是共产党员服务队叫响的口号。在顾海峰负责农电工作后，这句话也成了农电共产党员服务队的格言，引导队员能吃苦，有担当，将老百姓用电当成自己的大事。

顾海峰和前任老队长一样，牵挂着任职过的如东供电共产党员服务队，只要新队长郭鹏请他讲传统，或者商量服务队的建设，问他有没有空，他都会尽量安排好工作，腾出时间赶去，和郭鹏他们说说自己的意见。在顾海峰看来，"娘家"的事就是自己的事，再忙也不能推托。

接替顾海峰的共产党员服务第四任队长郭鹏，与顾海峰年龄相近，有许多共同话题。当时首任队长缪恒生已经退休，而第二任队长刘跃平还在队里。郭鹏比刘跃平的女儿还小，既是晚辈，又是领导，郭鹏却感到了刘跃平对他的尊重与支持，他们很聊得来。

谈起缪恒生，郭鹏肃然起敬。他说，省公司组织先进典型宣传活动，我们新老队长都去了，我和老缪队长住一个房间，他和我谈共产党员服务队的建设，说得最多的，是当队长要以身作则。老缪队长为人低调，是那种扎实肯干的老兵，把吃苦耐劳的军人作风传到了现在。

对刘跃平的印象，郭鹏也有话说："老刘是一个特别有情怀的老兵，对服务队的感情很深。他配合我，出以公心，和我有时间谈的，都是这支队伍怎么带，你要当什么样的队长，老刘绝对老资格，却从来不倚老卖老，对我布置的工作，从没二话。分担服务队日常管理，一丝不苟。"

年轻人渴望做大事，郭鹏从西藏回到如东，挑起了共产党员服务队的担子。帮扶的事很细碎，他刚开始还有些不习惯。在西藏时毕竟以架设线路为主，参加过探望老人院的公益活动，也是节假日集体组织的，而共产党员服务队，每一次的现场抢修，都要跟老百姓打交道，把党对人民的关怀，融入日常的扶帮之中。

刘跃平告诉郭鹏，抢修时遇上孤寡老人，特别要有耐心。能看到的是事，看不到的是情。我们是共产党员服务队，带着感情去为老百姓服务，这是一种发自内心的善举，更是一种本色不变的责任。

郭鹏在抢修线路时结识了一对老夫妇。吴洁云老奶奶今年80岁，是如东侨眷联谊会的副会长，老伴李炳华83岁，退休前是如东高级中学教导主任。他们有一儿一女，女儿、女婿定居加拿大，女儿吴冬梅是加拿大环境卫生研究中心研究员，对家乡建设非常关心。儿子和孙子在南通工作，请老两口去住，但他们不愿意，还是觉得在如东掘港老家住得习惯。

2019年2月8日下午，吴奶奶正在灶台前做晚饭，突然断了电，家里黑乎乎的，饭做不成了，取暖器也用不起来了。

于是，吴奶奶打电话给郭鹏。

郭鹏接到电话是17时20分，只过了15分钟，抢修车就驶进如东掘港镇中央广场B区。当时队员都外出抢修了，郭鹏队长带着队员孙其然急急地赶到了4号楼，这栋楼302室就是吴奶奶家。

也许有人会说，老人家动作慢，你们上门修电路，不用这么着急嘛。郭鹏却说，正因为是老人家，尤其是单独住的老两口，停电才更是急事，他们年纪大反应慢，摸黑容易绊倒，不能取暖也会冻到。我们能早一分钟到，早一分钟修好，就能早一点减轻停电给老人家带来的麻烦。

"小郭小孙，你们这么快就来啦！"

"吴奶奶，你们坐在沙发上，当心碰到。"

郭鹏和孙其然打过招呼，就打开抢修应急灯，仔细地检查线路。吴奶奶家的客厅看过了，卧室也看过了，几个插座都没问题。后来查到厨房，发现一个插座内的零线松动，碰到相线上，引起了短路跳闸。吴奶奶看到，就着应急灯的照射，郭鹏他们排除了故障，恢复供电了。

屋里电灯亮了，吴奶奶笑了。

"小郭小孙，赶快歇歇！"

"吴奶奶，我们到您住的屋里看看。"

"哎呀，乱得很，我还没收拾呢。"

"没事，我们看看，是不是用电安全。"

郭鹏和孙其然在前厅检查了线路，又来到吴奶奶的卧室，检查了电热毯和取暖器是否漏电，看了看连接家用电器的插座。

当郭鹏和孙其然检修结束，和吴奶奶告别时，吴奶奶说什么也要他们留下吃晚饭，被他们婉言谢绝了。

"谢谢你们啦。"

"吴奶奶，不用谢。"

"安全用电，您要记住啊。"

虽然上门检修过了，郭鹏的心放不下，毕竟是八旬老人，他时常打电话，问问吴奶奶，家里用电还正常吗？

2019年3月19日上午，郭鹏组织共产党员服务队对孤寡老人进行用电服务，他和孙其然又来到吴洁云老太太家。

郭鹏和孙其然再次检查了吴奶奶家的线路和插座，发现卧室的电热毯折叠放在床边，赶紧对吴奶奶提醒吩咐。

"吴奶奶，天渐渐暖和了，您的电热毯使用也好，收藏也好，一定不要硬折，因为电热丝经常折会断的，断了电热毯就坏了，里面的电热丝要断不断时最危险，会发热冒小火花，容易引起火灾。"

吴奶奶乐呵呵地直点头。

"谢谢你们再次提醒！我们年纪大了记忆也差了，你们上次来就讲过了，我们记不住。你这一说，我又想起来了！你们不厌其烦地提醒我们，叫我们注意安全，你们比我的孙子孙女都细心！"

"吴奶奶，您就把我当孙子、把小孙当孙女吧。您只要有用电的事，及时来电话，说一声，我们会就过来的。"

"是啊，我们保证您用上放心电。"

看吴奶奶一脸开心地送到楼道口，和两个年轻人挥手道别，路过的邻居问，他们是您什么亲戚啊，您这么高兴？

"我这两个孙子孙女，贴心着呢！"

郭鹏说，共产党员服务队传到我手上，老队员留下的传统没有走样。缪恒生、刘跃平老队长和好多位退伍老兵，他们都无愧于共产党员服务队的称号，把老百姓当作亲人，真正是有一颗善良的爱心。

说起共产党员服务队的助人为乐，郭鹏认为，不只是对社会上需要帮助的人，即使是我们服务队内部，也是相互关心、相互支持，有什么困难，其他人不会袖手旁观。比如我们老队员缪长华，岳母癌症住院，舅子在外地，他这个女婿就像儿子一样，跑前跑后照料，很辛苦；黄军鑫、王辉等老队员主动提出来帮他代班。共产党员服务队有这样乐于助人、乐于奉献的老队长和队员们，才能把优良的作风传承下来，让共产党员服务队的精神永在。

4........ 理想的光芒

在如东供电公司运检部大楼，有一间"退役军人之家"。走进去，只见墙上的县域版图上共产党员服务队旗帜插遍城乡，到处都有红马甲的身影。从以退役军人为骨干组成的城区维修班组，到如今的电力抢修组、客户服务组、工程业务组，加之覆盖城乡的14支乡镇供电所分队，如东供电公司17支共产党员服务队一茬又一茬的队员成长起来，不变的是承诺和真情。

每当如东县城在晨光中醒来，如东供电公司供电中心一楼的共产党员服务队值班室的门前，就会聚集起斗志昂扬的队员们，这些朝气蓬勃的红马甲，以准军事化方式开始一天的工作。

郭鹏队长站在整齐排列的队伍前面，大声点名，然后分配当天的工作。这样排队点名的传统，在共产党员服务队的旗帜下传承着，延续着，与当年成立之初的共产党员服务队的精气神一脉相承。

一日之计在于晨，这个道理谁都知道，可是具体到抢修团队，要不要像在部队里一样，每天早晨上班列队点名？共产党员服务队成立初期队员并不理解，有的还认为是在做表面文章，与抢修服务工作没啥关系。

首任队长缪恒生和第二任队长刘跃平探讨过，形成了一个共识，而刘跃平又把这个共识传给了顾海峰和郭鹏：为什么现在过的是老百姓的生活，却要像部队那样集合站队点名？其实就是要让每位队员都懂得，列队点名确实是表象，看上去与抢修没关系。其实，关系大着呢！共产党员服务队就是要有军人的气质，松松垮垮不行，要拉得出，打得赢，叫得响！

郭鹏琢磨刘跃平老队长说的"临战"状态。打造一支特别能战斗的团队，需要做的工作很多，每天早晨的列队集合，就是从部队那里借鉴而来的，是严明纪律、步调一致的必要形式，对每个队员来说，能锤炼意志，又能增强凝聚力与责任感，同时，也可接受外界的监督。作用大不大？话说得明了，思想也统一了，每天的准点列队成了大家的自觉行为。

抖擞精神，昂扬斗志。

这是一个供电行业的光荣集体：团结，奋发，向上。他们把心中敬慕军人舍生忘死的英雄情结，化为脚踏实地的扎实工作，获得了十余年超低差错率的优异成绩，提高了新老客户的信任度，心底透亮，播送光明。

我有个疑问，照顾特困群体，免费提供电力抢修的材料，费用有些是老队长自己掏的，也不是长久之计啊？

这一问，问出了一个好人之举。

原来，如东供电共产党员服务队带头捐款，得到如东供电公司党委的支持，各部门员工响应，成立了"共产党员服务队爱心帮扶专项基金"，先后对200多名孤寡老人、伤残军人、革命老前辈等特殊人群倾情资助，捐资金额32万余元；实施了特困职工家庭用电维护工程，累计现场服务近30万人次；为困难群众提供材料1.9万多次，被群众赞为"福星"。

不曾褪色的旗帜，也是无声的召唤。

如东供电共产党员服务队成立以来，有着太多"高光时刻"，也有着太多"温馨画面"，这支队伍为什么能始终如一？

"一个团队要有一种精神。"

这是缪恒生给后来者说得最多的话，是一个军人不辱使命的意志。保卫祖国的使命要不怕牺牲，建设祖国也同样要义无反顾，一旦承诺，无怨无悔。最宝贵的，是整个团队凝心聚气的奋斗状态。

"共产党员退役军人带头，都是些再普通不过的员工，做的都是最平凡的事情。只不过，这些小事，实践着共产党人的承诺，因此，小事并不小，我们要把它一天天地做好，做到问心无愧。"

如东供电共产党员服务队成立至今，一任又一任队长，如接力棒一样传递着助人为乐的优良传统。一茬又一茬共产党员身体力行，在平凡中创造了不平凡。服务队先后荣获"中国好人"、江苏省"工人先锋号"、全国"用户满意服务明星班组"、江苏省学雷锋活动示范点、"2018感动中国·江苏年度人物"等集体荣誉，被各大主流媒体报道，影响遍及大江南北。

如东供电共产党员服务队探路在前，作为江苏电力系统的首支共产党员服务队，仿佛绽放的报春花，带动国网江苏电力系统的共产党员服务队如雨后春笋般出现。先后成立了100支共产党员服务队，汇集了3000余名共产党员，涌现出中共十九大代表方美芳、"爱心大使"韩克勤、"中国好人"周维忠、"服务明星"印斯佳等一批先进典型。

国网江苏电力公司有9支共产党员服务队，荣获国家电网金牌（优秀）服务队殊荣，其中5名队长被表彰为优秀队长。

2019年"七一"党的生日前夕，国家电网公司党委表彰基层先进党支部，其中就有如东供电共产党员服务队党支部。

2019年7月26日，全国退役军人工作会议在北京人民大会堂隆重召开。如东供电公司脱颖而出，以共产党员服务队等优异成绩，被评为"全国退役军人工作模范单位"，如东供电公司总经理、党委副书记周建勇作为"全国退役军人工作模范单位"代表，应邀出席会议并接受表彰，受到习近平总书记等党和国家领导人接见，聆听了习总书记的重要讲话。

周建勇说："作为基层负责人，我深知，保卫祖国离不开人民军队，建设祖国需要退役军人，弘扬退役军人建功立业的精神，共产党员服务队受到肯定，这对我们既是崇高的荣誉，更是莫大的激励。"

一次又一次，我在如东采访如东供电公司这个"全国退役军人工作模范单位"，走近如东供电共产党员服务队这个先进集体。这些普通的共产党员退役军人，这些让群众视为亲人的红马甲，让我不由自主地深深思考着好人的意义何在，为什么共产党员服务队会赢得这么多的赞许？

在如东供电共产党员服务队的鲜红旗帜上，似乎仍有八一军徽在闪耀。服务队的成立来自共产党员退役军人的倡议。人生中有一段当兵的历史，在部队经历摔打锤炼，把钢铁意志与优秀传统带回来，奠定了服务队的成长基础。他们无愧于共产党员称号，无愧于曾当过兵的经历。

是的，一个穿过军装的老兵，虽然脱下军装，却永远是一个战士。忠诚，担当，执念，乃至牺牲，老兵的人生交响曲，在军营谱就了第一个音符，又在家乡续写了新的乐章。做好人，做好事，共产党员退役军人用真心与真情，点点滴滴、春风化雨般影响着社会风气，展示着中华民族的理想道德与高尚情操，不正体现着共产党人以民为本、不改初衷的精神特征吗？

5....... 没有硝烟的战场

2020年的春天必将载入史册。生活的河流奔涌向前，偶尔也会嵌入不确定的因素，就像这个明媚的春天被新冠肺炎疫情骤然改变。

江苏省启动突发公共卫生事件一级响应后，如东县疫情防控指挥部紧急通知，县人民医院、县中医院等5家医院被列为防疫定点医院。其实，这些医院的主楼属于供电重点保障单位，供电部门隔三岔五去巡查，一有故障立马赶去排除。郭鹏和刘跃平觉得，防疫如同战时，供电保障不能等，要提前巡查，主动出击。

迎着一阵又一阵的寒风，戴口罩的红马甲整装出发。在县中医院就诊主楼巡查线路时，偶然发现，边角有一栋三层老楼，楼前拉起橘黄条幅，身着白色防护服的工作人员进进出出。临时帐篷旁的值守保安告知，县里临时决定，指定这栋老楼为新冠肺炎疫情隔离点，临时安置疑似人员。这可是个新情况！

郭鹏用手机查询，老楼处于闲置状态，线路尚未归入重点巡视范围。要排查的重点线路有好几条呢,这个隔离点还在消杀,等他们入驻再说?

刘跃平建议,隔离点就是重点,我们先排查,保证用电绝对安全!郭鹏同意先斩后奏,重点巡查的登记后面再补。郭鹏和刘跃平分头行动,率领队员对配电箱和线路仔细巡查,发现有鸟巢等隐患,马上作了及时处理。

郭鹏电话联系隔离点联络员丁敏医生,她也是才抽调到这个岗位上来的,要负责几个隔离点,忙着应付手头的杂事,很多问题都要她解决。大部分电话都是提问题的,问丁敏医生怎么办,时间这么紧,要求这么高,人手不够……

只有供电部门这个电话,让她很意外。室外刮着呼呼的北风,共产党员服务队上门服务,清查安全用电隐患,他们没有任何怨言,也不提任何条件。丁敏医生知道,那栋老楼临时征用为隔离点,正在进行消杀工作。她没想到,与消杀流程同步,戴口罩的红马甲主动对老楼作了体检式的线路测查。

当丁敏医生赶到现场,所有的线路检测已经结束。郭鹏说明情况,强调使用单位要注意老楼的线路负荷。刘跃平提醒她,如果隔离点投入使用,隔离人员没有安全意识,老楼旧线路很可能出故障。冬天里断电,肯定很糟糕。

丁敏医生恍然大悟,连声致谢。

她说:"我们没想到的,你们都想到了!"

郭鹏说:"丁医生,放心,有问题随时找我们!"

刘跃平说:"共同的目标,不用谢!"

抗击新冠肺炎病毒是人类历史上的第一次，并无经验可循。抗疫一线的医护用品紧缺，连连告急。如东县域内的相关企业响应政府号令，想方设法复工复产。如东供电共产党员服务队闻风而动，确保企业用电没有后顾之忧！

郭鹏主动联系了如东开发区，得知江苏盛纳凯尔医用科技有限公司最着急。这家公司拥有多项医护产品的生产资质，科技含量高，供货热线都要打爆了。公司电器部经理邓爱军接到郭鹏的电话，赶紧告诉实情：当前集中全国重症救护力量，短缺量大的是医用呼吸面罩，企业要先开通两条生产线。过年前考虑长假的安全，将变电设备停了，临时启用不知行不行？

郭鹏说："要先排查，别有侥幸心理。"

邓经理说："你的意思，设备和线路都要排查？"

郭鹏说："是啊，推上电闸，有隐患就麻烦了。"

邓经理说："可是，很多单位都在放假，现在又有疫情风险，我们先启动看看，有什么问题再打电话找你们吧。"

郭鹏说："你们先别动，等一下。"

郭鹏和刘跃平商量，启用设备前的排查，是安全用电的关键。坐在单位等人家反馈，不如我们先行一步，到企业现场作排查。有什么问题及时解决，没问题不就能确保用电了吗？赶来的老队员余新明很赞同，宁可我们辛苦一些，就像面对一道堤坝，与其堵漏，不如夯实。

戴口罩的红马甲再次出动了。郭鹏、刘跃平、余新明、冒小林和万十军等队员，乘抢修车直奔如东盛纳凯尔公司。电器部经理邓爱军久闻共产党员服务队大名，惊道："哎呀，你们这么快就来啦！"

郭鹏说："应该的，前线需要你们啊！"

邓爱军说："刚才电话里说了来，我还不信，跑过来一大段路呢。非常时期，不握手了，带你们看看我们配电房吧！"

按照邓爱军提供的电器线路图，郭鹏、刘跃平、余新明、冒小林、万十军等人忙碌起来，全神贯注，仔细检察。郭鹏告诉邓爱军，可以启动了。当冒小林推上电闸推，车间机器轰鸣声响起。家在附近的操作工已被通知回厂，生产流水线很快就能开工了。

邓爱军经理拱拱手："你们共产党员服务队，随叫随到，不说假话，太感谢啦，本来我心里七上八下，这下子有底啦！"

郭鹏说："拜托你们，多多生产！"

邓爱军说："我们生产的医用面罩，天天有人催。只要用电没问题，我们加班加点，争取达到原来的日产量！"

医用口罩也是抗疫一线急需用品。郭鹏从指挥部了解到，如东盾安劳保防护用品厂要生产N95口罩，是全县两个医用口罩厂家之一，于是把它列入了用电重点保障单位名单。这家企业位于城乡接合部，因疫情原因，当时各地设立值守点，人员与车辆进出都受限制。他赶紧与曹埠变电所所长郁宏明联系，说明前往企业的意图。

郁宏明是共产党员退役军人，一直在防疫一线。接到辖区的报修电话，他就带着队员赶去，有时顾不过来，听郭鹏说共产党员服务队同事要来，他连声叫好，告知最佳行车路线，提前赶到企业等候。

这家企业总经理曾晓琴老家在武汉，先到南通做生意，后来把家安在了如东。原本春节放假，员工都提前回家了，她打算回武汉过年。可是，武汉突发疫情，她牵挂亲友，心急如焚。抗疫一线急需医用口罩，她立即召集员工，启用两条生产线。有些员工在外地无法回来，她招募一批志愿者。附近纺织厂停工，许多员工前来报名，准备工作加紧进行。

曾晓琴听郁宏明说，共产党员服务队要上门服务，不禁喜出望外。复了工就一刻不能停，有赖于电的源源不断。曾晓琴在车间安排生产，不到半个小时，郁宏明就当向导，引来了这支服务队的同志，她倍感亲切。沟通简洁明了，郭鹏、刘跃平、余新明、冒小林、万十军等分头行动，对企业所有线路进行排查。

乍一看，线路没什么问题，可以启动了。

曾晓琴突然想到，以前开工时，曾有过电压瞬间不稳的现象，也不知道什么原因。而且，这样的毛病时有时无。刘跃平、郁宏明和大家分析症结，在运行中又做了排查，判断问题应该是配电器老化。最后，发现总开关有些发热，必须换掉。郭鹏他们考虑，其他生产线正在运行，关电换总开关，会影响生产。他和曾晓琴说，趁晚间交接班的空档更换总开关。这样，用电隐患彻底排除了，生产也没中断，曾晓琴心里踏实了。

分别时，曾晓琴一再说感谢。郭鹏、刘跃平他们连连摆手，说不用谢，问企业最近还有什么打算。曾晓琴说："因为医用口罩需求量太大，企业要新增一条生产线。"原来，疫情前曾晓琴在浙江订购了一条高标准的生产线设备，疫情来了多家争抢，还是由政府出面协调，近期可以运到如东。

郁宏明留下手机号码，随时联系。

郭鹏答应她,"我们过来帮你拉电。"

三天后,曾晓琴给郁宏明打电话,告知生产线设备下午运到。郁宏明转告郭鹏,郭鹏说,我们答应的事,肯定办到。

当天午后,郭鹏、刘跃平、余新明等新老队员带上工具,驱车赶往这家企业。下午4点,设备开始安装。与此同时,根据新设备的规格,调整供电线路。

忙到晚上9点。设备安装完毕,供电闸刀推上,生产线瞬间进入工作状态,从原料到成品,第一个N95医用口罩下线了……

同步推进,配合默契,没耽误一分钟。如东供电共产党员服务队的效率,和军人一般的作风,大大出乎曾晓琴意料。

面对疫情的冲击与威胁,县城的街头人车稀少,乡镇的值守点也毫不马虎,但是,新农村建设并没有停止,尤其是经济实体的运作还在进行。正是春耕春灌的紧要关口,如东供电共产党服务队"战疫情、抢农时",摸排了解生产用电需求,帮助农户对用电线路和设备进行全面"体检",到田间地头去"保电"。

他们牵挂着这些勤劳致富的新农民。

刘跃平向郭鹏建言,去掘港镇虹桥村的家庭农场巡查。农场又叫"四季果园",是共产党员服务队的帮扶对象。说起来,老板杜长泉是个成功逆袭的本村农民。杜长泉原先在村里最穷,他不甘心,跟建筑工程队到城里打工,从油漆工当到包工头,后来看好养殖行情,回村投资办养鸡场,规模达到年出栏100多万羽肉鸡,让村里人非常羡慕。杜长泉并不满足,还要折腾。鸡场的鸡粪销售到外地做有机肥,既然有机肥可以循环利用,不如自己种植果树,运用有机肥种植出的水果的品质是化肥种的水果比不了的，肯定好卖！

如东供电共产党员服务队承诺：不论疫情多紧张，果园供电不能停。

这一举动，让杜长泉大为感动。

我来到如东，正逢郭鹏率队员再去虹桥村。路上郭鹏说了杜长泉的折腾劲儿。杜长泉投资1800万元，建起了智能温室大棚，不同季节种不同瓜果，使"四季果园"很快做出了名气。我们沿着村里的水泥路，去看一个果园的大棚，温、光、水设备一应齐全，繁茂的枝头盛开着花骨朵，绿的叶子与红的桃花交相辉映。

同行的队员顾立逢介绍，在果园干活的大多是附近村民。我留意到，有的人在松土，有的人在拔草，员工都戴着口罩和手套。

杜长泉说："大家都分散劳动，避免交叉感染。"

憨厚里透着聪明，杜长泉的成功并非偶然。温室大棚里挂着液晶显示屏，温度变化一目了然。郭鹏不是第一次上门服务，上次和刘跃平把坏了的7盏灯都接亮了，这次又熟门熟路，将灭虫灯、加湿机和新装的白炽灯都查了一遍。"谢谢你们帮忙，"杜长泉连声道谢，"棚内的温度稳定了，我们就放心啦。"

郭鹏把队员分成两组，冒小林、薛康检测变电器，其他人查看线路。杜长泉也不见外，他要忙着去照看另一片果园。我想继续采访，他把一个年轻女子喊过来。看她戴着眼镜，一脸笑眯眯的，随身的衣着很宽松，我以为是来果园打工的村里人。没想到，她就是杜长泉女儿杜泞诚，是这片"四季果园"的掌门人。

杜泞诚大学读建筑专业，毕业后在常州打工，结婚生子。父亲的果园缺帮手，她回来帮忙。一来二去，就入了门，能独当一面，处理果园的杂事。对于疫情后的销售，她说会有影响，有空就发视频，打算以后在网上卖。

杜涔诚有问必答，脸上很满足的样子。

她说"看到村民高兴，我也高兴啊。"

一个上年纪的老妈妈在清理杂草。杜涔诚告诉我，她是哑巴，叫沈奶奶。别看她不会说话，上手特别快，做农活很认真。她丈夫瘸脚陈伯，也一起打工。老两口是村里贫困户，除了低保户补助，现在一人一年收入3万元。

哑巴沈奶奶咧着嘴，开心地笑。

掘港供电所所长陈建波是老队员，他给我们介绍说："像哑巴沈奶奶这样的贫困户，四季果园接收了13个，都帮助他们脱贫了。"

杜涔诚接着话题说："毕竟投资成本这么大，我爸有信心，只要肯努力、肯吃苦，把好果品质量关，就会有收获，能让村里人都富起来。"

她带我看大棚里的智能技术设置，有遮阳系统、保温系统和浇灌系统，配置有农业物联网监控系统，可以通过手机或电脑，远程监测现场环境，随时可见温度、湿度、氧气浓度等数据。这些系统都离不开电的支撑。

杜涔诚还记得，春节时她从常州回来，村口设了值守卡点，她也按规定隔离了14天，在家不能出门。那时各种信息漫天飞，熟悉的人都只能打打电话。可是，大棚里的桃树刚开花，智能技术设置需要进行线路维护。

然而，谁敢来？郭鹏和刘跃平他们就敢。共产党员服务队新老队员没有推诿的意思，戴上口罩赶来果园检修线路，杜涔诚心头暖暖的。

红马甲和桃花一起，印在她的记忆里。

位于如东苴镇的何丫村，以养对虾闻名，曾被农业农村部评为全国"一村一品"示范乡村。看起来一样的钢架大棚，里面却是一个个虾塘。

我随郭鹏前往何丫村，这是服务队又一个联系点。

"一村一品"，说的是一种从"虾都"广东湛江引进的海鲜，学名南美白对虾，养殖产量高居世界虾类单产前三。1998年，原先包了15亩地种庄稼的村民黄小华，在滩涂盐碱地上开挖出第一个露天池塘试养。虽然一年一茬，每亩只赚了2000多元，却是此前他种粮收益的近10倍。"一年虾，十年粮"的示范效应，让许多村民看到了希望，滩涂垦区养虾风生水起，荒地也成了海水养殖业的风水宝地。

现任村党支部书记秦志辉是个有心人。2008年，他琢磨，何丫村养殖户多了，南美白对虾靠天吃饭，露天池塘养殖每年只能养一茬。瓶颈在哪里？在温度上。对虾的适宜水温是23℃至34℃，对低温的适应性很差，水温18℃停止进食，9℃开始死亡。他从大棚蔬菜借助地温受到启发，试验摸索大棚养对虾的技术，一年可以出三茬虾。村民黄小华率先养殖，净赚60万元，一下子轰动了全村。

秦志辉告诉我，"一村一品"也是逼出来的，何丫村汇集了五个乡的移民，曾经贫困户多，内部矛盾大，说来说去，以前还是穷字惹的祸。而今，何丫村大棚养虾的面积占到村里耕地的95%，形成了育苗、养殖到销售的完整产业链。

郭鹏说："党的政策好，你们也能干！"

队员陈昌林说："秦书记是老先进了。"

秦志辉说："这一切，离不开你们啊。"

我饶有兴致地听这位村支书说起了与供电共产党员服务队的缘分。他告诉我，我们村早期搞养殖那会儿，还没有现在的无人机，要是有无人机飞上去看看，几乎家家都在冒烟，为什么？养虾是要水温的，天冷了怎么办？只能烧锅炉取暖啊！一大片，烟丛林立，浓雾弥漫，环境太差劲！煤改电时，供电共产党服务队来了，淘汰烧煤锅炉，电不光可照明，还能取暖，保障虾塘的恒温。天蓝了，水清了，空气好了！

接受秦书记的提议，我采访了村民黄小华。

黄小华说，我们对虾养殖户，最怕的就是停电。虾塘里的增氧泵，要24小时不间断地工作，否则，天热了虾就受不了。去年夏天刮台风，半夜停电，我急啊，因为受损面积大。供电共产党员服务队赶来，一直抢修到天亮！

他总结说："以前靠天吃饭，现在靠电吃饭。"

他把共产党员服务队比作村民的福星。何丫村有今天，从缪队长、刘队长到现在的郭队长都功不可没，虾塘开到哪里，电就通到哪里。

大冬天的，疫情来了，虾塘的增氧泵还得运行啊。黄小华正担心服务队定期的线路巡查要泡汤，却看到了驶进村里的抢修车。郭鹏和陈昌林、陈俊晓、冒小林背着工具包，沿着线路作测试，戴着口罩的红马甲给村民吃了"定心丸"。

"我是用电大户，也是发财大户！"

难怪黄小华敢带头，说话底气十足。

当面我没好意思问黄小华，一年收入是多少。后来问秦书记告诉我，养南美白对虾每年三茬虾上市，每亩大棚能给村民带来过万元净收入。一算，黄小华承包1000亩地，去年每亩净利润达万元，总收入过千万元。

"养殖大户带动了全村奔小康！"秦书记对我说："黄小华他们的虾塘，优先聘用村里缺乏生产资金的困难户，解决本村劳力的出路。"

秦书记还告诉我，何丫村被评为如东县及南通市的文明村，80%以上的村民实现增收致富。村民合作医疗全部由村里承担。对于特殊困难的农户，村里代缴纳电费、水费和数字电视费，60岁以上老渔民还有现金补助。如东供电共产党员服务队送来的光与热，让"一村一品"大放异彩，在滩涂地上结出了丰硕果实。

能为农民致富出力，郭鹏他们很开心。

疫情最紧张的时候，是共产党员服务队最忙碌的时候。他们像社会生活运转中的润滑剂，顶着被感染的风险奋战着，从不懈怠。

"我们是共产党员服务队，手机24小时开机待命，你们有任何用电方面的问题，都可以随时联系我。"从郭鹏、刘跃平到郁宏明、冒小林、万十军等共产党员退役军人，与生产企业与复工复产的重点场所，建立了"一对一"沟通的联络机制，只要遇到用电问题，可以随时接受咨询，保证源源不断的电力支撑。

虽然工作琐碎，他们以苦为荣，忘却了劳累。

老兵的词典里,只有冲锋。招之即来,来之能战。

是的,在大疫大灾中逆行,需要勇气和坚韧。

当我们迎来决胜全面小康的胜利曙光,回望只争朝夕的红马甲,他们是带给人们以光明和温暖的勇士。如东供电共产党员服务队这面旗帜,凝聚着共产党员的魂魄,也凝聚着退役军人的血性,飘扬在新时代"创业"的前沿,这个没有炮火硝烟的战场。

在如东我补上了一课。因为外出采访,漏看了那场央视的"全国最美退役军人"先进事迹发布仪式,如东供电公司党群部的同志得知我没看到,就把当时录下来的视频传过来。晚会正气充沛、激情飞扬,题目也掷地有声——

"闪亮的名字"!

面对全国观众,主持人的讲述饱含深情。

"他们来自大江南北,他们来自各行各业,但是此刻,他们拥有一个共同的名字:最美退役军人!是他们,在不同岗位上建功立业、永葆军人本色;是他们,汇聚成退役不褪色、建功新时代的磅礴力量。

"这一刻,荣光属于他们,属于所有最美的心灵!"

这21个"全国最美退役军人"获奖者,是当代全国退役军人的杰出代表。他们的先进事迹无不感人至深,甚至催人泪下。如东供电退役军人共产党员服务队作为"全国最美退役军人"的唯一群体光荣入选。首任队长缪恒生上台,敬了一个军礼,代表在服务队工作过的52名退役军人接过了水晶奖杯和红色证书。

身着红马甲的缪恒生把奖杯和证书高高举起,他的获奖感言略带如东口音。"我们虽然脱下了军装,但我们又穿上了红马甲,变的是工作岗位,不变的是军人的本色。在'人民电业为人民'的岗位上,我们永远是个兵!"

"全国最美退役军人"。

这些"闪亮的名字"嵌入了时代旋律。

在军营当一个好兵,在地方做一个好人。笃定前行,决不退缩,他们用共产党员退役军人的善良、执着与坚韧,深刻影响着身边的同龄人与后来者,生动诠释着"中国好人"的深邃意义,钢浇铁铸成军魂辉映的顽强团队。

时间作证,不是一时一地,而是长长久久。

大海作证,爱心汇成热流,必将温暖人间。

后记

当这部书稿几经修改接近尾声的时候，一场猝不及防的新冠肺炎病毒疫情阻击战在全国各地打响了。如东供电退役军人共产党员服务队所有成员主动请战，不顾安危参加"抗疫保电"的战斗，冒着风险为群众做好事，继续为当地实现脱贫攻坚贡献力量。我做了补充采访，记录红马甲戴口罩的前行身影。抗疫一线如同烽火前线，他们用自己的行动交出了一份人生答卷。

我采写的这支队伍，是一个星光闪耀的集体，也是一个值得社会尊重的群体。他们只是国企基层员工，很平凡。我梳理着他们的生命轨迹，从他们身上，我看到了没被岁月磨损的时代精神。是他们告诉我，什么样的人是新时代的共产党员，什么样的队伍能呈现新时期基层党建的战斗力，为什么他们接过的这面旗帜能引领在前、代代相传。

一是坚守，一诺千金。

我们都知道，有些热线电话，公布是公布了，但永远打不通，或者，与它的承诺相距甚远。因此，当我了解到，这支共产党员服务队的热线电话，一直坚持到现在，而且铃声一响，必有回音。我揣着问号到他们那里，翻看这些年厚厚的工作日志，一摞一摞。在这日复一日的坚守里，有着立志为民的初心，有着对老百姓的承诺。而所有的承诺，都是用他们的心血，他们的努力，他们的付出，一点一点完成的，在平凡中突显了不平凡。

二是风骨，贯穿始终。

这支队伍有一个魂，这就是超越时空的一脉相承的军魂。这支服务队成立之初，就是以退役军人为主体的。和战场上的突击队一样，他们说出了同样的话，我们是共产党员，我们上！在社会向市场经济转型时，退役军人的精气神，贯穿于他们的言行举止。当过兵的人，骨血里镌刻着一个兵的印记。严明的纪律，顽强的作风，敢打胜仗的担当，都是战胜困难的法宝。人民军队为人民，人民电力为人民。两个行业，一个宗旨，水乳交融。

三是理想，矢志不移。

这支服务队成员换了一茬又一茬，人员进出、新老交替，他们的理想和信念从未改变。他们相信，每一个人付出一份爱，我们的社会就会更加美好。既然身为共产党员，就有责任带好这个头。虽然价值观念多元，社会上总有好人，他们就自觉自愿地做这样的好人。我们看到，他们对于本职工作的极端负责，对于弱势群体的深切关爱，对于自身建设的自我完善，都来自共产党人的信仰和信念，就是人民至上，让人民群众过上好日子。

人们都说，百业兴旺，电力先行。如东县列入全国"百强县"之列，电力保障功不可没，但十个指头不一样齐，即使是整体实力的增长，也有发展不平衡的地方，补齐小康社会的短板，更需要电力保障的支撑。这支服务队的旗帜实实在在，让当地群众看着贴心，他们一直引领行业之风，把安全用电送到千家万户，给最后的脱贫攻坚注入了不竭动能。

我们呼唤时代英雄。这次采访写作，让我走近电力行业的平民英雄，感受这个行业的日常状态，与此同时，我接触到了这样的英雄品质，他们就在普通的工作和生活当中，诠释着与时代精神同频共振的价值高位。英雄主义的人性叙事，不必刻意拔高，却生动饱满，闪闪发光。

感谢《中国作家》杂志头条发表。

感谢江苏凤凰文艺出版社和江苏凤凰出版集团重点推出。

感谢江苏省委宣传部、江苏省文明办、江苏省退役军人事务厅、南通市委宣传部以及中国电力作家协会、江苏省作家协会、江苏省电力公司党委、南通供电公司党委、如东县委宣传部、南京市文联、南京市作家协会等单位和著名专家学者的鼓励与支持。

作为报告文学作家，每一次采访写作，都是一次学习感悟。我用我的文字，向这支一直没有停下脚步的退役军人共产党员服务队，向这些在建设小康社会的征途上不忘初心的奋斗者，表达深深的敬意！

2020年8月三稿于南京

附录

一、成立以来所获得的集体荣誉

2019年12月，中央宣传部、退役军人事务部、中央军委政治工作部："全国最美退役军人"。

2019年7月，国家电网公司党组："电网先锋党支部"。

2019年7月，江苏省电力公司党委："建凝聚人心好支部 做遵章守约好党员"示范党支部

2019年7月，南通市文明办："南通市文明新风典型"。

2019年4月，江苏省文明办、现代快报："2018感动中国·江苏年度人物"。

2019年3月，江苏省委宣传部、江苏省文明办："第五届学雷锋活动示范点"。

2019年3月，南通供电公司党委："党员先锋团队"。

2018年12月，中华全国总工会："全国模范职工小家"。

2018年8月，中央宣传部、中央文明办："中国好人"。

2018年7月，江苏省委宣传部、江苏省文明办："江苏好人"。

2018年4月，江苏省总工会："江苏省工人先锋号"。

2018年4月，江苏省总工会："江苏省十佳模范职工小家"。

2015年12月，江苏省总工会："江苏省模范职工小家"。

2015年12月，江苏省电力公司："十佳金牌共产党员服务队"。

2014年1月，江苏省电力公司："标兵班组"。

2012年6月，江苏省电力公司党委："电网先锋党支部"。

2012年2月，江苏省电力公司："工人先锋号"。

2012年4月，南通市总工会："工人先锋号"。

2012年3月，南通供电公司："工人先锋号"。

2011年3月，中国电力报社："感动电力团队提名奖"。

2009年4月，南通供电公司："工人先锋号"。

2008年2月，中华全国总工会、中国质量协会："全国用户满意服务明星班组"。

2008年1月，江苏省电力公司："学习型团队"先进集体。

2008年1月，中共如东县委："十佳人民满意服务品牌"。

2006年3月，南通供电公司："优质服务先进班组"。

二、历任队长个人荣誉

2020年4月，郭鹏获江苏省总工会颁发的"江苏省五一劳动奖"。

2020年4月，郭鹏获共青团南通市委、南通市青年联合会第十一届"南通青年五四奖章"提名奖。

2019年11月，郭鹏被国家电网公司评为第七届"服务之星"

及劳动竞赛"优秀服务之星"。

2019年9月，江苏省委宣传部、江苏省文明办、江苏省总工会，缪恒生获第七届"江苏省道德模范"提名奖。

2019年7月，刘跃平被南通市委退役军人事务工作领导小组办公室评为"最美退役军人"。

2018年5月，郭鹏当选江苏省电力公司"2016－2017年度专项帮扶西藏拉萨新一轮农网改造升级工程先进个人"。

2015年1月，顾海峰入选"国家电网公司优秀人才专家后备"。

2014年1月，顾海峰被江苏省电力公司、江苏省电力工会评为"江苏省电力公司优秀班组长"。

2008年1月，缪恒生被江苏省电力公司评为"江苏省电力公司劳动模范"。

2007年12月，缪恒生被江苏省质量协会用户委员会、江苏省质量协会用户评价中心评为"江苏省为用户服务先进个人"。

2004年1月，刘跃平被江苏省电力公司、江苏省电力公司工会评为"农电优质服务先进个人"。

三、如东县供电公司荣誉

2019年7月，被国家电网公司党组评为"红旗党委"。

2019年7月，被人力资源和社会保障部、中央组织部、退役军人事务部、中央军委政治工作部评为"全国退役军人工作模范单位"。

2020年11月，被中央精神文明建设指导委员会评为"全国文明单位"。